JAMES ELLROY (1948, Los Ángeles) es uno de los más famosos escritores de novela negra contemporánea, así como también un escritor de «ensayos» o artículos dedicados a analizar y desglosar crímenes reales. Entre su obra, cabe destacar *L.A. Confidential*, *La dalia negra*, ambas llevadas al cine con éxito, y *La colina de los suicidas*. Su trayectoria se inscribe en la más pura tradición de novela policial que iniciaran Dashiell Hammett y Raymond Chandler en los años 30. Su última obra publicada es *Sangre vagabunda* (Ediciones B), con que cierra la Trilogía Americana, tras *América* y *Seis de los grandes*.

ZETA

Título original: «Hollywood Fuck Pad», «Hot-Prowl Rape-O» y «Jungletown Jihad»,
incluidos en el volumen originalmente titulado *Destination Morgue*
Traducción: Hernán Sabaté y Montserrat Gurguí
1.ª edición: julio 2010

© 2004 by James Ellroy
© Ediciones B, S. A., 2010
  para el sello Zeta Bolsillo
  Consell de Cent, 425-427 - 08009 Barcelona (España)
  www.edicionesb.com

Printed in Spain
ISBN: 978-84-9872-418-9
Depósito legal: B. 20.932-2010

Impreso por LIBERDÚPLEX, S.L.U.
Ctra. BV 2249 Km 7,4 Polígono Torrentfondo
08791 - Sant Llorenç d'Hortons (Barcelona)

Loco por Donna

JAMES ELLROY

ZETA

Prólogo
Lo que pasa con Shakespeare

Barcelona, mediados de octubre de 1998, al atardecer: James Ellroy camina por la Via Laietana. Unos pasos más atrás, aparentemente ajeno a su presencia, un perro abandonado olisquea un contenedor de basuras. De pronto, el escritor detiene el paso, interrumpe la sosegada conversación que mantiene con su acompañante y, casi como si también olisqueara algo, se da la vuelta. Tarda poco en descubrir al perro, que ha abandonado por completo su prevista cena de sobras humanas y lo mira fijamente, como se mira al viejo conocido que reaparece de pronto en una esquina cualquiera de nuestra vida. Ellroy se acerca, agacha su muy imponente figura, toma en su manaza las mandíbulas del perro y las acerca a su cara. Se miran a los ojos. Al cabo de un rato extrañamente largo, le pasa la otra mano por el lomo un par de veces y, con un tono más sedante que juguetón, le dice: «*Yes, yeeeees. Yes, baby, yes.*»

Como si nada raro hubiera ocurrido, se levanta, echa a andar de nuevo y tal vez intenta retomar la conversación, ahora humana y audible.

Al día siguiente, el mismo acompañante está a su lado cuando Ellroy habla por teléfono con su mujer. Ella está en Los Ángeles y llevan días sin verse. La entrada favorita de los especialistas en Ellroy en el diccionario de sinónimos es «descarado». Los han usado todos: desvergonzado, fresco, cínico, deslenguado, descomedido, grosero, provocador, impúdico, desbocado... Sin embargo, por pura timidez ante oídos ajenos, la conversación telefónica es sucinta: «Sí, cansado, pero todo va bien, ¿cómo estás tú? ¿Y el perro? —pregunta Ellroy—, ¿cómo está el perro? Pásamelo.» El acompañante jura que no se lo está inventando. Pásame al perro. Sigue larga conversación. Larga de verdad; minutos enteros. Ellroy no habla con su perro como los demás mortales, en un idioma humano más o menos infantilizado, sino en canino. Y no en puro guau guau, sino en un canino más sofisticado que el de su propio perro: grououulfff sahrrrgrragrfs rrrrou rr-rrrroooooooo, etcétera. El auricular amplifica el sonido del otro lado de la línea y el acompañante puede dar fe de que ambas partes respetan con tal educación los turnos de pregunta y respuesta, las pausas, los matices y las inflexiones necesarias, que el intercambio alucinante merece con todo rigor el nombre de conversación, perrunación, o similar.

Este hombre oye voces. Voces estridentes, con una frecuencia ajena a su voluntad. A otros muchos les pasa algo parecido y les basta creérselas más de una vez para merecer un diagnóstico de esquizofrenia. James Ellroy no sólo se las cree, sino que las escucha con atención, casi con reverencia, y ha dedicado toda su vida adulta a traducirlas por medio de la literatura. El espacio que separa la locura de la genialidad es tan escueto como el que separa los dos bordes de una herida; es la herida misma. En el caso de Ellroy, podemos identificar la herida y hasta señalarla públicamente sin miedo a caer en lo impúdico, pues él mismo se ha encargado de hacerlo. Sólo necesitamos retroceder en el tiempo.

Los Ángeles, junio de 1958. El cadáver de su madre, Jean Ellroy, Geneva Hilliker de soltera, aparece en una cuneta. La disposición del cuerpo, sin ropa interior, con una media atada a un tobillo y la otra anudada con firmeza al cuello, es elocuente. No hace falta ser un experto forense para apreciar la naturaleza sexual del crimen.

Las historias de las primeras novelas de James Ellroy

transcurren en Los Ángeles y en más de una ocasión versan en torno a crímenes muy parecidos al que terminó con la vida de su madre. Le costó poco ganarse la etiqueta de «nuevo valor del *hard-boiled*», que en la jerga literaria vendría a ser como la línea más dura y descarnada del género negro. A James Ellroy le importan un rábano los géneros. Saltemos de nuevo a octubre de 1998, en Barcelona. En una presentación pública, el autor afirma que él sólo pretende contar los dramas que ocurren en la calle. El presentador, un crítico importante, gran lector y admirador de su obra, lo interrumpe para comentar que esos dramas adquieren en sus novelas un alto nivel literario y alcanzan la condición de shakespearianos. Ellroy contesta literalmente: «Ya, bueno. A mí es que Shakespeare me la chupa.»

El público jalea la ocurrencia. Cuando Ellroy se presenta en público, siempre hay alguien que se apresta a jalear la última grosería. Está bien. Tal vez no sea necesario haberle visto hablar con su perro para detectar al tímido que se ampara en el bravucón, al ser tremendamente vulnerable (o, mejor, vulnerado) que descansa en el pecho del gigantón desafiante; pero ayuda leer sus libros. Leerlos bien. Porque este hombre escribe con una metralleta en las manos, pero cada bala que dispara deja en el suelo, entre el lodo, entre las abruptas líneas del texto, un casquillo de ternura. Y una tremenda necesidad de perdón.

Quienes hubieran interpretado sus primeras obras con la miopía propia de la psicología barata («Este chico perdió a su madre y lo está convirtiendo en ficción para vengarse») se llevaron una sorpresa cuando publicó *Mis rincones oscuros*. Era una buena época para Ellroy: el éxito mundial de la excelente versión cinematográfica de *L. A. Confidential* contribuía a quitarle la etiqueta de «autor de culto» que aún le pesaba en algunos países como España. Y por si quedaba alguna duda, la publicación de *América* había dinamitado al fin las fronteras de género; Ellroy era aceptado como autor de gran proyección literaria, capaz de abordar, en lo que sólo era una monumental primera entrega de una trilogía, la historia contemporánea. Había salido de Los Ángeles. No había necesitado a su madre para construir una obra. Conociendo la naturaleza de sus relaciones con Shakespeare, cabe imaginar la respuesta íntima de Ellroy a esa aparente revalorización: como mucho, una risa ronca y prolongada. (A estas alturas, no debería extrañar que James Ellroy se ría como los perros malos de los dibujos animados.) Respuesta legítima, en cualquier caso. Al fin y al cabo, él se había limitado a hacer lo de siempre: dirigir la mirada a las cunetas del mundo y hundir un periscopio en las cloacas. Sin embargo, era también legítimo que los lectores percibieran en aquel «nuevo» Ellroy un aliento mayor.

Entonces, decíamos, llegó *Mis rincones oscuros*. En vez de seguir usando las herramientas de la ficción para hurgar en la herida (o para vendarla, negarla o tratar al menos de entenderla), dotado al fin de la madurez y la solidez suficientes para mirar a los ojos a su pasado, el escritor intentaba reconstruir el asesinato de su madre con la ayuda de un agente de homicidios jubilado y lo relataba en un espléndido reportaje con vocación autobiográfica. Por primera vez, este hombre que siempre oyó voces se armaba de la paciencia, la ternura y el perdón necesarios para escuchar la única voz que acaso había intentado acallar con el ruido infernal de su obra: su propia voz, la voz interior, la del niño herido. La escuchó y la transmitió con una limpieza deslumbrante. Por primera vez, habló de sí mismo.

«Un asesino desconocido acababa de regalarme una nueva existencia, magnífica e intacta.» Esta frase, referida a cómo se sentía el niño Ellroy en los días inmediatamente posteriores al asesinato de su madre, podría ser la más importante que ha escrito jamás. O la más reveladora, porque sólo a partir de entonces podíamos calibrar nuestro error de interpretación. De pronto resultaba que la muerte de su madre no era la herida, sino el puñal. La herida, el verdadero punto en que se había quebrado la piel de su conciencia, la marca que sólo entonces podía empezar a cicatrizar, estaba en su propia reacción al drama. En su abrumada respuesta. Porque el día en que un policía le dijo: «Hijo, han matado a tu madre», lo que oyó aquel niño de diez años fue: «Muchacho, eres libre al fin. Ya no tendrás que vivir en esta casa que odias, ni podrá tu madre seguir separándote de tu padre.» La costra de una herida así traza dos bordes gruesos: la locura a un lado, la construcción literaria al otro. Por suerte para los lectores de Ellroy, en este caso una excluyó a la otra.

¿Y el padre? El padre lo recogió a la mañana siguiente y se lo llevó a ver *Los vikingos*, con Tony Curtis. El padre le enseñó que todos los actores importantes de Hollywood eran en realidad homosexuales enmascarados y llevaban gafas de sol opacas sólo para poderle mirar el paquete a los demás hombres. El padre lo tranquilizó diciéndole que eso era una buena noticia; así ellos, Ellroy padre e hijo, dispondrían de más mujeres. El padre pronunció en el lecho de muerte estas últimas palabras: «Hijo, no dejes de intentar ligarte a todas las camareras que te sirvan.» Semejante figura ocuparía un lugar fundamental en cualquier teoría que pretendiera explicar la mirada con que Ellroy radiografía el mundo. Pero en la mente de un escritor ni siquiera una presencia tan determinante como ésa puede competir con la madre muerta y ausente. Escribimos porque perdemos. Escribimos lo que perdemos.

¿Es sólo eso, entonces? ¿Tantos libros escritos sólo por, para y desde la herida? ¿Apenas una terapia? No. Aquel niño pasó a la adolescencia y, acaso por seguir acallando la única voz que no quería oír, la suya, flirteó durante años con la delincuencia: pequeños robos, merodeos, alcohol, drogas... Y muchas lecturas. Lecturas arrebatadas, fanáticas, poseídas. Veía películas y series de televisión. Alucinaba con *El fugitivo*. Devoraba a Chandler, Hammett y, sobre todo, Joseph Wambaugh: «Wambaugh me cantó el canto del cisne. Wambaugh me cambió para siempre. Te diré por qué lo sé: hizo que me avergonzara de mi vida.»

Empezó a sonar la voz acallada. Ellroy se permitió escucharla porque aquella voz le decía: «Tú también puedes. Tú eres capaz de escribir grandes historias.» Como él mismo ha explicado, también ayudó que eso significara: «A la mierda el colegio. Para eso no necesitas ningún diploma.»

Escribir y vivir se parecen mucho. En ambas circunstancias, lo más importante es escoger. No existe la página en blanco. La página en blanco está escrita con tinta invisible, como en aquellas novelas infantiles de misterio, y contiene todas las palabras posibles. La tarea del escritor consiste en escoger cuáles va a desvelar, cuáles quedarán finalmente en el texto y cuáles permanecerán invisibles. Todo escritor se define fundamentalmente por su manera de ver el mundo, pero su segunda marca radica en las palabras que elige. En el caso de Ellroy, la mirada es obvia: escoge pasearla siempre por cualquier lugar en el que el sexo y la violencia hayan fijado una cita. En cuanto a las palabras... Lo que este hombre es capaz de hacer con las palabras no es fácil de explicar. Ya se ha dicho: escribe con una metralleta de munición explosiva y, como asesino desmañado, no se preocupa de recoger los casquillos que probarán ante cualquier tribunal de lectores atentos la magnitud de su ternura. Además, tras sacudirse la etiqueta de escritor de género, Ellroy se ha dedicado en sus últimos libros a experimentar con el lenguaje y forzar sus límites. Traducir sus obras, por cierto, es una maldición que no le deseo ni a mi peor enemigo. La técnica favorita de este escritor es la aliteración. Si le pidiéramos que rescribiera la primera escena de esta introducción, el resultado se parecería a esto: «Percibe la presencia de un puto perro perdido. Pobre paria. Prende su pestilente pico en un puño prieto...» Etcétera. Cuando escoge una palabra, parece como si su oído, ese oído tan sensible a las voces que nadie más percibe, sintonizara con todas las demás palabras que empiezan por la misma letra. La aliteración es una tentación en la que caen todos los aprendices de escritores. En cualquier taller literario, los maestros advertirían a sus alumnos que huyesen de ella como de la peste. Incluso escritores más avezados corren el grave riesgo de banalizar cualquier frase que escriban si se dejan llevar por los vanos ecos de la aliteración. Hace falta ser un auténtico genio para escoger una palabra por la mera razón de que empieza con la misma letra que la anterior y sin embargo lograr que para el lector ésa sea la única palabra posible. Ellroy es un genio.

Loco por Donna es la última muestra de su genialidad. En tres novelas cortas se nos cuentan veinte años de historia de una relación entre un agente de la policía y una estrella del cine. ¿Qué los une? En la primera historia, mantienen su primer encuentro sexual después de un tiroteo. Sus abrazos alcanzan una intensidad similar a sus miedos y precisamente por eso se vuelven irrepetibles. Sólo podrán unirse de nuevo cada muchos años, cuando el flirteo con la muerte se lo vuelva a permitir. Vida y muerte, miedo y lujuria, huida y entrega... Puro Ellroy. O también Shakespeare, pero ya sabemos lo que pasa con Shakespeare.

A Oscar Reyes

UN PICADERO EN HOLLYWOOD

Morí en un tiroteo inútil. Otros cayeron antes que yo. Esto va por ellos.

Llegó el papel de mi ascenso / traslado. De Patrullas de Hollywood a Homicidios de Hollywood. Hampawood: desaparecidos tras violaciones anales, cocainómanos *killeristas*, vertedero de cuerpos de maricones. Yo tenía treinta y un años. Había estado cuatro en Patrullas. Tenía testosterona para dar y derrochar. Corría el otoño del 83. Ronald era presidente. Gates era el jefe. Aún se reponía *Redada*. O.J. era un negro rico y famoso del Westside. Rodney King era un caníbal curtido en el Congo. El DPLA era el rey.

Russ Kuster llevaba Homicidios de Hollywood. No toleraba tonterías, no tragaba niñatadas y cavilaba cada noche con bourbon decomisado. Sus bares favoritos eran el Reuben's, el Luciérnaga y el Hilltop Hungarian. Hollywood lo tenía atrapado. Cagaba donde comía. Tenía una casa en Cahuenga. Allí se peleaba con su mujer. Se peleaban por culpa de sus putas y de su mucho trabajo, una perenne noche de Walpurgis.

Pesqué a Russ en la sala de la brigada. Pasé revista a mis rollos rinocerónticos. Me encantan los rinos. Tengo un cinto para la pistola de imitación de piel de rino y unas botas de piel de rino de imitación. Mi colcha de piel de rino de imitación cautiva a las tías. Una vez me follé un rino. Un pasota de la calle me dio una galleta de hachís. Volé a

Zimbabwe con las Aerolíneas Trans-Zulú. ¡Estuvo taaan bien!

—Vaya pinta de macarra tienes, joder —dijo Russ—. Aquí nos serás útil.

—Agradezco la oportunidad, jefe. Y he pensado que una apariencia extravagante me ayudará para patearme las calles.

Russ asintió. Tenía los dientes corroídos por la nicotina y reducidos a ruinas. Tenía la piel estriada y estropeada por el estrés.

—Tu compañero es Tom Ludlow. —Russ encendió un cigarrillo—. Ya sabes, Tom, alias *el Listín*. Tiene veintidós muescas en un viejo ejemplar de las Páginas Amarillas. Va contra las reglas, pero consigue confesiones. Yo no le digo que lo haga o que deje de hacerlo. Lo único que digo es que funciona, y lo que exijo son resultados. Y si no me los das, trabajarás en el coche del sida y llevarás guantes de goma de triple capa como si fueras un proctólogo de mierda. ¿Nunca has recogido a una víctima con sida?

—No, jefe.

—Las extremidades se le quedan flácidas. Haz un buen trabajo y no pases por esa experiencia.

Hice chocar los talones. A Russ le gustaba el protocolo *Wehrmacht*. La hebilla de mi cinto de rino tintineó.

—Necesitamos un picadero. Tenemos catorce polis casados que necesitan una casa para sus fiestas y siestas. Necesitamos cinco dormitorios por cien pavos al mes, como máximo.

Me reí.

—Los pisos en los suburbios cuestan el doble —dije.

—A mí, siempre me han funcionado la imaginación o la coacción. —Russ sonrió—. Pero no hay que matar. Todavía nos están poniendo verdes por la abuela esa a la que se cargaron los chicos de Newton.

Hollywood. Hogar de modernos, maleantes y hermafroditas. Ahí tengo la choza desde el 78. Conozco todas las grietas de todas las pipas de crack. Me pateé Harbor durante un año y salí de allí a la que pude. Conocía a las putas, las locas y los atracadores. Los anfetamínicos me miraban a los ojos y se alejaban. Los villanos de la vaselina se encogían. Mi coche tenía un cuerno de falso rino. Era ilegal pero efectivo. Brillaba como un prisma priápico.

Recorrí los garitos de sábanas calientes de Sunset. Ninguna casa de cinco dormitorios: ratas como camiones y sábanas tiesas de estafilococos. Atajé hacia el sur por Highland. Dave Slatkin era el encargado del Refugio de Animales del DPLA. Antes había sido una tienda donde se vendía droga. La llevaban unas tortilleras. Las detuvimos por parafernalia y ocupamos la propiedad.

Aparqué y entré. Unos perros dormitaban en divanes confiscados. Un mastín malcontento gruñó. Un bull terrier terrible lanzó un ladrido. El refugio era la pasión de Dave y era un montaje del DPLA. Desarticulamos laboratorios de anfetamina y rescatamos a los perros guardianes. Dave les dice «cuchicuchi» y los agobia de amor. Los adiestramos para que maten cacos y les encontramos buenas casas. Llevan placas con el lema «ADIESTRADOS PARA MATAR».

Dave besuqueó a un pit leonado.

—¿A Jane no le importa que lleves pulgas a casa? —le pregunté.

—Se pone un collar de pinchos antiparásitos. Es su perversión.

Bostecé. Un dogo argentino se me meó en los zapatos.

—Russ Kuster tiene un trabajo para ti. Me ha pedido que le encuentre un picadero. Quiere que lleves a algunos tipos de confianza de la comisaría y blindes el lugar.

—No me digas. —Dave rió—. Cinco dormitorios por cien dólares al mes.

—Exacto. Si se te...

—En Tamarindo, al norte de Franklin, hay unos cuantos cuchitriles. Cuartos de yonquis, una mierda. ¿Conoces a Harry Pennell?

—No.

—Trabaja en Patrullas de Wilshire. Es negro y tiene un buen montaje. Intenta alquilar pisos en Brentwood. Le dicen que no hay vacantes y dos horas más tarde se presenta un pasma blanco, limpio y aseado. Trato hecho. Se lo alquilan al pasma blanco y Harry aparece y tiende la mano.

—¿Podría encontrarse conmigo en...?

—Estará en Tamarindo con Franklin dentro de una hora.

El dogo me husmeó la entrepierna. Se empalmó. Lo ahuyenté.

—Russ ha dicho que puedes registrar a fondo el lugar. Cree que es inútil pero está dispuesto a complacerte.

—Yo conozco la historia de Hollywood. Russ, no. En los cincuenta, en esos pisos se practicaban abortos. Llevaré Luminol y seguro que encontraremos sangre.

—Que te diviertas. Yo, esta noche, trabajo en una película de la Academia.

—¿Y de qué va?

—Una serie para la televisión. Unos compañeros novatos se enamoran. Los dos están casados con jefes supremos. El padre del tipo intenta violar a la chica. Ella se carga al viejo calenturiento.

Dave se hurgó la nariz. El dogo se frotó contra mi paquete.

—¿Qué les das para comer?

—Comida casera. Hoy tenemos pimientos rellenos y salchicha polaca.

El bull terrier se tiró un pedo. Me largué a toda pastilla.

Harry Pennell era gordo. Llevaba un traje sport verde y una gorra de vendedor de periódicos sobre su gran melena afro. Lucía una chapa con la leyenda «MATA A LOS PASMAS». Escondía la pipa y la placa en sus botas de macarra.

Harry fanfarroneó *bravissimo*. Tenía un túnel de lavado, una clínica donde hacía la prueba del sida y un bar de tortilleras llamado El Higo. Tenía dos talleres de confección donde curraban espaldas mojadas, proveía a tres vendedores de marihuana y chuleaba a seis putas transexuales. Lo hacía todo impunemente. Poseía unas películas porno prodigiosas. Quédate: la mujer de un mandamás montándoselo con una moza de aparcamiento en el club La Almeja de Alice.

Harry contó el plan: 1. Llega al piso. 2. Enseña unos billetes. 3. Menciona a sus «putas» y a los juerguistas nocturnos. 4. El letrero de «PISO VACANTE» desaparece.

Me acerco hasta allí. Comento mis kontactos con el klan y mis lazos con el DPLA. Hablo con insistencia de violadores negros, de degolladores negros, de *artistes* negros de la violación en domicilio. Remarco la buena noticia: habrá polis todo el día. Remarco la mala: cinco dormitorios por cien pavos al mes.

Necesité ocho visitas. Ocho mirillas que se abren. Ocho sonrisas de Harry. Ocho mirillas que se cierran. La mirilla n.º 8 hizo una pausa. Una bruja vieja abrió un ápice la puerta. Harry dijo «estable» y «putas finas». La puerta se cerró. Embestí a lo rinoceronte. Mostré la placa a la vieja. Improvisé sobre la «ola de crímenes cometidos por negros».

—Demuéstrame que eres un pasma —dijo ella—. Tengo cuatro maleantes que van retrasados en el alquiler. Si los desahucias sin todo el papeleo, aceptaré encantada.

Seguí el olor. Cerillas quemadas / éter de pipa de crack / carne sin lavar. Rastreé dos pasillos del piso de arriba. Un pit bull haraganeaba en el descansillo. Lanzó roncos gruñidos. Le arrojé mi almuerzo. Fritos y dos barras de caramelo. Se lo zampó. Lo aparté y seguí el olor.

Hay una puerta. Abrámosla de una patada.

Lo hice. Fíjate en los tres neonazis de pelos de escarpia. Peso neto: 85 kilos. Sexo: difícil de saber. Fíjate en las pipas de crack. Mira a los crackeros atrincherados en el séptimo cielo.

Fíjate en la ventana abierta. Fíjate en los rosales de abajo.

Los tiré por el hueco. No pesaban nada. Cayeron sobre los rosales. Las espinas les hicieron tatuajes nuevos. Las ramas de los rosales amortiguaron el golpe.

Conseguimos el piso. Mi palabrería racial ayudó. Me inventé un negro sanguinario, un negro violador de esquinas, un negro blasfemo y un súcubo sepia. La vieja se avino: cinco dormitorios / cien dólares al mes. Numerosos policías / acceso las veinticuatro horas / conducta ruidosa. Los chicos, ya se sabe.

La vieja me enseñó la casa. Tres plantas, plafones de madera en las paredes y vigas en el techo. Los dormitorios daban a los pasillos centrales. Abajo, un aparato de alta fidelidad se las apañaba con Lawrence Welk y Mantovani.

Todo resultaba adecuado. Paredes gruesas, intimidad entre las habitaciones. Dave me avisó:

Harry se dedicaba a instalar mirillas en las paredes y también tomaba fotos en infrarrojo para la revista *Bosquimano*. Le dije a Dave que prepararía un montaje: Harry, *el Negro Violador de Esquinas*.

Inspeccioné las paredes y los revestimientos. Dave tal vez tuviera razón: las manchas oscuras probablemente fuesen sangre vieja. Dave conocía el hampa de Hollywood. La metástasis de las masacres se producía al sur de Sunset y se extendía al norte de Franklin. Le encantaba inspeccionar casas viejas. A veces tenía visiones. Nada de rollos psicodélicos. Eran más como insinuaciones, susurros, sollozos, suspiros, lamentos. Te lo aseguro, rino-reacio: Dave es un híbrido de moderno y pasota. Es un adorador del perro rabioso. Es un visionario vibrante. Limpia pisos para Russ Kuster. Es un montaje. Lleva cinco años en ello. Aspira a Homicidios de Hollywood. Dos másters, visiones, una historia sismográfica y psicosexual de L.A.: puede que lo consiga ráaapido.

Agarré el pit bull y lo llevé a almorzar. Nos repartimos tres burritos de oki pastrami. Lo dejé donde Dave. Fue amor al primer mordisco. Le royó la porra. Dave le permitió que se la quedara como juguete. Le puso un gota a gota. Lo alimentó con caldo de carne y medicinas caninas. Mencioné las manchas de sangre de la casa. Dave dijo que iría con agentes de confianza y que haría una inspección a fondo.

—Tengo visiones, Rick. Veo a un tipo de los años cincuenta. Es alto y le faltan algunos dientes. Capto la vibración de que es bastante desconocido. No debe de estar en las bases de datos. Quizá tenga que ir a la morgue del *Times*.

Bostecé.

—¿Y lo mío, esta noche? La película...

—Me han dicho que la protagonista es una zorra.

—¿Tienes visiones de que voy a ser feliz?

—Francamente, no —respondió.

Hollywood me absorbía. Cago donde como. Evitaba Simi Valley. Orange County me desorbitaba. La kuriosa kostumbre de Kuster: recorre tu barrio, conoce a tus vecinos, clasifícalos intuitivamente.

Yo vivía frente a un patio egipcio de imitación. Valoraba lo céntrico que estaba. Leía en la Biblioteca John Muir. Vivía cerca del cubil del fotomatón mortal de Harvey Glatman. Dave Slatkin tuvo visiones de Glatman. Las visiones pasmaron a los investigadores de lo paranormal de la época. Slatkin vivía en el culo del mundo. Por aquel entonces, tenía cuatro años. Sus visiones de L.A. lo atrajeron hacia el oeste y formaron su vocación de poli. Vinculaba maldades pasadas con estructuras que aún existían. Los pasmas son escépticos. Dave saboteó su escepticismo. Encontró las hipodérmicas de Barbara Graham detrás del Ranch Market de Hollywood. Encontró las recetas de gomas de la Dalia Negra en un tubo de la ventilación de la farmacia Owl. Hollywood: instigador insidioso de mitos mórbidos. ¿Por qué trabajar en otro lugar?

Y, quédate con esto:

Emito vibraciones de amor por LA MUJER. De una cosa estoy seguro: ella no será una asidua de Hollywood. Sin embargo, captará la *Gestalt* del lugar.

Los focos se encendieron al anochecer. La noche se convirtió en día. La Academia se iluminó.

El edificio principal / el aparcamiento / el gimnasio. Las colinas del Elysian Park. Cañadas, barrancos y caminos serpenteantes montaña arriba. Las colinas atraían a los sarasas. Allí estaban muy cerca del malévolo mando masculino. Era un autoservicio de asco por uno mismo. Los rompeculos se aplicaban en coches aparcados muy cerca del claustro de la Academia de Policía.

Esta noche estábamos libres de locas. Las luces iluminaban Chinatown hacia el este y Sunset Boulevard.

Yo vestía de uniforme. Llevaba un walkie-talkie. El papel prohibía los rollos rinocerónticos. Peiné la zona de caza homo. Rescaté una bolsa de basura. Encontré condones de fantasía, vibradores desechados, ampollas de nitrato de amilo y cerillas de un bar de sadomaso.

Los focos se apagaron. La colina se hundió en las sombras. Mi walkie-talkie sonó. Lo cogí.

—Jenson.

—Aquí Bobby Keck. Están mojando las colinas e iluminando el bar. Sube, que conocerás a los protagonistas.

Cambié, corté y me ajusté el cinto de la pistola. Mi miniestómago se ensanchó y se aplanó. Al DPLA le gustan las siluetas delgadas y los contornos cortados. A mí me parecía homofílico. Actúa como disuasorio de las cenas copiosas y de los postres a base de donuts.

Me acerqué al bar. Unos tramoyistas trajinaban trastos. Los iluminadores encendían los focos. Vi a dos civiles de azul policía. Reconocí al hombre.

Venía de un largo linaje. La calvicie, la nariz grande, el aire hispano. Era la simiente ardiente de Luis Figueroa y Rosemary Collins.

Recordé mi lista del reparto. «Figueroa, Miguel D.» La mujer hizo una pirueta y me proporcionó el perfil. Aquí está: «Donahue, Donna W.»

Era diminuta. Tenía el cabello oscuro y unos ojos de un castaño claro vertiginosos como un huracán. El cinto de la pistola le colgaba bajo y abrazaba con fuerza sus caderas. La placa le tapaba el pecho izquierdo e insinuaba latidos martilleantes.

Me acerqué. Me reinventé a mí mismo como un *raconteur* de rinos. Representé tiroteos y atracos heroicos. El año pasado maté a un violador que se colaba en las casas. Quizá la impresionara con mi falso feminismo.

Abrí la boca. Donna Donahue me preguntó:

—¿Eres un poli de verdad o un extra?

—Me cargué a Huey Muhammed 6X, el violador tristemente famoso. Liquidé a dos espaldas mojadas, quiero decir inmigrantes mexicanos ilegales, durante un temerario tiroteo a corta distancia en Tacos Tom, en la esquina de Hollywood con Western.

—¡Guau! —exclamó Miguel Figueroa. Miré de refilón a Donna Donahue. Los latidos de su corazón martillearon. Su pecho izquierdo se hinchó. La placa se puso a brincar.

Mi cuerno de rino empezó a endurecerse. Figueroa me miró.

—Yo tuve un cuelgue con tu madre —le dije—. En los años sesenta me gustaba muchísimo.

—Tal vez seas mi padre. —Figueroa se rió.

—Y los ladrones de Tacos Tom, ¿qué querían llevarse? —preguntó Donna.

Me encogí de hombros y escondí la tripa. El cinturón se me aflojó y me aplanó la cremallera de la braglueta. La cremallera se abrió. Asomaron mis calzoncillos. Llevaban el lema del Burger King: «Hogar de los whoppers.»

Figueroa se rió. Donna disimuló. Sus ojos pardos se clavaron en los míos azules.

—*¿Qué se llevaron los ladrones de Tacos Tom?*

—Nueve dólares y una bandeja de burritos. —Sonreí—. Se quemaron las manos con la bandeja y la dejaron caer.

—¿Y por eso los mataste? —preguntó Donna, boquiabierta.

—Querían las quesadillas y las chimichangas. —Guiñé un ojo—. Tenía que cortar aquello de raíz.

Donna soltó una carcajada. Figueroa se rió. Me subí la cremallera *rápidamente*.* Se acercó un tipo con un megáfono. Tenía pinta de ser el director.

—El agente Jenson liquidó a dos *cholos* durante el famoso atraco al Tacos Tom —dijo Figueroa.

—Amnistía Internacional condenó esas muertes —se burló el director—. Esos tipos tenían doce hijos entre los dos.

—Me lo encargó Planificación Familiar —me burlé—. Y les disparé por la espalda, por cierto.

* En adelante las palabras en castellano en el original aparecen en cursiva. (*N. de los T.*)

Donna sonrió. Sólo con mirarla me sentía en el cielo.

—Te crees un tipo duro, ¿verdad? —preguntó el director.

—Soy tu padre —respondí con un guiño.

Figueroa me hizo un guiño.

—No te avergüences —dijo—. Él es mi padre, también.

El director estaba cabreaaado.

—Vamos —dijo—. A continuación haremos la escena del coche patrulla.

Donna y Figueroa se alejaron. Donna se despidió sin volverse. Movió los dedos por encima del hombro. Le lancé un beso.

Un tipo de producción me dio unos auriculares. Con ellos se oía lo que hablaban en el coche policial. Donna y Figueroa interpretan a unos compañeros de patrulla que son amantes. Se abrazan en el coche. Los dos están casados con sendos jefes. Las cosas se van a complicar.

Me puse los auriculares y me instalé en el bar. Allá vamos: un chasquido, un crujido, interferencias.

—Ensayemos un poco, muchachos —dice el director.

Se encendió un foco. Los vapores lumínicos bañaron las colinas. Alerta de julandrones. Los rompeculos trajinan extasiados en los asientos traseros. Los coches botan. Van a romper los tubos de escape. Van a joder los amortiguadores.

Los auriculares tartajearon interferencias y carraspearon.

—Sácame la lengua de la boca, mamón —dijo Donna.

—Vamos, nena —replicó Figueroa—. Es el método Stanislavski. Son cosas que he aprendido en el Actor's Studio.

—De tal palo, tal astilla —dijo Donna—. Tu padre me atacó en *Hawai Cinco Cero*.

—Pues él me ha enseñado todo lo que sé. —Figueroa se hacía el gracioso—. Me enseñó interpretación, música, cultura. Luego atacaba a mis novias y me las quitaba.

Compasión de uno mismo y mortificación. Típico Stanislavski.

—Me han contado que tiene una polla como un mulo —dijo Donna.

—Como el Gran Burrito de Tacos Tom, nena. —Figueroa rió—. Rechace imitaciones.

—Lo llamaré. Le diré: «Eh, Luis, dime cómo lo hiciste con Rosemary Collins antes de que yo naciera y confírmame la teoría de que el tamaño se hereda en la segunda generación.»

—No, nena —replicó Miguel—. Crece. *El chorizo se hace grande por amor*.

Oí crujidos. Oí que se abría la hebilla de un cinturón. Oí una cremallera que bajaba. Oí a Donna decir con total frialdad:

—El chorizo cortado para cóctel en dos segundos. Mi padre me dijo: «Vas a Hollywood, tal vez necesites esto.»

Imaginé una navaja del Ejército suizo: pinzas, pinchos y reductores de pollas.

—No me cortes, nena —dijo Figueroa—. Necesito todo lo que tengo. Qué mierda de migraña, joder.

—Fíjate en esos coches —dijo Donna—. Es como una sesión en un autocine pero sin pantalla.

—Oooh, mi cabeza, joder —se quejó Figueroa.

—Son *caballeros* gay corriéndose la fiesta. ¿Cómo se filma una cosa así?

Yo lo sabía.

La ladera de la colina descendía hasta una contundente cañada. Los coches ascendían con facilidad. Subían serpenteando por las calzadas y los caminos sin asfaltar. El descenso era duro. Comían hierba, rompían troncos de árbol y golpeaban las piedras. Los desalojos de maricones terminaban con un puñado de coches en el fondo de la cañada que bajaban con la basura por el cauce del río Los Ángeles.

Corrí al exterior.

—¡Luces! —grité. Dos decenas de focos iluminaron la ladera.

Yo me enrabieté como un rino y asalté coches.

Aporreé cristales. Solté frenos de mano. Presencié un *homo-interruptus*. Oí gritos, chillidos, alaridos y aullidos que pedían ayuda. Los coches se lanzaron colina abajo entre los chirridos de las ruedas. Los coches pasaron a toda velocidad por el encuadre de la Divina Donna y el Macizo Miguel.

Donna se apeó. Donna se encaramó al techo del coche. Vio Ramblers rodar y caer por la cañada. Vio volar Vauxhalls. Yo la miré. Donna contemplaba la colección de coches caídos. Tiene unos ojos pardos vertiginosos como un huracán. Lleva el cabello moreno cortado a lo paje. Lleva las perneras del pantalón por dentro de las botas. Es la tigresa de uniforme ceñido del DPLA.

Miguel se apeó. Se detuvo y miró a los homos que se hundían en el Hades. Contempló la cañada. Una botella de vino barato. Los ejes se partían y araban el suelo arrastrando envoltorios de condones.

—Esto me pone caliente —dijo Miguel—. Luis siempre decía que los maricas hacen que la cuota de mujeres follables aumente para los demás.

Miré a Donna. Qué perfectamente freudiano: la imagen erótica de mi vida, vestida de policía.

Un Bonneville golpeó la cañada. Sonaron tres disparos. Vi a un hombre correr.

Donna se bajó del coche de un salto.

—El foco lo iluminaba —dijo—. Lo he visto bien.

Asesinato entre maricones. Una especie de *homocidius vulgaris*, nada que ver con los crímenes de los negratas. Asesinatos de maricones contra crímenes de negros: un manual.

Los maricas mataban en Hampawood y en Rampart. Este asesinato olía a pánico y a odio hacia uno mismo. La identificación de los asesinos salió mal. Su superego sermoneó: «No follo con tíos en Pontiacs púrpura / no follo con tíos para nada.»

Los maricas mataban como *prima donnas* de paseo. Iban y venían. Fumaban. Joan Crawford llevada al extremo. Coge un cuchillo. Apuñala a su amante noventa y una veces. Los maricas mataban con ensañamiento. A los maricas les gustaba el término «heridas múltiples». El amante infiel ha muerto; ¿te sientes mejor, ahora?

Los negros mataban en la Setenta y siete con Newton. Los negros mataban con rapidez. Willie le debe diez pavos a Shondell. Es una deuda de juego. Recuerda: jugamos a dados detrás de la mezquita de Muhammed número seis. El hombre suelta numerosos «hijo de puta». Willie se aburre y dispara primero. ¡Bam! Shondell cruza esa profunda laguna Estigia. Se acerca a La Meca, a Mamá o a la Gran Licorería. Seguimos su rastro de sangre. Casi está muerto. Ve a san Pedro. San Pedro bebe cerveza de malta Schlitz y lleva un sombrero de ala ancha y copa baja. Llegamos hasta allí. «¿Quién te ha matado, colega? Dínoslo rápido.» Shondell responde: «Willie X.» Así fue como pescamos su culo de negrata.

La ladera de la colina pulsaba en pandemónium. La luces atraían a panzudos *paparazzi*. Se presentó la patrulla de Rampart con sus detectives. Me tomaron declaración. Dije que había encendido los focos para avergonzar a unos homos en plena faena. Éxodo. ¡Deja marchar a mi pueblo!

Los polis peinaron la cañada. Miguel describió al sospechoso. Tenía una migraña monstruosa. Joder, *mi cabeza*.

Donna era quien lo había visto mejor. Un dibujante

hizo un retrato robot. El sospechoso: varón blanco, muy flaco. Granos en la cara, caninos sobresalientes.

Sospechoso: desconocido. Víctima: varón blanco envuelto en chatarra. Bajamos. Donna se acercó a mí. Buscamos testigos al acecho. No vimos ninguno.

Nueve coches se apilaban en el saliente de la hondonada. Ningún testigo presencial. Habían huido corriendo. Habían huido nadando. Habían vadeado entre la basura y navegado en flotillas de cartón.

Encontramos el Pontiac púrpura. El coche de la muerte era lujoso como Liberace. Interior blanco / tapizado triple / bolas chinas de color lavanda.

El muerto cubría el asiento trasero. Tenía el culo al aire. La raja estaba untada de vaselina. Un poli le levantó la cabeza. Volaron dientes rotos y balas de gran calibre.

Un poli observó a Miguel.

—Te pareces a Luis Figueroa.

—Es mi padre —dijo Miguel.

—Malditos crímenes de maricones —dijo un poli.

—Todos se llaman Lance o Jason —dijo otro—. En todos los casos de crímenes de maricones en los que he trabajado, las víctimas se llamaban así.

—Diez pavos a que se llama de otra manera —dijo Donna—. Venga, averígualo.

Un poli sacó la cartera del fiambre. Un poli se arremangó. Bingo. Permiso de conducir de California a nombre de Randall J. Kirst.

El poli pagó a Donna. Me demoré en los ojos de ésta. Eran dos faros brillantes, vertiginosos como un huracán.

—¡Toma buena! —atronó un altavoz—. Terminamos por hoy. El DPLA dice que no podemos seguir rodando hasta que se aclare todo este lío.

Miré a Donna. Donna me miró.

—Te llevaré en coche —le dije.

—Me llevaré yo.

Me entretuve en la Academia. Miguel intentó un «¿Te llevo a casa en coche?». Donna le hizo un corte de mangas. Un técnico del rodaje trajo un montacargas. Sacaron los homomóviles de la barranca. Los pasmas de Rampart escribieron un boletín. En resumen, decía esto:

Randall J. Kirst, víctima de homicidio. ¡Se buscan julandrones empapados! ¡Reclamad vuestros coches culeros en Embargos del DPLA! ¡Presentaos a los interrogatorios del crimen del maricón! ¡Disculpas hipócritas por el trabajo del detective Rick Jenson!

Remoloneé en el bar. Los tipos de las huellas trabajaban fuera. Empolvaron el Pontiac púrpura. Encontré tomas de Donna Donahue. Me envolvieron en vapores de vudú. Se me ocurrió una idea:

Los testigos necesitan protección. El DPLA la vigilará. Las veinticuatro horas del día.

Sí, pero:

Miguel Figueroa también lo vio.

Sí, pero:

El picadero tenía cinco dormitorios.

Sí, pero:

Rampart tenía el caso. Estaba en su jurisdicción. Era su trabajo.

Sí, pero:

Russ Kuster tenía influencia. Rampart le debía favores. Yo había sido testigo del homicidio.

Buenas posibilidades. Cogí las fotos de Donna y me fui.

El restaurante Hilltop Hungarian:

Una estructura de estrudel en Cahuenga Pass. Un gulag de gulash. Un hogar para húngaros nostálgicos y el cubil de cavilar preferido de Russ Kuster.

Conduje hasta allí y entré. Russ se había puesto hasta el culo de *schnapps*. Seis parejas sorbían *slivovitz*. Un payaso tocaba el acordeón a cambio de unas monedas.

Russ me vio. Acercó un taburete de la barra. Me senté a horcajadas en él.

—Dime que has encontrado el picadero.

—He encontrado el picadero.

—Dime que no hay ninguna catástrofe que haya marcado tu primer día en Homicidios de Hollywood.

—Bueno, ha habido un...

—Me han llamado los polis de Rampart. —Russ rió—. Has superado la prueba. Has sentido la necesidad de decirme que ha habido una catástrofe.

Saqué las fotos de Donna. Las esparcí sobre la barra. Ojos alerta. Russ miró, se entretuvo, se calentó.

—Dime que es la única testigo y que teme por su vida. Dime que ha visto demasiado y que el asesino quiere eliminarla antes de que preste declaración. Dime que ella necesita una habitación en nuestro picadero y que, con toda probabilidad, se mostrará debidamente agradecida.

—No —dije.

—¿No?

—No; hay un segundo testigo, un hombre, y Donna se olería un montaje al momento.

—El hombre es marica, ¿verdad? —Russ encendió un cigarrillo—. No nos cuadra en la escena.

—No es marica.

—Pero ¿qué dices? Es actor, ¿verdad?

—Es una excepción. Créeme.

—Muy bien, tenemos a la tía y al único actor del mundo que no es maricón, y el caso de un maricón asesinado por el que Rampart sólo se interesa de boquilla. Queremos..., ¿cómo se llama ella?

—Donna Donahue —respondí.

—Bien, entonces, lo que quieres es que llame a Rampart y que consiga que nos asignen al caso.

El acordeón sonó desafinado. Bela Marko lo llevaba colgado. Bela era la bestia negra absoluta de Russ y un loco de los delitos menores. Bela tocaba mal el acordeón. Bela robaba las propinas de los camareros. Bela cenaba y se esfumaba. Bela vendía hierba en el aparcamiento. Russ le pateaba el culo con frecuencia.

Bela tocó un himno chirriante. Bela mostró el platillo de recoger dinero. Fue de mesa en mesa.

Mesa número uno: ni caso. Mesa número dos: un cuarto de dólar y diez centavos. Mesa número tres: un bastón de pan a medio comer. Mesa número cuatro, un dúo de lesbianas: dos patadas en los huevos.

Bela sacudió el acordeón. Bela lo dejó caer. Bela trastabilló y salió agarrándose los huevos.

Russ se rió. Russ bebió *schnapps*.

—Donna Donahue es mía.

—El caso es mío, ¿no? —Meneé la cabeza—. Soy un novato. Es el asesinato de un maricón que no interesa a nadie.

—Tienes razón. —Russ asintió—. Nadie más querrá el caso. Ahora, mírate en el espejo.

Lo hice. Me vi. Vi a Russ. Aparté la mirada. Russ me obligó a mirar otra vez.

—Fíjate en nosotros. Tú pareces un poli de uniforme con un mal bronceado. Yo me parezco a William Holden en *El crepúsculo de los dioses*. Tú quieres el caso, quieres llevar a Donna por ahí y enseñarle fotos policiales y enseñarle Tacos Tom y el lugar donde te cargaste a Huey Muhammed 6X. Muy bien. Pero cuando venga al picadero, yo estaré allí con bourbon y Brahms.

Me puse de pie.

—Asegúrate de decirle que fuiste tú quien dejó ahí la pistola como prueba falsa —añadió Russ.

Me gusta dormir con perros y pensar en mujeres. El calor entre especies estimula la clarividencia y las vibraciones empáticas. Donna Donahue se merecía al Rick Jenson sensible. Una noche de seis perros suavizaría mi lado insensible y duro. Sí, liquidé a Huey X y a los hermanos García. Lo hice con gusto, pero no me inspiró *amor*. Donna tenía que captar la disyuntiva moral.

La noche de perros era un ritual.

Monté en mi coche. Me acerqué a Sombrero King y compré seis burritos de oki pastrami. Hablé por el walkie-talkie. Les di el nombre de Donna. Respondieron:

Donahue, Donna, Welles. Morena /ojos pardos, 1,60, 48. FDN: 13/3/56.

Buenas cifras. Veintisiete años para mis treinta y uno. Buena dirección en Westside.

La comida y los perros consagraban la vida. El trayecto resucitó a los muertos.

Pasé por Carlos y Gower. Sentí el fantasma de Ian Campell. Oí gaitas. Olí a cebolla y a pólvora. Pasé por Hollywood y Vermont. Fred Early cayó allí. Vi manchas de sangre arterial. Oí el chasquido de los autoinyectables de morfina.

Fui hasta el refugio y descargué la comida. Dentro sonaban gruñidos y ladridos. Abrí la puerta, encendí la luz y conté los perros. Seis: el pit bull, el dogo, el bull terrier, el airedale, el pastor australiano y *Reggie*, el rhodesian ridgeback.

Primero, la comida.

Les di de comer uno a uno. Así evitaba peleas perrunas y caos canino. Ñam, *ñam*, pastrami frito, col frita, tortillas fritas. Por la noche, el índice de pedos subiría.

Dave apalancaba las mantas cerca de las cajas de los perros. Extendí seis en el suelo y dejé otras seis para taparme. Cogí un cojín y lo tiré al centro del espacio. Los perros se apilaron en él.

Nos tumbamos todos. El airedale y el pit bull me flanquearon. Nos arrebujamos bajo las mantas.

—¿Qué os pasa, cabrones de polla grande? —dije.

Respondí por ellos: mi voz / sus respuestas imaginadas.

—Quiero un piso en la playa. A tomar por culo. Quiero una casa en Bel-Air que sea de un judío del negocio del cine. Tiene seis hijas jugosas para penetrarlas con mi misil airedale aire-tierra. A la mierda todo eso. Quiero vivir en el Pacific Dining Car. Podría moverme por el suelo, oler entrepiernas y comer bistecs a discreción.

Los perros empezaron a roncar. Su calor me envolvió. Yací quieto y solté mi lamento:

—Hay una actriz. Tiene unos ojos pardos caleidoscópicos. Tiene un resuelto sentido de sí misma, no se deja embaucar por palabrería barata y me supera en el físico. Estoy seguro de que es de buena familia. Es *la* mujer. La deseo, cueste lo que cueste. Fijaos en eso, cabrones de polla grande.

Ningún perro gruñó ni ladró para apoyar mi prólogo pro amor. El bull terrier se tiró un pedo.

Donna: mi metafísica máxima y mi *précis* priápico.

Creció perpleja por su belleza. Los chicos la acosaron y la vejaron. Adquirió la *Gestalt* de los actores: adopta identidades distintas y aprecia tu salto barato a la Luna. Conoce tu esencia. Aférrate a ella. No te creas esa mierda de definición hollywoodiense de que el coraje es crueldad. Ten en cuenta esto: este lugar sólo va de risas y folleteos y es un sitio dudoso para satisfacer apetitos. Reúne las herramientas del amor que el buen Dios te ha dado. Ve más allá del bellaco Russ Kuster y de Miguel *el Malandrín*. Busca al HOMBRE. Se cargó a los hermanos García. Liquidó a Huey X. Se cobró vidas malas y salvó vidas buenas. Quiere conocerte.

Ahora, duerme, Donna.

Desperté al amanecer. Me cambié de ropa. Me cepillé el traje para quitarle los pelos. El ridgeback me miró la entrepierna. Me pregunté qué pensaría Donna del tamaño. Puse la radio. *Pam*: «La División de Detectives de Hollywood, y no la de Rampart, investigará el homicidio de anoche, cometido a la sombra de un rodaje en los terrenos de la Academia de Policía de L.A. El detective

Russell Kuster ha dicho: "Estamos acostumbrados a resolver casos de julandrones muertos; crímenes entre personas de estilo de vida alternativo, quiero decir. Estamos en ello."»

Chúpamela, mamón: ¡Donna Donahue es mía!

Crucé la sala de la brigada. Me llegó una rechifla cacofónica. Mierda: Russ ha hecho correr la voz sobre nuestra «rivalidad».

Conocí a mi compañero Tom Ludlow *el Listín*.

—Vamos a interrogar sarasas hasta que encontremos uno que confiese —dijo—. Todos esos tipos tienen padre y complejo de culpa. Tú los engatusas y yo hago el trabajo sucio.

Me eché a reír. Cogió su tomo de Páginas Amarillas. Fíjate en las manchas de sangre seca. Fíjate en los escupitajos. Probablemente, Tom lo morreaba.

—Hasta luego, Tom —le dije—. Hoy tengo que sacar de paseo a una testigo.

—¡Rino está enamorado! —gritó un poli.

—¡Rino le chupa la polla a un chihuahua! —gritó otro.

Russ me llamó. Me senté a horcajadas en la silla libre. Russ me pasó su colonia Canoe. Era la preferida de los macarras sutiles y de los marines de permiso. Me rocié con ella.

—Nadie de mi brigada huele como si hubiera hecho un trío con *Lassie* y *Rin-Tin-Tin*. Bien, y ahora, aquí tienes tu programa para hoy. Primero vas a ir al Sheraton de Wilshire. Slatkin da un seminario allí. Lo buscas y le dices que reúna a sus hombres de máxima confianza para que pongan bonito el picadero, mientras él hace pruebas forenses de todo lo que le apetezca. Luego, vuelves a entrevistar a Donna, le enseñas fotos de archivos y le cuentas lo del picadero.

—Estoy en ello.

—Dile que Huey X andaba rabioso. Tú lo serenaste. Dile que estás suscrito a *Ms. Magazine*. Todos los liberales y los comechochos la leen.

El Sheraton: Dave *el de los Perros*, en plena actuación.

Una pequeña sala de banquetes. Polis sentados ante largas mesas. Cafeteras / donuts / panecillos duros.

Dave agarró el micro y se acercó al atril. Movió el puntero. Fíjate en el menda de la pantalla: Stephen Nash / crímenes pasionales en los cincuenta / artista supremo de los crímenes de gays.

Grande, corpulento, cabello rizado, le faltan dientes. Una monstruosa sonrisa de comemierdas.

Dave monologa:

—Nash destaca por su perversidad y sus fanfarronadas. Se declaró homosexual orgulloso a mediados de los cincuenta. Mató por resentimiento psicópata y porque matar lo excitaba sexualmente. La cifra de los que murieron a sus manos sigue sin conocerse. Están los tres de la bahía de San Francisco, el peluquero gay de Long Beach y el chico de diez años que apareció en el muelle de Santa Mónica. La racha de asesinatos en serie de Nash terminó en noviembre del 56. Insinuó más asesinatos pero nunca dio nombres, y cinco víctimas, desde que salió de San Quintín en libertad condicional en el verano del 54, parece una cifra baja.

Mordí un panecillo. Se me movió un diente. Lo tiré.

—Durante años ha corrido un rumor —prosiguió Dave—. El rumor dice que durante el tiempo que estuvo en libertad, en el 54 y el 55, trabó amistad con un actor que por afición filmaba a personajes «extravagantes» de L.A. y grababa algunos de sus divagues. No os riáis. Sé que algunos os burláis de mis dotes mediúmnicas, pero he visto una gran casa de estilo español relacionada con todo esto.

—Es la casa de *Reggie*, el rhodesian ridgeback —gritó un pasma.

—No, es el piso del airedale —gritó otro.

—*Reggie* es vuestro padre colectivo. —Dave sonrió, dejando perpleja a la concurrencia.

—¡Stephen Nash es mi tipo! —aulló una poli mientras yo me acercaba al escenario—. ¡Podría volverlo hetero!

—Cámara de gas, 19 de agosto de 1959 —dijo Dave.

Apagué el micrófono. Dave y yo comentamos la jugada.

—Russ dice que hoy hagamos limpieza —dije—. Si quieres ganar unos puntos con él, busca unas cuantas camas de agua y un buen equipo de sonido.

—Enseguida. —Dave chasqueó los dedos—. Ese payaso de Suministros King trafica con tranquilizantes. Hablaré con el fiscal de distrito.

Bostecé. El maldito *Reggie* había dormido encima de mí. Me faltarían horas de sueño.

—Esa colonia apesta —dijo Dave—. Russ intenta enrollarte con Donna.

—¿Ya lo sabe todo el mundo?

—Sí. Mañana probablemente salga en el *Variety*.

—Es una chorrada —dijo Donna.

—No —repliqué—. Eres una testigo material. El asesino te vio. Necesitas protección las veinticuatro horas del día.

Estábamos a la puerta de la Academia. Los técnicos se preparaban para las tomas. Donna llevaba unos vaqueros descoloridos y un jersey de cuello cisne beis. Parecía de Exeter o Andover o de alguna escuela pija sin negros.

—Señorita Donahue, esto no es ninguna tontería. Esos majaras que se cargan a los maricones también se corren matando mujeres. Lo he leído en *Ms. Magazine*. Y sé de buena tinta que Huey Muhammed, antes de que me lo cargara, iba a matar a una mujer.

—Yo preferiría el Beverly Wilshire. —Donna sonrió—. Pero me conformaré con el Biltmore o el New Otani, en el centro.

—Señorita Donahue —rinorreforcé el tono de voz—, el DPLA padece unos drásticos recortes de gastos, pero tenemos a nuestra disposición una casa de cinco dormitorios en Hollywood, habitada por encallecidos detectives las veinticuatro horas del día, y está usted cortésmente invitada a permanecer allí bajo nuestra protección.

Donna rió. Rinorrevisa esto. Donna rugió.

—Tengo dos primos policías. Estoy familiarizada con el término «picadero». Hace una hora estuvo aquí un policía llamado Kuster. Me miró de soslayo socarronamente mientras atraía a Miguel al llamado «piso franco», con la promesa de Dios sabe qué golosinas. Mujeres, probablemente.

Me colapsé. Me derrumbé. Languidecí y me lamenté y me rinorretorcí.

—Mierda, pero usted es mi damisela en peligro.

—Es damisela en apuros. —Donna esbozó una sonrisa. Incipiente / preventiva / casi.

—De acuerdo.

—¿He captado ahí un desliz freudiano? —Los ojos pardos me martillearon.

—¿Qué quieres decir?

—Has dicho «mi», no «nuestra», de los demás sátiros.

—Mierda, lo único que quiero es estar cerca de ti todo el tiempo que pueda.

Rinorreviví.

Donna sonrió. Regia / resplandeciente / real.

—Muy bien, me quedaré.

Ahora no sudes / no te deshagas / no te derritas.

—¡Eh, Jenson! —gritó un tramoyista—. Ha llamado un tal Ludlow. Tienes que encontrarte con él en el recinto de Embargos lo antes posible.

El recinto era imponente, seis grandes bloques de Japantown. El Pontiac púrpura estaba junto a la valla. Tom Ludlow se apoyaba contra él. Tenía en la mano su guía telefónica / oso de peluche.

Me acerqué y aparqué. Se sacó la petaca de la cadera. Aaah, Old Crow y Sprite, el desayuno de los psicópatas veteranos de Vietnam.

—¿Nunca se te ha ocurrido pensar que eres un alcohólico impenitente y un psicópata?

—Sí —eructó Tom—. Y me he vuelto así porque mi nuevo compañero duerme con unos perros de lo más cutre.

Touché.

—¿Siempre llevas la guía telefónica?

—Sí.

—¿Y la lees alguna vez?

Tom se hurgó la nariz.

—Busco nombres de mujeres. Luego las llamo, les digo guarradas e intento quedar con ellas.

Me reí. Observé el recinto. Era el Auschwitz de los Audis, el Bergen-Belsen de los Buicks, el Dachau de los Dodge Darts.

Se acercó un técnico. *Frappe* Freddy. No sonreía / no hablaba.

Sacó una llave maestra. Abrió el maletero del Pontiac púrpura. Miré. Hice inventario:

Un tubo de vaselina, estrujado. Libros para sarasas. *Encúlame*, *La polla judía*, *Para aquellos que sólo piensan en pollas*.

Estampado en la caja: Librería Porno Vista / Selma Av. / Hollywood.

Billetes de veinte dólares sueltos. Manchados con tinta de banco. Tinta seca en el maletero.

—No lo entiendo —dijo Tom.

Yo, sí.

El asesino quiere un culo. La víctima tiene dinero en efectivo.

El asesino no sabe que la víctima ha atracado un banco. Guarda la pasta en el maletero. Se están metiendo mano. El asesino busca la vaselina en el maletero. Ve los billetes. Coge uno. Tinta fresca. Lleva una pipa. Sorpresa: Rino enciende las luces y abre las ventanillas. El asesino dispara a la víctima. El asesino huye por piernas. Donna le ve el trasero.

Puse en marcha a Tom.

—Llama a los federales y a Atracos Central. Pide datos sobre atracos ocurridos durante la última semana.

—Eh, que aquí el veterano soy yo —dijo Tom golpeando el listín—, y tengo llamadas importantes que hacer.

—Te doy un teléfono. Es gratis, porque ahora somos compañeros.

Tom cogió el bolígrafo.

—Carol F. Brochard —dije—. 213-886-1902.

—¿Quién es?

—Mi ex mujer.

—¡Guau!

—Es una ninfómana. Jode con negros, uno detrás de otro. Es una auténtica furcia.

Tom hizo una mueca de asco.

—Voy a tomar una muestra de tinta —dijo el técnico— y le daré los números a Dave Slatkin. Averiguará de dónde han salido esos billetes.

—Gracias —dije.

Tom Ludlow corrió a un teléfono.

Quédate:

El picadero de Hollywood.

Entré en el maremágnum del machismo. Fíjate en lo que vi.

Polis cargando bolas de espejos de discoteca. Mozos de Suministros King entrando camas de agua. El detective Coleman, alias *Condón Cole*, recorriendo la ruta de las gomas de habitación en habitación. La bruja de la casera, colmada de Camels y una botella de oxígeno.

Ahí está Dave Slatkin, inspeccionando una grieta de la pared.

—¿Qué...?

—Ha llamado el payaso de Embargos —lo interrumpió Dave—. Hace cuatro días, un desgraciado atracó el Banco Federal de Hollywood en Santa Mónica con Cole y he hecho la comparación de la tinta con una página de fax. Hay una imagen de una cámara de vigilancia del tipo mientras golpea a un guardia de seguridad del banco y coincide con el fallecido Randall J. Kirst. Los de Identificación le tomaron las huellas en la morgue y, ¿sabes qué?, coinciden con una latente de la repisa del cajero.

—Hemos resuelto un atraco pero nos hemos quedado cortos en el asesinato. —Me apoyé contra la pared—. Kirst iba salido, el hijo de puta. Se va de farra con la guita en el coche, el muy julay...

—O es un altercado de ladrones-amantes. —Dave estudió los puntos de la pared.

Sacudí la cabeza.

—Habrían ido a un motel.

—¿Quieres decir a una pocilga como ésta?

Miré alrededor. Los machacas llevaban televisores en mesas con ruedas. *Va va boom*: pelis porno en cada habitación.

—¿Qué está haciendo Russ? —pregunté.

—Peinando la zona, pidiendo prestados polis y recorriendo los bares de locas de la zona de la Academia. Tiene a Ludlow comprobando expedientes de delincuentes sexuales.

—Uf.

—Sí, uf, pero funciona.

Oí gruñidos, sollozos, estremecimientos y «oh, mierda». Sonaba a Miguel *Migrañas*. Imaginé que le consolaba el culo y lo distraía de Donna.

Subí por la escalera. Miguel deslizaba la cabeza por una viga de la pared.

—¿Qué? ¿Mala?

—Sí, con las imágenes que la acompañan, ¿sabes? Un rollo recurrente.

—Cuéntame. —Me apoyé contra la jamba.

—Recurrente desde el primer año, en 1956, joder, con el mismo gigante pervertido que me persigue por toda la casa y mi madre que lo persigue a él, rompiéndole discos en la cabeza. Jaqueca, pesadillas nocturnas, alucinaciones diurnas; la puñetera trinidad.

—¿Y cómo lo aguantas?

—A la manera Collins, tío. Fantasía y vodka.

En la habitación de al lado sonaron unos gruñidos. Triple XXX / sexo en directo / un tipo con granos en la espalda y un monumental cipote curvado.

Fui a comisaría. Dejé mensajes a Donna en su casa y en el plató. Librería Porno Vista / en Selma cerca de Highland / probablemente tienen filmaciones de la cámara de vigilancia.

Entré en la sala de la brigada. Tom *el Listín* hacía su trabajo.

Seis cubículos de interrogatorio. Un pervertido en cada uno. Tom en el cubículo número cuatro.

Bateaba como Ted Williams. El giro de cadera. El final del movimiento, fluido. El sospechoso estaba esposado a una silla. Esquivaba el cuarenta por ciento. El promedio de bateo de Tom: seiscientos.

Saltaron dientes. Se arrugaron páginas. Corrió sangre.

Salí: Rinorregla número seis: trabajos con el Listín en violadores y pedófilos solamente.

Selma: una calle de travestidos que salía de Sunset. Homo de arriba abajo. Yogurcitos jóvenes y bujarrones. Garitos de libros porno y felaciones en cuartos traseros.

Pulgas como perros y gomas de culos cocidos. Microbios malignos como el monte Matterhorn.

Y Donna Donahue justo al lado de la librería: una ráfaga de felicidad en azul policía.

Aparqué en doble fila y me apeé de un salto.

—Iba mal de tiempo para cambiarme —dijo Donna—, pero aquí el uniforme nos lo ha hecho ganar.

—¿Qué?

—Me he hecho pasar por poli. El tipo de la tienda está preparando la grabación de su cámara de vigilancia de los dos días anteriores al robo. Podemos entrar al cuartucho del fondo y verla.

Entré primero. El tipo hizo como que no me veía. Saludó salazmente a Donna y señaló «la vía del vibrador», un pasillo con estanterías llenas de salamis. Porno empaquetado en estantes y expositores. El paraíso de las pollas y el edén de los chochos.

Esquivamos vibradores. Llegamos al reservado. Donna apagó las luces. Le di al proyector. Película en blanco y negro.

Vimos tomas panorámicas. Vimos números de identificación. Vimos a tipejos inútiles gastarse la pasta en porquería.

—Ya he comprobado los recibos de las tarjetas de crédito —dijo Donna—. No hay nada de Randall J. Kirst.

—Claro. —Asentí—. Nadie, ni los cacos de pisos, quiere recibos de tarjetas de crédito de la Librería Porno Vista.

—Exactamente —dijo Donna—. Buscamos a dos tipos que vinieron juntos de compras: la víctima y el asesino que vi yo.

En apenas cuarenta y ocho horas tenía la técnica de un policía. Añádele la educación familiar y la inteligencia.

—¿A qué se dedica tu familia? —le pregunté.

—Fabrican tazas de váter —contestó Donna entre risas.

Reí. Se me distendió el estómago. Volví a retraerlo.

La película pasaba. Vimos lesbianas comprando consoladores. Vimos universitarios comprar *Chochorama*, *La guarida del chocho*, *El chocho enmascarado*, *Chochorowsky* y *Las chicas del chocho*. Vimos mariposas hojeando *A la griega*, *Greg se hace griego*, *Los locos del griego*, *Más es más*, *Largas y duras* y *La más larga del barrio*. Reí. Donna, también. Chocamos las caderas de gusto. A Donna le tintineó el cinturón. *Las delicias griegas de Moby Dick*, *Moby Dick de aventura en Atenas*, *Moby Dick y Vic Vaselina*. Reímos. Aullamos. Chocamos las caderas.

—¡Ahora! —gritó Donna.

Le di al stop. La imagen se detuvo. El dependiente corrió al cubil. Se comió con los ojos a Donna.

Le sonsaqué.

—Es el tipo muerto del telediario —dijo el dependiente—. El otro es Chickie o Chuckie Farhood. Por su estatura yo diría que es Chickie. Chickie es maricón, pero de los duros. Chuckie es un cazador de gordas al que le gustan unas tías enormes. Chulea a unas cuantas focas y las anuncia en las revistas contraculturales. Y cuando digo gordas...

—Al grano —lo pinchó Donna.

—Vale, Chuckie vive en los apartamentos Versailles, en la Sexta con Saint Andrews. Chickie roba coches y duerme en ellos y todo esto no os lo ha contado Burt D. Lelchuk. Soy un hombre limpio en un negocio sucio.

Los Versailles. La Sexta con Saint Andrews: Koreatown, ah, claro...

Nos dirigimos hacia el sur. Facciones mestizas y pieles amarillo limón. Las cifras de delitos eran bajas. Los coreanos iban a su bola. Allí, yo era Rick Rickshaw. Fíjate en los carteles, todos en coreano. No hay negros con cerveza de malta Olde English 800.

Llegamos a la dirección. A tomar por culo, dejemos que Donna también intervenga.

Comprobamos los buzones.

—Aquí, Farhood —dijo Donna dando unos golpecitos al 106.

—Es una mujel muy golda —dijo una vecina coreana que pasaba—. No puede bajal escalelas.

Caminamos hasta el 106. Donna llamó. Oí un televisor.

—¡Estoy en la cama! —gritó una mujer—. ¡No puedo levantarme! ¡Peso demasiado! —Se oyó un acceso de tos—. Entren, la puerta está abierta.

Donna hizo girar el tirador. Entramos. Quédate con las paredes: testimonios sucesivos en fotos de 20 × 25. Monumentos a la obesidad mórbida.

Doscientos setenta kilos. Ocho metros. Un estadio. Donna miró alrededor. Yo recé para que hubiera aeróbic en el cielo.

Una puerta entornada.

—Estoy aquí —dijo la voz.

Donna abrió la puerta. La cama: una empresa endomórfica: grande / ancha / clavada al suelo. En ella, una mujer desnuda, horriblemente gorda.

—Somos policías —dije—. Hemos venido porque...

—¡Una pistola! —gritó Donna.

Instinto de poli: me tiré al suelo. Instinto de actriz: Donna se echó sobre mí.

Saqué la pipa.

Se me cayó.

Vi «la pistola». Vi al que la empuñaba: un minimacho bajo la mama gorda.

Disparó. Por dos veces, muy desviado. Donna sacó su pistola. Disparó. Joder, era una pistola de atrezo.

La mama gorda metió la mano bajo la almohada. Mierda, es una Magnum 44. El minimacho disparó por encima de mi cabeza. Rodé de lado. Hice caer a Donna.

Me sacó la fusca del tobillo. Chasquido de velcro. La mama gorda apuntó y disparó. Voló un trozo de la pared.

Donna se puso en pie.

Donna se acercó a la cama.

Apuntó. Disparó a la mama gorda en la cabeza. Le disparó en su masa de grasa. La mama gorda se combó. El minimacho quedó al descubierto. Donna le disparó cuatro veces en la cara.

Todo transcurrió a cámara lenta.

Llamé a Russ. Russ llamó a los detectives de Wilshire. Los de Wilshire trajeron un montón de pistolas de incriminar. Presté declaración. Era *mi* pistola. Me atribuí el mérito / la culpa según las pautas. Russ llamó al comité de investigación de uso de armas «una póliza de seguros». Donna ni siquiera estaba allí.

Russ le trajo tranquilizantes y whisky. Los engulló. Estábamos en el vestíbulo. Nos abrazamos con las cabezas juntas.

—Dime algo agradable —susurró Donna.

—Ahora ya sabes quién eres —le dije.

No quería quitarse el uniforme. Tenía manchas de sangre. Estaba sucio. No quería ir a casa a cambiarse. No quería volver al plató. No quería ponerse ropa limpia.

Las pastillas y la priva la colocaron. Miraba por la ventana. Miraba a la gente.

—¡Vaya mierda de mundo feliz! —masculló.

—Me has salvado la vida —le dije. La llamé «compañera».

—¡Vaya mierda de mundo feliz! —repitió.

Cayó la noche. Conduje hasta el picadero. Donna se quedó dormida. Le puse un chaleco antibalas debajo de la cabeza.

Entré. Russ había puesto música de Bruckner para los libertinos. *Segunda Sinfonía*, segundo movimiento. Mierda lírica / música para gente distinguida.

Hasta los topes.

Pasmas en ropa interior / mujeres en batín. Parejas de pie en los pasillos. Parejas que querían ver a Donna. Puedes imaginar...

Dave rascaba sangre de las grietas de las paredes.

—¿Dónde está Miguel? —le pregunté.

—Vio algo en la pared. —Dave tosió—. Una pesadilla jodida, ya sabes. Ha ido a casa de su madre.

—Tu chica se las trae —dijo Russ—. Es demasiado mujer para mí.

Bruckner subió de volumen desmesuradamente. Era la elegía para un siglo ya muerto. Donna se acercó y se detuvo en el umbral. Recibió una ovación atronadora. El ruido la ensordeció. Saludó. Le goteó sangre de la placa.

—Vaya mierda de mundo feliz.

Conduje hacia el oeste. Caía una ligera llovizna. El cóctel de Russ perdía gas.

—Vayamos a ver a Miguel —dijo ella—. A veces me preocupa.

—¿Dónde vive?

—En casa de Rosie. En Roxbury, al norte de Sunset. Una gran casa estilo español de color blanco.

—¿Quieres hablar de ello?

—No, quiero saludarlo y meterme contigo bajo unas sábanas y ver si con unas pastillas y algo más de whisky consigo llorar.

Enfilé hacia Beverly Hills. Donna me mostró la casa: grande / estilo español / de ladrillo / Gershwin había vivido allí.

Aparcamos y llamamos. Rosemary Collins abrió. Nos vio. Vio a un pasma y a una actriz. Sumó dos y dos.

—Chist... —dijo—. Miguel tiene una mala migraña.

Entramos. Lo habíamos conseguido. La lluvia se convirtió en chaparrón. Donna cumplió con la etiqueta de Hollywood.

Fue al baño. Abrió el botiquín. Cogió unos sedantes. Se los metió en la boca. Encontró un mueble bar. Bebió whisky directamente de la botella.

Rosie me guiñó un ojo. Estaba muy gorda. Había cedido a todos los apetitos.

—¿Dónde está Miguel? —pregunté.

Rosie bajó las escaleras. Donna la siguió tambaleándose. Yo cerré la marcha.

—Los viejos archivos de Luis están ahí abajo. En los cincuenta hizo documentales.

Latas de películas sobre las sillas. Latas de películas en las estanterías. Latas de películas archivadas y apiladas hasta el techo.

Ahí está Miguel.

De azul policía, desmayado a golpes de vodka Belvedere.

Le eché una manta por encima. Rosie le metió los pies debajo de ella.

—¿Podemos quedarnos aquí a pasar la noche? —pregunté.

—Seguro —respondió Rosie—. Tercer dormitorio, en lo alto de las escaleras a la izquierda. Llevaré a Donna a tomar una ducha.

Donna trastabilló hasta un baño. Yo di con otro y me desnudé. Vi arañazos de bala en la mejilla y en el hombro. Se desprendió sangre seca.

Me duché y encontré una bata. Me tumbé en la cama. Rosie trajo a Donna. La bata la empequeñecía.

Rosie apagó la luz y cerró la puerta. Donna se acurrucó junto a mí. La oscuridad sentaba bien.

—¿Podemos hacer el amor por la mañana? —dijo Donna—. Ahora estoy demasiado hecha polvo.

—Pues claro —respondí—. Es mi mejor momento.

La cama cayó mil metros y aterrizó con nosotros dentro. Se asentó una sincronía: sus latidos, mi respiración.

—Vaya mierda de mundo feliz.

Su primera reflexión de la mañana. Desperté con una picha para parar un carro. Deletérea, delirante, deliciosa Donna.

Escuché pesadillas en la habitación contigua. La voz de Luis Figueroa. La aparición parcial de un asesino describiéndose a sí mismo. Chasquido de la bobina del carrete. Luis llamaba al tipo «Steve». Sonidos confusos. Tracé un mapa mental. Mediados de los cincuenta. Las películas caseras de Luis. El pedófilo pervertido de Dave Slatkin: Stephen Nash. La visión de Dave: la gran casa estilo español. ¿El nido de Rosie?

—He dicho «vaya mierda de mundo feliz». —Donna me dio un codazo.

Mi picha se movió hacia arriba y hacia fuera. Decisión rápida: deshínchala meando o pavimenta nuevos caminos peneanos con Donna.

—Ahora es nuestro mundo —dije. Donna se acercó. La besé en el cuello. La besé en el escote, pegado a la bata de Rosie. Me levantó la cabeza. Me besó los rasguños de las balas. Nuestros labios se cerraron y se lanzaron al beso más largo del mundo.

Me arremoliné en él. Saboreé mi aliento matutino. Lavé el whisky medicinal de su lengua. Sostuvimos el beso. Nos quitamos la bata. Me hundí en el delirio de Donna. Ella rinorreciprocó. Nos saboreamos el uno al otro por todas partes. Lamimos lunares y pellizcamos pulgares de los pies y nos concentramos en nuestros centros. Saboreamos sus fragancias. Ella me atrajo hacia su interior. Duró diez segundos o diez horas. Fue un clímax con los ojos cerrados y una respiración al unísono y un estrecho abrazo hasta que pensé que nuestros huesos iban a romperse.

Nos pusimos de nuevo la bata y recorrimos la *casa*. Donna charló con Rosie. Yo llamé a la puerta de Miguel. Jugueteaba con latas de películas y cintas catalogadas.

—Luis conocía a personajes turbulentos —dije.

—Tipos alucinados. —Miguel encendió un cigarrillo—. Les daba algo de pasta y filmaba todas sus historias. Era una variación del estudio de lo irreal para conocer lo real. Un poco como Donna, ayer. Se cargó a dos tipos y ahora se meterá mejor en el papel de policía.

—¿Me enseñas las películas que pasaste anoche? —Reí.

—Pues no. Esta mañana te has follado a Donna y estoy celoso. Cuando se me pasen los celos, te dejaré verlas.

—Me parece justo.

—Disfrútalo mientras puedas, tío. —Miguel me lanzó aros de humo a la cara—. Donna devora hombres como mi madre Häagen Dazs.

Tosí por culpa del humo. Donna chilló:

—¡Rick, ven a la sala! ¡Salimos en televisión!

—Consígueme a mí un par de desgraciados que pueda despachar, Jenson. Ahora, Donna tiene ventaja en la experiencia de la vida —dijo Miguel.

Volé a la sala. Rosie llevaba un muumuuu hawaiano. Donna llevaba el uniforme azul del DPLA manchado de sangre. Era una Eva escultural todavía marcada por Stanislavski.

En la tele hablaba Russ Kuster:

«La acción del agente Jenson, matando a Charles Farhood, alias *Chuckie*, y su cómplice Melissa Cassavailian, alias *Mama Cass*, fue enteramente legal dentro de las normas del DPLA, y estoy seguro de que hoy la comisión investigadora lo exonerará.»

Corte rápido. Un periodista guapo:

«La señora Suzie Park Kim, de los apartamentos Versailles, tiene una versión diferente que contar.»

Corte rápido. Una corpulenta lesbiana coreana llenó la pantalla.

«¡No, no, no! He visto a una actriz de la tele. Iba de uniforme, con un policía. ¡Ella mató a Chuckie y a Mama Cass! ¡A ella la he visto en *Hawai Cinco Cero*! ¡Donna no sé qué! Está para comérsela, ñam, ñam.»

Donna me agarró.

—Tenemos que hacer las maletas y largarnos. El hermano de Chuckie tiene una bala con mi nombre.

La agarré. Olí su cabello. Percibí Alberto VO5 y el sudor de nuestra sesión de sexo.

—Tengo que presentarme ante la comisión. Tú quédate aquí y vigila a Miguel. Está colgado de esas viejas películas de su papá. Volveré después.

Donna asintió.

—Ven, cariño —le dijo Rosie—. Häagen Dazs y bourbon decomisado. Desayuno de campeones.

Russ y yo nos encontramos en Park Center. Habitación 463. Asuntos Internos.

—Ponme al día —le dije.

Russ se limpió la cera de las orejas con un clip.

—El muerto es Chuckie Farhood. Es heterosexual y su fetiche son las gordas. Chickie es el mariquita y éste es su modus operandi: el fallecido Randall J. Kirst y Chickie trabajaban eventualmente como actores en películas porno y Chickie atraca farmacias, birla droga y duerme en coches que roba. Es un julay psicópata. Va a espectáculos para heteros y para homos, saca fotos de la pantalla con una cámara de alta velocidad y las vende en las librerías porno. Eso ha sido todo lo que le hemos sacado a ese menda de la Porno Vista.

—Pues debe de tener un cuarto oscuro en algún sitio.

—Seguro —dijo Russ. Me tendió fotos policiales de Chickie Farhood.

—Las denuncias de coches robados...

Russ me interrumpió.

—Tenemos seis unidades de Tráfico Oeste comprobándolas y peinando las respectivas zonas en busca de testigos y seis equipos de huellas para empolvar la ciudad. Dentro de dos horas tenemos una reunión en Antivicio Central. Tú y Tom Ludlow iréis a los bares de maricones y a los teatros porno, a todos los lugares en los que Chickie pueda trabajar y esconderse. Doce equipos en total, y anoche Chickie atracó una farmacia. Dejó tres huellas latentes y se llevó una carga de barbitúricos de tres tipos distintos. Qué significa eso, lo ignoro.

Me rasqué las pelotas.

—¿Un intento de suicidio?

—Tal vez. Antes de la reunión, pasa por el picadero y habla con Slatkin. Nuestro genio residente anda flipadísimo con algo.

Me rasqué la nariz. Olí a Donna.

—Iré al picadero, luego a los Versailles y tranquilizaré a esa zorra coreana. Está hablando de Donna.

—Baja prioridad. —Russ sacudió la cabeza—. Sobre todo si Chickie tiene la intención de suicidarse.

—Joder, Russ, pero Donna está...

—No. Y si ves a ese jodido chivato mío, Chuy Nieves, asústalo. Les ha estado diciendo a los tipos de la calle que yo lo entregué al Sheriff después de pillarlo en un intento de violación en domicilio.

—¿Y Donna? —Me subí el cinto de cuerno de rino.

—Por lo que me han contado —dijo Russ con un suspiro—, Donna puede cuidar perfectamente de sí misma.

La comisión era una mera formalidad.

Un poli blanco, anglosajón y protestante mata a un pornógrafo y a una malograda Mama Cass. Las balas del poli blanco, anglosajón y protestante se cargan a una prostituta que tiene hijos mantenidos por Asuntos Sociales y a un ex convicto que tiene un hermano maricón. Las cavilaciones de la malograda Mama Cass: qué idiota.

La comisión deliberó. Yo estaba sentado. Me pellizqué la piel en busca del perfume de Donna. Encontré aromas en los brazos y en los tobillos. Ahhh, la hembra que frenó a Stanislavski.

La comisión volvió. Decisión unánime. Uso legal de armas.

Deletérea Donna: lo de homicidio en segundo grado pasa a mejor vida.

Invertí mi itinerario. Lo primero era Koreatown: cerrarle la boca cuanto antes a la lesbiana corpulenta.

Tuve ensoñaciones con Donna. Me obligué a obrar con cautela. No le hagas proposiciones hasta la próxima semana.

Me vino a la cabeza Chuy Nieves. Era el chivato habitual de Kuster. Paseaba por los dormitorios de la UCLA. Enseñaba a las estudiantes bonitas su hámster maltrecho por el herpes. Conseguía que gritaran y chillasen. Russ lo pescó. Lo convirtió en su chivato. Pero se había rebelado. Pedía a gritos «una prueba de pantalla».

Llegué a los Versailles. Inspeccioné el callejón adjunto. Joder: la demoníaca Donna y la lesbiana corpulenta, pilladas en pleno fregado.

Donna de azul teñido de sangre. La lesbiana coreana con una bata color malva.

Gritaban. Chillaban. Bramaban. La lesbiana intentaba pegar a Donna y meterle mano a la vez. Intervine. La lesbiana me pegó con la panza. Salí despedido. Donna me recogió. La lesbiana se apartó.

—Vi que disparabas a Chuckie y a Melissa. Estuvo aquí un hombre. Me enseñó fotos tuyas. De un libro de cine. Donna no sé qué. El hombre es el hermano de Chuckie. Me enseñó la foto. Te me comería a bocados, ñam, ñam.

Chickie. Había vuelto para vengarse. Ya se había ido.

—Te dije que te quedaras en casa de Rosie —empecé a regañar a Donna—. No puedes ir por ahí haciéndote pasar por policía siempre que...

Disparos. Gran calibre de izquierda a derecha. En la cerca del callejón / un tintineo de rebotes. *Bam*. La tortillera recibe uno en un ojo. Se desploma muerta. La carne rebota y se aplana. Un terremoto de 6,8, joder.

Donna da un salto. Donna dispara al otro lado de la cerca. Mierda: uniforme falso / balas auténticas. Salto la cerca. Mi cuerno de rino colgado de un poste. Estoy empalado cabeza abajo. Donna me tiró del trasero. Me desempalé y caí al suelo de culo. Donna disparó a Farhood, que huía. Las balas salieron muy desviadas. Dieron contra el suelo y rebotaron hacia el cielo. Me tumbé boca abajo y disparé un cargador. Le rocé los cabellos. Casi le alcancé los zapatos. Desperdicié todo el cargador.

Donna saltó la cerca.

—¿Balas auténticas? —pregunté.

—Me convenció Miguel. Lo llamó «más allá de Stanislavski».

Di aviso de lo sucedido. Llegó Russ Kuster. Después llegaron los detectives de Wilshire. Describí la escena. Omití la pipa de Donna. Los pasmas lanzaron miradas a Donna y le pidieron autógrafos. Donna escribió «Vaya mierda de mundo feliz» y «Con amor, Donna» en sus blocs de denuncias.

Prestamos declaraciones y volvimos a Hampawood.

Discutimos con respecto al atrezo de Donna: azul policía y balas que desgarran la carne.

—Chorradas —dijo Donna—. Soy feminista y quiero matar a ese hijo de puta en nombre de las mujeres oprimidas de todo el mundo.

Seguimos. Fuimos al picadero. Vi a Chuy Nieves en Sunset con El Centro.

Pisé el freno. Derrapé. Perseguí a Chuy. Chuy se movía despacio: metástasis de metedrina y tres paquetes de tabaco diarios. Agarré por el culo al espalda mojada. Lo esposé. Lo arrastré hasta el coche. Lo lancé al asiento trasero.

—Como liberal que soy, debo protestar —dijo Donna.

—Ex liberal —dije yo—. Y ahora fíjate en la prueba de pantalla.

Pisé el acelerador. Pasé de noventa. Pisé el freno. Chuy se golpeó con la red metálica que separaba los asientos delanteros del trasero. Le dejó tatuajes de tablero de tres en raya.

Pisé el acelerador. Puse las luces y la sirena. Rebasé los ciento veinte. Pisé el freno. Chuy se golpeó contra la tela metálica. Se rompió la nariz. Pisé el acelerador. Rebasé los cien. Frené. Chuy se estrelló contra la tela metálica de cabeza. Mira qué corte de pelo tan en la onda: marcas del metal en el cuero cabelludo.

Paré el coche. Me apeé. Saqué a Chuy. Lo tiré a la cuneta.

—No te pases con Russ Kuster.

Monté en el coche.

—Por favor, no digas «Vaya mierda de mundo feliz».

—¿Por qué no vamos a la habitación de un motel, vemos pelis porno y hacemos el amor?

—Cuando Chickie haya muerto o lo hayamos capturado.

—¿Vas a cargarte a ese maricón, verdad?

—Donna, nunca ha habido una mujer como tú —dije.

Llegamos al picadero. Dave Slatkin estaba en el porche. Temblaba de pies a cabeza.

Aparqué y me acerqué.

—Cuéntame —le dije.

—Esta casa es el mal. —Dave no paraba de temblar—. En una grieta de la pared he encontrado sangre mezclada con vacuna de la polio y líquido encefálico. He ido a la Biblioteca de Hollywood. Tres chiquillos desaparecieron del pabellón de poliomielíticos del hospital Reina de los Ángeles. En abril del 56.

Sentí escalofríos.

—Estás pensando en Stephen Nash.

Dave asintió.

—Tenemos que traer perros y cavar el patio —dijo.

—Primero tenemos que pescar a Farhood. Sé realista. Nash está muerto. Los chicos están muertos.

—El rollo del tipo que anda suelto —me susurró Donna—. ¿No tiene Miguel un...?

—Dave —la interrumpí—, vuelve al refugio y relájate con los perros. Tenemos una reunión en Antivicio Central. Me presentaré por ti.

Dave seguía temblando.

—Sigo viendo esa gran casa española al norte de Sunset.

Llamé un taxi para Donna. Le dije que volviera a casa de Rosie y que vigilara a Miguel. «Inspecciona las latas de películas del viejo. Ve con cuidado. Después te lo cuento.»

Nos besamos como despedida en una travesía asquerosa de Hollywood. Toda mi vida era una gran nube borrosa.

Antivicio Central. Parker Center. Habitación 506.

Suyo afectísimo ante el atril. Mi cuerno de rino de plástico se situó cerca del micro. Actualicé. Recé. Asigné.

Escuchaban veinticuatro pasmas. Detectives. Hombres de balística. Técnicos en huellas. Russ me dio una hoja de datos. Improvisé a partir de ella.

Cuarenta y dos mariquitas recuperaron sus coches. Ninguno conocía a Randall J. Kirst ni a los hermanos Farhood. Unos cuantos mariposas dijeron que los «conocían de vista» y nada más. Asigné los bares y teatros porno del Valle a once equipos de dos hombres. Los nombres de los locales provocaron risas: Pollas de Lujo, Fuerte Pollas, La Verga, El Agujero Secreto, El Club de la Colonoscopia, Juguetes para Mayores, El Vestuario de Vincent, La Sala de Lances de Lance, El Nido de Amor de Charlie Cuero y Los Veinticinco Centímetros.

Terminé con un pase de diapositivas y una reflexión teñida de machismo. En las diapositivas aparecía Chickie de medio cuerpo, sin camisa. Granos horribles, pústulas como el monte Matterhorn y barrillos negros a punto de estallar. «Puaj», dijeron a coro todos los presentes. Mi reflexión:

—Tiene tranquilizantes de farmacia. Va armado y es peligroso. Arrestadle tan pronto lo veáis.

Me emparejé con Tom *el Listín*. Llegamos a Hampawood Oeste. Tom cambió el listín por una porra de cola de castor. Fuimos a espectáculos para heteros. Nos quedamos a ver folladas y mamadas. Hablamos con los cajeros. Habían visto a Chickie. «El menda de los granos, ¿verdad?» Recorrimos con linternas las caras de los parroquianos. Pescamos a tipos haciéndose gayolas. Pillamos a un pasma en plena garganta profunda en *Sharon se folla a todo Sherman Oaks*. Tom tomó nota para hacerle una llamada.

Fuimos a bares gay: La Juerga de Jason, El Látigo de Lee, La Cuadra de Clive. Obtuvimos una pista. Los clientes llamaban Granos o Pus a Chickie. Un sarasa lo llamó Dave *el Hipnóticos*. Chickie había intentado meterle Rohipnoles en la bebida. Tom aulló. Empezó a llamarme

Rick Rohipnol. Dijo que ésa era la única manera de que consiguiera llevar a alguien a la cama. Fuimos a más espectáculos de heteros. Vimos a John Holmes haciendo un anuncio para «El extensor de pollas Donkey Dan». Se trataba de un aparato con poleas y conllevaba posibles problemas de próstata. Tomé nota mental de llamar a Donna para contárselo.

Volvimos al coche. La radio resonó. Respondí. Tráfico Oeste había encontrado el coche de Chickie en Griffith Park.

Ahí estaba: un Toyota del 79, decorado a lo Nash del 56.

Aparcado en un risco. Con vistas a la ciudad. Egregiamente exhibicionista.

Nos sobrevolaban helicópteros. Russ y dos polis de uniforme sitiaron el coche.

Tom y yo nos apeamos. Quédate con el infernal interior:

Salpicadero satánico. Recortes de prensa y fotos de Stephen Nash pegadas con cinta adhesiva. Nash rechinando los dientes. Nash con sonrisa de devorador de cadáveres. «Soy el rey de los asesinos», «el degollador». Nash blandiendo, jactancioso, una tubería de plomo y un cuchillo. Nash pestañeando ante el destello de un flash. «El rey de los asesinos apuñala veintiocho veces a un chico debajo de un malecón.» Se jacta: «Nunca había matado a un chico. Quería saber qué se siente.»

Unos polis de patrullas peinaron la loma. Inspeccioné el asiento trasero. Farhood había creado un collage cruel.

Stephen Nash con la bragueta abierta. La polla gigante de John Holmes asomando. Aportación política: el diablo Dick Nixon comiéndole las gónadas.

—Ha dejado el coche aquí para que lo encontremos —dijo Russ—. Los de huellas han levantado latentes suyas del salpicadero. El coche fue robado hace dos días en el

Ted's Ranch Market. No volverá. Es demasiado sofistica-do. Tenemos seis equipos investigando los robos de coches en un radio de seis kilómetros. Seguro que se llevará otro.

Tom se golpeó la pierna con el listín. Saltó sangre seca.

—¿Algún soplo? —pregunté.

—La Perca de Percy —respondió Russ—. Es un bar de mariposas de Ventura. El camarero dijo que tenía información. Tú y Tom iréis a interrogarlo.

Vi una cinta de ocho pistas metida en un reproductor. Lo puse en marcha. Tom tocó unos diales del salpicadero. La voz de Stephen, envuelta en la bruma del 56.

—¡Soy el rey de los asesinos! ¡Marcharé a la muerte como el máximo monarca maligno! ¡Soy el monstruo matador en masa!

La Perca de Percy.

Un palacio púrpura y plateado. Maricas en reservados tapizados de plástico.

Spanky, el camarero era un marica mantecoso con mallas de lycra y lentejuelas. Nos vio y nos llevó al cuarto trasero.

No hubo presentaciones. El camarero escupió:

—Chickie tiene el sida. Da a los tipos esas pastillas que los atontan y les contagia el virus adrede.

Metió un vídeo en un reproductor. Unas tomas temblorosas aparecieron en la pantalla. Ahí Harrison Ford *el Superdotado*, en *La guerra de las galaxias*. Ahí Sylvester Stallone *el Esteroides*, en *Rocky*. Ahí Chickie convertido en Stephen Nash. Es una falsa orgía fantástica.

—Chickie filma este material en pantallas de cine normales y luego se intercala él. Que Dios nos perdone, pero hay mercado para esta blasfemia.

Volvimos al bar. Vi un cuadro de cadavéricos Calvinos tragando tequilas y martinis monstruosos.

—Son las víctimas de Chickie —dijo Spanky—. Les quedan cuatro meses de vida.

—Matémoslo —dije.

—Por mí, ningún problema —dijo Tom, blandiendo el listín.

Dejé a Tom en el picadero. Seguí hasta Bedford Drive.

Ahí está Rosie. Ahí está Donna. Ahí está Miguel bebido de vodka Belvedere.

—Rosie se ha emborrachado y me ha contado las visiones de Miguel —me dijo Donna en un aparte—. Stephen Nash intentó atacarlo. Rosie lo persiguió y le pegó con una pila de discos de 78 rpm. Destrozó dieciséis ejemplares de *Ven a mi casa*.

—¿Has mirado las latas de películas viejas?

—He encontrado algo que coincide perfectamente. Agárrate.

Fuimos a la habitación contigua. Una pantalla cubría una pared. Apagué las luces. Donna le dio al proyector. Los dientes de Stephen Nash rechinaban para la cámara.

—Secuestré a los dos mocosos de la sala de la polio y les golpeé la cabeza contra la pared de la casa de huéspedes donde vivía. Después de muertos, les di por culo y los enterré en el patio trasero. Era abril. Pensé que la pasma me pillaría tarde o temprano. Me busqué la puta más fea del mundo y la jodí hasta dejarla ciega. Le puse un gran plátano en el estómago y fingí que estaba con un chico. Tenía hoyuelos en todas partes. Cuando me mandaron a la silla eléctrica, me dijeron que había tenido gemelos.

—Me resulta difícil de creer —dijo la voz en off de Luis Figueroa.

Nash: le faltan dientes / boca floja / cabello rizado / ojos vidriosos / maaalo.

Yo me lo creí todo.

Las luces de la habitación se encendieron. Entró Miguel.

—Ahora lo recuerdo —dijo—. Desde que Donna me ha enseñado la película no he vuelto a tener migraña.

—Rosie te salvó la vida —dije.

—Sí —asintió Miguel—. Voy a comprarle todos los Häagen Dazs de Beverly Hills y una caja de Wild Turkey.

Besé las lágrimas de las mejillas de Donna.

—Y ahora, ¿podemos hacer el amor? —dijo ella.

Encontramos una habitación. La cama pertenecía a dos sabuesos que ladraban. Los echamos. Se tumbaron en dos divanes y miraron.

El marica de Percy. Asesinos cubiertos de granos. Perros con ojos de cámara. Vaya mierda de mundo feliz.

Sacudimos caspa canina y nos instalamos. Donna llevaba un jersey de lana cargado de electricidad estática. Era de color rosa y de cuello cisne. Se lo quitó. Al hacerlo, saltaron unas chispas centelleantes.

Me quité la camisa y los pantalones. Ropa interior del Tercer Mundo, vieja y gastada. Donna me quitó los calzoncillos con el lema del Burger King. Desnudo en un nanosegundo: el paraíso en la guarida de un sabueso.

Recuerdo un beso muy largo. Recuerdo venas azules sincronizadas con los latidos de su corazón. Sus pechos sabían a *essence* de Donna y a jabón de baño. Movió la boca y me hizo gemir. Labios y lameduras me encaminaron hacia su centro.

Finalmente encajamos. Lo decidió ella. Yo me quedé huérfano en su órbita y no sabía dónde estaba. Los sabuesos ladraron. Duró diez años o diez segundos. Nuestro clímax fue una subida a las pirámides y una bajada de pirueta de ballet.

Donna se movió primero.

—Miguel y yo nos hemos perdido seis sesiones de rodaje. Tal vez nos despidan.

—Lo de Chickie ha salido en todos los medios. Pronto lo pillaremos.

—No quiero que termine. Después de esto, ¿quién es capaz de volver al plató y ligar con esos actores?

—No lo hagas. —La besé en el cuello—. Quédate conmigo.

—Me muevo mucho de acá para allá pero, más o menos, vivo siempre en L.A.

—No es una cadena perpetua. —Sacudí la cabeza—. Pero has pasado por tantas cosas que no podrás volver a ser la que eras.

—Me siento una aventurera. —Donna sonrió—. Llegué a Hollywood, salía de las universidades de Andover y Wesleyan, todo eran bromas y polvetes, y ahora, durante lo que me quede de vida, cuando despierte cada mañana lo primero que veré será a Stephen Nash.

—Tienes razón. Y yo agarraré el teléfono y te llamaré cada vez que sienta miedo o me aburra y nos encontraremos para tomar un café y hablar de la locura del verano del 83 y de cómo nos cambió.

Puse las manos sobre sus pechos. Noté un murmullo debajo de la derecha.

—Dices que no puedes estar subordinada a ningún hombre.

—Sí. —Donna me apretó la mano que tenía sobre su corazón—. Y me imagino que durará hasta los cuarenta y siete o los cuarenta y ocho, y tengo miedo de estar sola.

—Entonces poseerás una belleza sobria y terrible. Tendrás el rostro que te hayas ganado y Stephen Nash y yo, y Chuckie y Mama Cass formaremos parte de él.

Donna hundió la cabeza en mi pecho. Entonces se me ocurrió: el papel de policía. Chickie había atracado una farmacia. Se había llevado Seconal, Nembutal, Tuinal. No había robado Rohipnol para dejar a las víctimas K.O. y violarlas.

—Te amo —dijo Donna—. Nunca me alejaré de todo esto.

—Te amo y no creo que pueda amar a nadie más que a ti —dije.

Donna puso un dedo sobre mis labios.

—No digas estas cosas, Rick. Tienes treinta y un años.

—Entonces lo diré de otra manera. Tengo mucha fuerza de voluntad y nunca me permitiré amar a nadie más que a ti.

La elegante hacienda de Luis. Una *casa* muy cuca en Coldwater Canyon. Madera alabeada montada en ásperos ángulos rectos.

Nos acercamos y aparcamos.

—Una casa típica de actor —dijo Miguel—. Construida sobre la marcha, a base de cheques de poca monta. El hijo de puta empieza con *Hamlet* y termina con *Conde Borga*, *vampiro*, para compensar.

—Es el mundo que hemos elegido —Donna le pegó con la porra en broma— y tendremos suerte si nos va tan bien como a él.

—El muy hijo de puta engañó a mamá durante la luna de miel, y luego me quitó la mitad de mis zorras.

Donna le pegó más fuerte.

—Las mujeres no somos «zorras».

—Disculpa —dijo Miguel—. Gatitas.

—¿Puedo matarlo? —me preguntó Donna dándome un codazo.

—Si te casas conmigo como parte del encubrimiento, sí. —Reí.

—Lo pensaré —dijo Donna.

Miguel hizo un corte de mangas en dirección a la casa.

—Eh, Luis, come mierda y muérete, viejo hijo de puta.

El viejo hijo de puta se cruzó ante mis faros. Pisé el freno y no lo atropellé por los pelos. Era como Miguel con cincuenta años más. Más calvo, orejas de Dumbo disneyescas, nariz cubierta de barrillos hinchados. Atuendo: unos alocados pantalones de golf a cuadros y una camiseta con la leyenda «YO ASFIXIÉ A LINDA LOVELACE».

Nos apeamos. Padre e hijo se abrazaron. Papá sacó una petaca de *padrone* del cinturón. Miguel le pegó dos tragos. Donna no quiso. Yo tomé dos: ¡Aaah!

Dialogaron salerosamente en español. Luis hablaba deprisa. Miguel hablaba despacio. Oí *«mujer magnífica»*, *«chinga su madre»* y *«conde Borga, dinero a lo grande»*.

Miguel volvió al inglés.

—¿Stephen Nash? Muy psicótico. Ese asesino ha salido en las noticias de la tele. Vamos, papá, habla en inglés.

Luis vació la petaca. Luis meó en la calzada. Tenía una polla de mulo.

—La publicidad siempre es provechosa —dijo Luis.

—Para los que están en el mercado —replicó Donna.

Luis tropezó. La sala era un basurero. Lo seguimos. Dave Slatkin se lamentaba desde un televisor en la pared.

—Hemos desenterrado los restos de los tres niños en el patio trasero, utilizando perros del Refugio de Animales del DPLA. Los chicos desaparecieron del pabellón de poliomielíticos en abril del 56. Tienen la pelvis rota, lo que denota agresión sexual posterior.

Ronald Reagan sustituyó a Dave. Luis bebió *padrone*. Le enseñé la placa y le dije:

—El DPLA. Aquí o en la central.

Luis se puso una corona y una túnica. Fíjate en las etiquetas: «Propiedad del plató de *Conde Borga, vampiro.*»

Miguel cogió un listín. Miguel le dio unas palmadas. Miguel le hizo caer la corona.

Fíjate en el acento sureño a lo Jack Webb en *Redada*:

—Dinos la verdad, pancho. Vosotros, espaldas mojadas comedores de gusanos, nada de trucos conmigo y con mis compañeros.

Donna cogió el listín. Le pegó a Luis en la cabeza.

—Esto es por sacar la polla y correrte encima de mí en *Hawai Cinco Cero*.

¡Hollywood, lo que hay que ver!

Luis empezó a hablar en humilde latín. Yo soy priápicamente protestante y me sonaba a chino.

—Chist —dijo Miguel—. Es el preludio a la confesión.

Todos nos quedamos quietos como estatuas. El conde bebió *padrone* y cantó «*nam-yoho-reng-kyo*». Esperamos. Tiró la petaca contra el televisor. Ronald Reagan se rompió. Luis confesó corrosivamente:

—Era 1954. Yo estaba perdido. Ya no tenía más esencia que transmitir a la pantalla. Conocí a Steve Nash. Choqué contra su coche. Me reconoció. Hablamos. Acababa de atracar una licorería. Era un atracador. Llevaba un cuchillo y una tubería. Afirmó orgulloso que era maricón pero que yo no corría peligro porque no era su tipo. Caí en su hechizo. Juntos fumamos hierba y tomamos inhaladores de Benzedrex. Yo conducía el coche y él robaba. Nunca gastó el dinero. Yo le guardaba la pasta en un sitio seguro y aún la tengo. Sólo se alimentaba de comida para perros. Bebía vino barato. Yo pensaba que era sincero, falso y reinventado y no me creía ni la mitad de lo que contaba. Follaba con vagabundos asquerosos en nuestra sala de billar. Rosie se enfurecía. A ti, Miguelito, te gastaba bromas. Rosie se enfurecía. Una vez le rompió un montón de discos en la cabeza. Pero él no quería hacerte daño, te lo juro, *hijo mío*.

El conde se hurgó la nariz. El conde respiró hondo teatralmente.

—Venga, suéltalo, *chico*. —Donna golpeó el listín—. *Rápido*, o te quito la tarjeta de residencia.

El conde se puso contemplativo.

—Yo pensaba que era esquizofrénico o el mejor actor del mundo. Su dieta de perro me supuso un beneficio de algo más de cien mil dólares, los cuales están en ese armario de ahí. Me dijo que había matado a tres niños que tenían polio, pero nunca le creí. Entonces, encontraron el cadáver de ese chico bajo el embarcadero de Santa Mónica. Cuando lo mandaron a la cámara de gas, lloré. Era malvado, pero su genio combinaba bien con el mío y juntos alcanzaremos nuestro cenit mientras interpreto al conde Borga.

—Estás muy jodido, Luis —dije.

Donna le golpeó la cabeza con el listín, con las dos manos.

—*Yo te quiero, papá*, hijo de puta —dijo Miguel mientras cogía la pasta.

Era tarde. Estábamos cansados y hambrientos. Llevaba lechuga suelta en el portaequipajes. Llamé a Kuster por la radio. Chickie Farhood: todavía anda suelto. Está en busca y captura. Todas las unidades están en ello. Los de Homicidios recorren los garitos de homos. Pasmas de paisano peinan el parque.

Enfilamos hacia el sudeste. El Pacific Dining Car, abierto toda la noche. Tomamos Highland hacia el sur. Vimos brillar las luces del refugio. Paramos el coche y entramos. Los terriers ladraron. Los airedales gruñeron. *Reggie* el rhodesian ridgeback metió el hocico bajo la falda de Donna.

Jane Slatkin dormía. Noche de tres perros. Labradores hermanos de camada.

Dave estaba sentado en el suelo. Donna apartó a *Reggie* de un empujón. *Reggie* husmeó la entrepierna de Miguel y resopló.

—Todavía está suelto —dije.

Dave asintió.

—La gran casa de estilo español era la de Collins, ¿verdad?

—Exacto —respondió Miguel—. Eres un médium de primera, joder. ¿Quieres que vayamos al Dining Car?

Dave negó con la cabeza.

—Stephen Nash se alimentaba exclusivamente de comida para perros —dije.

—Lo cual demuestra que en todas las personas hay algo de bondad.

Donna rascó el lomo de *Reggie*, que la miró con unos amorosos ojos almendrados.

—Tengo una visión comprobada. Hay vida después de la vida y los perros son los dueños del paraíso. Jesús, Buda y todos esos otros tipos son señuelos para hacer que la gente vaya por el camino recto.

Reggie olisqueó la falda de Donna. Donna lo apartó.

—Dios, y todo esto es verdad —dijo.

Ocupamos un reservado en el Dining Car. Devoramos chuletones, nos zampamos bistecs y dimos buena cuenta del *filet mignon*. Donna dijo que quería adoptar a *Reggie*. Miguel dijo que quería adoptar los dos bull terriers. Nos lanzamos sobre la tarta de nueces. Donna tenía mi mano en su regazo. Bostezamos al mismo tiempo. Nuestras respectivas casas estaban demasiado lejos para ir hasta allí. Vayamos al picadero de Hollywood.

—¿Qué ha hecho tu padre con el Oscar que le dieron por *Hamlet*? —preguntó Donna—. No lo vi por allí.

Miguel se rió.

—Lo cambió por Fenorbital y priva en una farmacia.

—Tal vez haga un retorno triunfal con *Conde Borga* —dije yo.

—No, es una mierda ínfima que va directa a televisión.

Se acercó un camarero. Donna señaló los restos de carne y le dijo:

—¿Podría envolverme esto para mi perro?

Llegamos al picadero. Estaba oscuro y en completo silencio. No había luces en las ventanas. No estaban puestas las teles con las habituales películas porno. No se oían risas ni chácharas de madrugada.

Entramos. Encendimos la luz de la sala. Estaba demasiado ordenada. No había cajones caídos ni sábanas tiradas.

—Voy a la azotea —dijo Donna tras un bostezo—. Quiero ver las luces y prolongar toda esta aventura.

—Iré contigo —dijo Miguel.

Subieron las escaleras. Miré hacia arriba. Me fijé en los rellanos. Las luces de la cocina estaban apagadas. No había el revuelo acostumbrado.

Donna y Miguel llegaron al terrado. Oí ruido de gravilla. Subí. Las luces del vestíbulo estaban apagadas. No había velas en las habitaciones. Las luces de los baños y de los pasillos no estaban encendidas.

Las puertas de los cinco dormitorios: todas cerradas.

Se me erizaron los pelos de la nuca. Abrí una puerta. Le di al interruptor de la luz.

Ahí está Coleman *Condón Cole* y una mulata, roncando. Han caído vestidos. Hay una mesilla de noche. Hay una botella de Jim Beam. Hay una cápsula roja abierta y residuos de polvo blanco.

El atraco a la farmacia. Los barbitúricos robados.

Caminé de puntillas. Abrí puertas. Obtuve respuestas instantáneas e insidiosas: Ronquidos. Parejas vestidas. Botellas apenas comenzadas y restos de polvo de píldora.

Corrí a la azotea. La puerta estaba abierta.

Ahí están Donna y Miguel junto al saliente sur, disfrutando con la panorámica.

Saqué la pistola. La puerta se cerró. Me golpeó la nariz. Me rompió los dientes. Se me cayó la pistola. Rodó por las escaleras. Se disparó accidentalmente.

Tropecé. Trastabillé. Vi al anticristo: Chickie Farhood caracterizado de Stephen Nash.

Saqué la pistola de incriminar. Chickie la vio y le dio una patada. Cerró la puerta de golpe. Me jodió los dedos. Tres dedos colgando de los nudillos.

La gravilla crujió, chasqueó y rechinó.

Vi a Donna y a Miguel.

Agarraron a Chickie. Le tiraron del pelo. Donna le metió los dedos en los ojos. Miguel lo pateó y le metió gravilla en la boca. Donna le arrancó un ojo. Chickie chilló. Miguel le pasó un cinturón por el pescuezo. Cuatro manos apretaron y tiraron.

Vi a Chickie chillar. Vi a Chickie debatirse, contraerse y escupir gravilla. Vi el saliente. Vi a Donna subirse a su rostro y convertirlo en gravilla moteada de mica. Vi que Miguel lo agarraba por las piernas y lo tiraba del edificio.

La comisión de investigación me exoneró. Una llamada a Kuster. Caso cerrado. Donna me llevó al Cedros del Líbano. Los médicos de urgencias me salvaron los dedos.

Enseñé la placa a la enfermera de noche. Donna durmió conmigo en la cama del hospital. El gotero de morfina compensó las pesadillas rabiosas: todas de Stephen Nash.

A la mañana siguiente me dieron el alta. Nos reunimos todos en Homicidios de Hollywood: Donna, Dave, Russ, Miguel y yo.

Coincidimos. La casa era maligna. Tenía que arder. Con el dinero de Nash indemnizaríamos a la casera. Una buena residencia de ancianos para toda la vida.

Chuy Nieves tenía un hermano pirómano. En la calle lo llamaban Manuel *Cerillas*. Russ dijo que le telefonearía.

La vimos arder. Nos sentamos en la acera de enfrente y bebimos daiquiri de lata. Donna y yo estábamos tomados de la mano. El picadero se encendió. Aparecieron los bomberos. El techo cedió. En doce minutos la casa quedó reducida a cenizas.

Acompañé a Donna al coche. Nos besamos.

—Esto nos ha jodido y nos ha cambiado —dijo—. Nunca amaré a nadie más de lo que te amo a ti y conoceré hombres y los dejaré porque soy una actriz con apetitos y nada en mi vida volverá a ser nunca, maldita sea, tan real.

—Recordaré cada momento. —Le quité hollín del cabello—. Eso me ayudará a vivir.

Montó en el coche. Arrancó. Pasó junto a los bomberos. Dobló hacia el oeste por Hollywood Boulevard.

Morí en un tiroteo inútil. Otros cayeron antes que yo.

Russ Kuster murió el 9/10/90. Ocurrió en el Hilltop Hungarian. Bela Marko estaba borracho. Tenía una pistola de láser. Apuntaba a todos los parroquianos. Russ le dijo que lo dejase. Marko se negó. Marko disparó a Russ. Russ disparó a Marko. Se mataron mutuamente. Les llevó seis segundos.

Donna asistió al funeral. Nos tomamos de la mano. Lloramos durante el panegírico.

Dave y yo ascendimos en el DPLA. A la Casa Grande, Homicidios Central. Donna y Miguel se convirtieron en astros de la televisión. Donna no se casó nunca. A veces me la encontraba por la calle. Nos abrazábamos y hablábamos entre susurros una hora sin parar. La gente creía que estábamos majaras. En una ocasión, en Beverly Hills, pasamos dos horas abrazados bajo un aguacero.

Yo tampoco me casé. Todo lo que dijo Donna ante la casa ardiendo resultó cierto.

Viví hasta los noventa y seis años. Donna todavía está viva. Tiene un papel recurrente en un culebrón de la noche. El guión es casi tan bueno como el de Conde Borga, vampiro.

Y he aquí cómo morí.

Me encontraba en unas galerías comerciales de Orange County. Era viejo y estaba delicado. Todavía llevaba pistola. Se me acercó un mexicano muy viejo. Tenía marcado un tablero de tres en raya en la cara. Lo recordé de inmediato. Chuy Nieves / la prueba de pantalla.

Chuy tenía una gran Glock. Yo tenía una gran Browning. Nos disparamos mutua e instantáneamente. Los periódicos lo llamaron el «O.K. Corral de los abuelos».

Los perros mandan en el cielo. Las generaciones de Reggies de Donna dan las órdenes. Hay muchas nubes y perros a mogollón. La comida es buena. Tienes relaciones sexuales con gente que realmente te gusta. Revives tu vida en la tierra y le das, cuando quieres, al botón de pausa. Yo siempre regreso al otoño de 1983.

Echo de menos a Donna. Quiero que de nuevo me martilleen de cerca esos ojos pardos vertiginosos como un huracán. Sólo hay un inconveniente. No quiero que muera nunca.

MERODEOS Y VIOLACIONES

El cielo es para siempre. El tiempo avanza a trompicones y te atrapa. El tiempo te acordona corpóreamente. El tiempo limita tu empacho de acontecimientos terrenos. El tiempo inmoviliza a los inmortales y los hace mirar hacia atrás.

Donna. Yo. Un gran salto, de 1983 a 2004, a trompicones en el tiempo.

Tuvo que ocurrir. Las leyes caprichosas de la física nos exigían más. Nuestras vibraciones se volvieron vampíricas. Se reconectaron con osadía. Se desplegaron y chispearon en nuestro spiritus mundi *y en el L.A. nuclearizado y napalmizado.*

Donna y yo. Lanzados al lenguaje que aparece en estas páginas. Alegorizados en aliteraciones e impresos en negrilla como lo siguiente:

Hush-Hush 2000, número de octubre de 2004
¡FALLECE GETCHELL,
EL REY DE LOS ESCÁNDALOS!
¡EL FUNERAL SE PREVÉ ESPATARRANTE!
por Gary Getchell

Sí, murió de sida pero no era un maricón de mierda que hacía mamadas. Daniel Arthur Getchell, escopofílico espectacular, esparcedor de escándalos y buceador en la basura, era un yonqui enganchado a la heroína con un mono de cuarenta años a la espalda. Danny G. era un tipo de puta madre. Compartió agujas con colegas y se contagió de microbios malignos.

Terminó en la sala secreta de sidosos del hospital Cedars-Sinai. Allí se encontró con un surtido de sarasas a los que había desenmascarado en *Hush-Hush*. Los sarasas homo torturaron a Danny. Dolientes decenas de gays getchellfóbicos irrumpieron en el hospital. Danny G. escapó. Sobrevivió a esta tiranía de merodeadores de mingitorios públicos y se escondió en casa. Allí fue atendido amorosamente por la magnífica mama-san Megan More, putón prodigioso de series de televisión. Murió el 12 de septiembre. La señora More dijo que había fallecido con un «delirium tremens distópico». «Aliteró alocadamente» hasta el final. Lanzó esos ingeniosos latigazos de lenguaje que han influido infinitamente en la prensa sensacionalista de todo el país. A la señora More le gustó la cháchara agonizante de Danny G. Fue «un desvarío desenfrenado a base de James Joyce e Iceberg Slim, los dos autores favoritos de Danny».

Danny Getchell se hizo cargo de la dirección de la revista *Hush-Hush* en 1955. Se libró de demandas por libelo que eran linchamientos masivos. Era el mosquetero machacador de mentiras, vocero de verdades y lamedor de litigios de L.A. Desenmascaraba maricas. Destapaba ninfómanas. Delataba polis corruptos y fiscales de distrito movidos por la pasta. Denunciaba a políticos metidos en negocios ilícitos. Movió hilos entre bambalinas en la elección a gobernador de California de 1958. Inmortalizó su obra en las mefistofélicas memorias *Los líos que monto*.

Danny G. dirigió *Hush-Hush* hasta 1999. Entonces, yo tomé las riendas. Abandoné mi anonimato como Irv Moskowitz y adopté el apelativo de Gary Getchell. Mantengo la misión metastasizante de Danny y hoy trafico triunfalmente con la verdad.

He conseguido los archivos secretos de Danny G. Son insidiosamente infalibles y clandestinamente confidenciales. Zahieren ferozmente y culpan corrosivamente. Se cargan la corrección política. Pringan priápicamente a los predadores y fríen a los frágiles. Castigan al gran enemigo de Danny, el DPLA.

El DPLA no dejó de incordiar a Danny desde 1955 en adelante. A Danny se la ponían dura las ganas de devolverles el daño y enjabonó a ciertas facciones rebeldes del departamento. Yo tengo ahora esa misma erección. Como una porra en los pantalones. No me gusta el nuevo jefe, Joe Tierney. Ese insidioso inmigrante irlandés de la fastidiosa Filadelfia me irrita. Desde el principio ha sido un traficante de titulares y un machacador de los medios. No me gusta el personal que tiene a su mando. El capitán Linus Lauter *el Lejía*, por ejemplo. Los federales lo investigan insistentemente. Su hijo, Leotis Lauter, dirige un cártel de droga en la zona Sur. Los federales creen que Linus blanquea la pasta gansa de Leotis. Linus pertenece al club de las 4 Aes: Es Afroamericano y Activista de Acción Afirmativa. *J'accuse*: Joe Tierney, acojonado, teme suspender al negro mientras los federales realizan la investigación.

He heredado la misión moral de Danny G. La semana próxima acudiré allí, a Forest Lawn. Un rabino de alquiler pronunciará el soliloquio. Soltará tópicos e insultará a los iraquíes. Habrá una multitud monumental y dannyescamente diversa. Quédate con los detalles en mi programa de televisión o en hushhush.com. No mandes flores ni malgastes el sueldo en tarjetas de condolencia. Mándame directamente el dinero. Estoy arruinado y necesito coronas de buena pasta getchellita.

Recuerda, querido lector, que lo has oído aquí primero: al oído, confidencial y muy *Hush-Hush*.

Los Angeles Times, 22 de septiembre de 2004
ROBOS EN RESIDENCIAS DE BEL-AIR
Y DE HOLMBY HILLS
por Miles Corwin

Un ladrón ha asaltado varias casas de barrios distinguidos de Los Ángeles Oeste seis veces en ocho semanas, según ha comunicado al *Times* un portavoz del DPLA. Todas las casas estaban ocupadas en el momento de la irrupción, lo cual, según los detectives, constituye un aspecto fundamental del modus operandi del ladrón.

El capitán Bill Dumais, jefe de la brigada de detectives de la comisaría de Los Ángeles Oeste, ha dicho: «El ladrón entra en las casas por ventanas entreabiertas o por puertas con cerrojos fáciles de abrir. Administra sedantes a los perros de compañía con somníferos de farmacia embutidos en trozos de carne cruda, lo cual me lleva a creer que es un amante de los animales y que no le gusta hacer daño a las mascotas. Con los humanos, sin embargo, no es tan considerado. Cuando los encuentra dormidos, o recién despiertos debido al ruido provocado por su irrupción, les dispara un dardo tranquilizante. Utiliza sustancias muy potentes que dejan sedadas a las personas entre seis y diez horas.»

El capitán Dumais habló también de los precedentes de este tipo de robos y del móvil probable del ladrón de Los Ángeles Oeste. «A los ladrones que se cuelan en casas mientras sus ocupantes están dentro los llamamos "merodeadores activos" —dijo—. La perspectiva de interacción con la gente suele excitarlos, y a menudo emprenden una escalada violenta que los lleva a la agresión física, a la violación e incluso al asesinato.»

¿Presenta este ladrón dicho potencial? El capitán

Dumais piensa que sí: «De momento, sólo ha robado objetos de escaso valor —ha dicho—. Al parecer, no le interesan los objetos vendibles, por lo que creemos que es un fetichista que busca recuerdos que conmemoren sus irrupciones.»

¿Y el DPLA tiene planes para arrestarlo?

«Sí, estamos trabajando en ello —ha respondido el capitán Dumais—. Queremos detener a ese tipo antes de que haga daño de veras a alguien.»

1

Había llegado la Hora de Donna. La sala de la brigada estaba muerta. Decidí perder el tiempo detrás del escritorio y soñar.

Coloqué el televisor sobre la mesa. Lo utilizábamos
para ampliar y comparar huellas dactilares. Era compati-
ble con ordenador y una maravilla de la tecnología. Dave
Slatkin le había conectado un reproductor de vídeo.

Corazones de hospital. Donna hace tele lacrimógena. Es
una oncóloga residente con una vida amorosa de perdedora. La serie fracasó; entró en línea plana, se inclinó y se
hundió.

Yo me hundí en el sillón. Escudriñé la escoria de mi
escritorio y medité sobre el asesinato que me obsesionaba.

Ahí está mi ordenador. Funciona con el software supremo del FBI. Ahí está mi pisapapeles de cuerno de rino.
Ahí, mi colección fetichista de fotos, protegidas con
plexiglás: una decena de novias, dobles de Donna, ligues
fracasados, de 1983 en adelante. Ahí está Stephanie Gorman. FDF: 5/8/65. No resuelto. El caso que he prome-
tido desentrañar. La mataron en casa / Los Ángeles Oeste
/ violación frustrada.

Homicidios del DPLA. Unidad de Casos sin Resolver. Dave Slatkin, al mando. Seis detectives. Expedientes
de asesinato mohosos de mildiu por leer, revisar, descartar, valorar y perseguir. Nuestra herramienta de descarte
de pruebas más inteligente: la ayuda angelical del ADN.

Tres años de funcionamiento como unidad. Arrestos

de asesinos en serie. Violadores finalmente detenidos y castrados en la corte criminal. El no va más en la rebusca de datos en expedientes antiguos y el justo kastigo kármico.

Me gustaba el trabajo. Me gustaban las horas que perdía pensando en Donna. Puse *Corazones de hospital* en el vídeo y quité el sonido.

Ahí está Donna, vestida de blanco depravado. Le está diciendo a un ciudadano enfermo que no hay remedio para él. ¡A tomar por culo! ¡Está diciendo que me ama a mí!

La escena de Donna llegó al desenlace. Comenzó un comercial comatoso. Cerré los ojos y soñé.

Yo tenía cincuenta y dos años. Ella, cuarenta y ocho. Habían pasado veintiuno desde entonces. Nunca nos casamos. Serializamos sexo por separado. Nos sumimos en una monogamia melancólica y mustia. Yo siempre mantuve los rescoldos al rojo y una tea tumescente.

Donna era rica. Había ganado dos Emmys. Vivía en Holmby Hills. Yo era de clase media. Me había cargado a dos espaldas mojadas y a tres negratas. Vivía en Chino Hills.

Donna tenía perros, generaciones de rhodesian ridgebacks llamados *Reggie*. Yo tenía informantes en todas partes. Quédate: mozos de aparcamientos, confidentes de cafeterías, maîtres de marisquerías, *molto bene*. Veían a Donna y me daban el soplo. Yo aparecía de repente y como quien no quiere la cosa. A Donna le gustaba aquel juego y me daba cuerda.

Abrí los ojos. Me calentó un comercial sobre comida canina. Miré las paredes. Viejas fotos de los archivos del DPLA:

Fotos de la Dalia Negra. Fotos de Onion Field. Mi loco favorito: el diabólico Donald Keith Bashor.

Estamos en 1955. Don es un merodeador metódico y un macho musculoso. Actúa en el distrito de Westlake Park. Se cuela en casas de mujeres. Sólo roba dinero en efectivo. Siempre actúa de noche. Las mujeres, mientras tanto, duermen.

Hasta el 16/2/55.

Don ronda por Carondelet Street. Don se cuela en un piso lleno de enfermeras. Don sale con tres bolsos.

Don se hace con noventa pavos. Tira los bolsos. Sigue bajando por Carondelet. Toma la 271 Sur. La puerta de Karil Graham está entreabierta.

Don entra. Ella se despierta. Grita. Él la mata a golpes de tubería. Le roba el bolso. Piensa en la posibilidad de una violación postmórtem. La sangre lo echa para atrás.

Se escabulle de la muerte de Graham. Se pira al sur de Pasadena. Allí también se dedica a colarse en pisos en los que hay mujeres. Espera catorce meses y regresa a Westlake Park.

Se cuela en pisos. Roba. Bate su territorio. Viola a una mujer en Echo Park. Regresa a Westlake. Mayo del 56: se cuela en un piso de la Quinta Oeste.

Laura Lindsay grita. La mata a martillazos.

El demonio Don siguió actuando. Geografía es destino. Westlake lo atraía con una magia malvada. El DPLA organizó vigilancias móviles. Dichas vigilancias móviles dieron con él.

Junio del 56: se acabó. Octubre del 57: Don, frito en San Quintín.

El demonio Don me llegó muy adentro. Me impactó como el paradigma de Stephanie Gorman. Uno se cuela en pisos. Piensa que lo hace por el dinero pero en realidad busca socorro sexual. Siente el impulso de desencadenar lo desconocido. Cada piso le golpea las gónadas y acelera su adrenalina. Cada mujer es una puta predestinada a llevarlo donde uno tiene que llegar.

Miré la pantalla. Donna había vuelto. Sus ojos pardos me golpearon con la misma fuerza que si fueran clónicos de la Gorman. Le di a la tecla de avance rápido. Donna importuna a un novio nocivo para que le dé amor duradero. Pasé del guión. Leí licenciosamente sus labios. Donna expresaba explícitamente su amor por mí.

Entraron dos técnicos de huellas. Saqué el vídeo del reproductor. Se acabó la Hora de Donna, *adieu*.

Observé a Bashor. Dave Slatkin había beatificado a la bestia y la había comparado con nuestro merodeador. Dave calificaba a éste de loco lunático: estaba influido por la luna desde hacía tiempo. Rondaba en noches de luna menguante y sombras intensas. Actuaba de manera parecida a Bashor. De ahí que Dave pensara que pronto violaría y mataría.

La sala de la unidad se llenó. Ahí está mi compañero, Tim Marti. Es un agente motivado y autoritario y un buscador de emociones reaccionario. Procede priápicamente del período previo a Rodney King / sin porras de cola de castor / tan políticamente correcto. Ahí está Dave, cubierto de caspa canina y salpicado de papeo perruno. Todavía tiene el refugio de perros. Ahora se dedica a la cría de pits leonados.

Me aburría. Me sentía inquieto. La Hora de Donna, re-resucitada. Stephanie Gorman tomó el aire de Donna y se apropió de la evocación.

Imbriqué identidades. Una simbiosis suprema: Stephanie y Donna como una sola mujer.

Cargué el programa para confeccionar retratos robot. Mi ordenador cobró vida y pixeló dos imágenes. Ahí está Stephanie a los dieciséis años. Ahí está Donna a los cuarenta y ocho. Ahora, despacio: mezclemos y combinemos las caras.

Cuatro ojos pardos y brillantes. El bronceado veraniego de Stephanie. La palidez tenue de Donna.

Hice de Frankenstein con las fotos durante una hora. El entonces y el ahora se fusionaron y confundieron. Pensé en Russ Kuster. Pensé en el otoño del 83 y en los muertos de Jenson-Donahue. Stephanie: una imagen congelada, capturada para siempre en la juventud.

De repente, me acordé:

Danny Getchell acababa de morir. Me había hecho de soplón. Me había enseñado el argot de los cuarenta. Le debía unas flores.

Deudas. Yo, una corona colosal; la brigada de Narcóticos, flotillas de flores. Danny les servía drogotas al por mayor y vendedores de anfetamina. A cambio, ellos le daban heroína.

Tomé al ascensor de bajada. La guarida de Narcóticos, en el sótano. La brigada, hundida en lo más hondo de la depresión.

Veintitantos escritorios. Los polis de Linus Lauter *el Lejía* arrellanados apáticamente.

Los miré. Me miraron. Movieron los dedos de los pies y encendieron sus ordenadores. Cargaron imágenes de palizas con porras de cola de castor. Se corrieron una fiesta de Internet ellos solos y pasaron de mí.

—Flores para Danny G. —dije tras un silbido—. ¿Quién quiere colaborar?

Algunos me dedicaron un corte de mangas. Muchos me miraron impasibles y deprimidos. Bill Berchem se tocó el tupé y me mandó a la mierda. Bob Mosher se hurgó la nariz y me lanzó mocos.

Depresión en el seno de la brigada. Un capitán jodido por el FBI. Un mal rollo que los abarca a todos. Policías citados a declarar.

Estudié la sala de la brigada. La apatía me atenazó. Observé la pizarra. Distinguí el detestable careto de Gary Getchell. Gary se traga una gran polla. Tiene dardos clavados en todo el cuerpo. Un cáustico pie de foto: «¡Muere, hijo de puta!»

—Gary G. no es Danny G. —dije—. Vamos, Danny nos ayudó a todos.

Entró Cal Eggers, el teniente más que apático de Linus Lauter. Sesentón. Todavía un semental. Todavía un maquinador de mucha monta.

Me instó a salir. Caminamos. Encontramos un trozo de corredor donde hablar.

—A Lauter no lo ha jodido Danny G., sino los federales —dije—. ¿Y qué, si Gary está aireando el escándalo en *Hush-Hush*?

Eggers sacó la cartera y extrajo cinco billetes de cincuenta. Los cogí agradecido.

—Gracias, teniente.

—Vamos, Rino, para los detectives de segunda y los jefes, soy Cal. Ya sabes que estoy limpio y en el cuadro de honor, y que Linus Lauter es un negro estúpido que se ha comprado una casa de seis millones de dólares a tocateja con un sueldo de capitán ayudante. Digamos que no me alegra que vayan a joderlo y digamos que, como me han trasladado hace poco, no tengo la posibilidad de llegar a ostentar el mando.

—Es un buen resumen. —Sonreí complacido.

—Cuando trabajabas en Homicidios de Hollywood le pillaste droga a Danny G. ¿No te da miedo que tu nombre aparezca en esos archivos que tiene el cabrón de Gary?

—Sería su palabra contra la mía —respondí, sacudiendo la cabeza—. Danny está muerto y yo he ganado la medalla del Valor.

—Eres un excéntrico, joder. —Eggers sacudió la cabeza—. Eres un soltero cincuentón obsesionado con esos rollos de rinoceronte. Te cargaste a tres negros de mierda y a dos espaldas mojadas en una carrera policial razonablemente distinguida, pero la balanza de la opinión pública ya no se inclina de nuestro lado. Mira ese maldito pasillo.

Lo hice. No me gustó lo que vi.

Guirigay en el tablero de noticias. Clases de diversidad: malévolas y obligatorias. Notas nauseabundas: el Decreto de Consentimiento Federal / reglas rígidas / reforma radicalmente tus malvadas maneras de hombre blanco. Actualizaciones de pleitos civiles: ultimatos de leguleyos sin escrúpulos / hábilmente disfrazados de demandas colectivas. Llámalo modernidad: adiós a la justicia de callejón trasero a base de golpes de porra, viva el maligno multiculturalismo y el consenso coaccionado por el color.

—Sí, ya conozco los precedentes. —Bostecé—. O. J. Simpson, Rodney King, los disturbios del 92. Tiempo de venganza para las masas de L.A. ¿Sabes cómo veo el asunto de Lauter? Se mete en un marrón por ser poli y esquiva otro por ser un negro asqueroso. Su hijo, Leotis, es un trozo de mierda y eso inclina la balanza en su contra.

—Ya has visto la sala de la brigada. —Eggers hizo chasquear los nudillos—. Muchos blancos de mediana edad. El contacto con Linus los salpicará a todos, sus carreras se estancarán, sus perspectivas de jubilarse en el cargo peligrarán y todos pensarán: «Danny G. quizá mantuvo la boca cerrada, pero el hijo de puta lo anotó todo. ¿Utilizará sus archivos ese cabrón de mierda de Gary?»

Me encogí de hombros. Quería terminar con aquello. *Hush-Hush* no formaba parte de la prensa convencional. Los dos Getchell eran recolectores de basura. Habría una investigación nociva de Narcóticos: sí. Linus y Leotis pringarían: sí. El FBI confiscaría los archivos de *Hush-Hush*: poco probable.

Se me erizó el pelo del pescuezo. Eggers se mostró suspicaz. Me puse nervioso al instante. La cabeza calva empezó a zumbarme.

—Me estás provocando —dije—. Quieres que alguien externo evalúe los daños. Muy bien, aquí va: se la cargan Linus y Leotis, pero nadie más. Sí, tus chicos le compraron soplos a Danny Getchell; y sí, él lo anotó todo. ¿Y qué? Aquí termina la historia. Danny ha muerto y Gary G. es un confidente comprometido de segunda mano.

Eggers agachó la cabeza. *Touché*.

—Sí, quería la opinión de alguien de fuera y has confirmado lo que pensaba. Está eso que has dicho y está el hecho de que yo siempre disfruto hablando con el tipo que ha estado diez minutos con Donna Donahue.

—Fue rápido. —Me reí—. Diez minutos hace veinte años y me dejó jodido para siempre.

—En esa época yo trabajaba en la brigada de detectives de Rampart. Conozco toda la historia.

—No, no la conoces. Y Donna y yo no vamos a contarla.

—*Cherchez la femme*. Ése ha sido siempre mi lema.

—Tengo dos mujeres. Yo «chercheo» más que nadie.

2

Cherchez esto:

Beverlywood. Un rincón delicioso de reputación más que dudosa cerca de Beverly Hills. Pacífico y pastoral. Un Kosher Kanyon kalmado.

Hillsboro con Sawyer. La casa de Stephanie Gorman aún está en pie.

Aparqué al otro lado de la calle. El cielo oscilaba entre el tostado tóxico y el azul aguado. El sol anillado de rojo se escondió. Me oculté en la oscuridad.

Stephanie murió a la luz del día. *Ma chère* Stephanie.

Es el 5/8/65. Hay una ola de calor infernal. Stephanie va a las clases de verano del instituto Hamilton.

Unos compañeros la llevan a casa en coche. Está sola. Su madre se encuentra en el club de tenis. Su padre y su hermana trabajan en el centro de la ciudad.

Hay dos puertas de entrada. Es una variación horripilante del merodeo activo.

La puerta trasera. El patio trasero. La puerta deslizante. La puerta delantera. La posibilidad de que esté abierta.

Él llevaba un cordel de plomada. Llevaba una pistola pequeña. Golpeó a Stephanie. La arrastró. Llegaron al dormitorio principal. La ató a un diván. La desnudó.

Ella se soltó. Gritó y corrió. Él disparó y la mató.

La investigación se pone en marcha. Estallan los disturbios de Watts y el caso pasa a segundo plano. Se presentan confesantes profesionales que mienten a troche y moche. La pasma interroga a violadores. La pasma interroga a exhibicionistas. La pasma interroga a las hienas del merodeo.

Nada. *Rien*. Cero. *Zilch*.

Han pasado treinta y pico años. Dave S. lee el expediente. Tim Marti lee el expediente. Yo leo el expediente, «chercheando» *la femme*. Todos nos enamoramos de Stephanie. Es una hija perdida que compartimos. Es la hija que he tenido con Donna D.

Estudiamos tarjetas con huellas. Comparamos huellas: la familia, la pasma, los amigos. Encontramos una huella y no la identificamos. Se la pasamos a los federales. La identifican.

Pertenece a un tipo que ha cometido un delito mayor. Afrontó una acusación de receptación de bienes robados, post-Stephanie. Está limpio, calmado y *kosher*, antes y desde entonces.

Revisamos todos sus antecedentes. Nos detenemos en todos los hilos y en todas las rendijas. *Nos enteramos de que no conocía a los Gorman*. Mira esto, Chuck: ¿qué demonios hace aquí tu huella, cabrón?

Dave y Tim fueron a interrogarlo. El tipo no se cortó con ellos. ¿Policías? ¿En qué puedo ayudarlos?

—Stephanie Gorman —dijo Dave.

—La asesinaron —dijo Tim.

—Ah, sí, aquella mujercita muerta.

Oh, mierda. Se está haciendo el duro, se las da de inocente.

Dave insistió. Tim lo secundó:

—Dinos lo que sabes.

—Yo estaba al otro lado de la calle. Me estaba follando a la puta de mi mejor amigo. Él perdió la polla en Corea. Llegó corriendo la hermana de la mujercita. Estaba tan asustada que se cagaba en las bragas y no paraba de chillar. Mi amigo era un matasanos naturista. La hermana pedía ayuda a gritos. Yo se la ofrecí porque soy un caballero. Mierda, la mujercita había palmado.

»Llamad a mi amigo. Hablad con su mujer. Me la tiré durante veintiséis años. Ellos me avalarán y confirmarán mi historia.

Lo hicimos. El doctor sin polla lo confirmó: llámalo *il Cornuto*. La esposa díscola era una puta malvada. Con ochenta años, su frenesí nos dejó pasmados. Nuestro sospechoso «se la metió a partir de la una del mediodía. ¡Menudo pollazo! ¡La tenía como la de un negro!».

Un sospechoso eliminado. Caso cerrado..., de momento.

Estatus de caso abierto. No hay semen del 65. No hay manera de verificar el ADN.

Yo no podía desengancharme del caso. Leí el expediente del derecho y del revés. Peiné la zona a la caza de conexiones. Busqué pistas y vinculaciones. Nada me impresionó. Las sinapsis no saltaron, el cerebro no se recalentó. Cultivé la comunión. La Hora de Stephanie me carcomía. De vez en cuando, de noche, aparcaba junto a su casa.

Una brisa movía las hojas. Unas nubes se encaramaban hasta la luna. Las luces de las ventanas delataban movimientos dentro de la casa. Transformaba las sombras en Stephanie.

Sonó mi teléfono móvil. Le di al botón.

—Soy Jenson.

—Hola, soy Rob, ya sabes, el del Starbucks de Beverly Drive...

—Oh, mierda. ¿Está ella...?

—Sí, maldito perro en celo. Está tomándose un café inmenso. Creo que te da tiempo a llegar.

Llevaba una falda de lino y una chaqueta de cachemira color coral. Sus ojos pardos pestañearon.

Me senté. Ella metió una bolsa de papel en el bolso.

—Había pedido esto para llevar cuando he visto que el chico telefoneaba.

Bebí un sorbo de café. Demasiado espeso y dulce... Puaj.

—Es un valioso confidente del DPLA.

—¿Lo coaccionas o le pagas? —preguntó Donna entre risas.

—Las dos cosas. Le soltó información a un pasma de Antivicio de Wiltern y yo lo saqué de la cárcel. Eso, más los diez pavos que le doy por avistamiento.

—Pues yo podría ir al Coffee Bean. Está al otro lado de la calle.

—No te serviría de nada. Tengo sobornados a los encargados de los distintos turnos. Eso y, además, todos los mozos de aparcamiento son espaldas mojadas a los que es muy fácil coaccionar.

Donna rió. Yo bebí más café del suyo. Nos tomamos de la mano un segundo. Le enderecé la costura del guante.

—No puedes perderme de vista; por lo menos, más de seis meses seguidos. Los dos cumplimos cadena perpetua en L.A. y conozco demasiado bien este lugar.

Donna miró alrededor. Yo miré alrededor. Nuestros ojos saltaron de una mesa a otra. Urbanitas aburridos de Beverly Hills nos devolvieron la mirada. ¿Y qué si es Donna Donahue?

—¿Y a quién te tiras últimamente? —pregunté.

—A un guionista —respondió Donna—. Es guapo y mucho más joven que yo. Controlo las cosas. Es una relación de interior. La diferencia de edad me incomoda y no me gusta que me vean con él.

Me golpeé las rodillas. Se me abrió la chaqueta, la pistolera se me arremangó, la placa brilló y la pistola resplandeció. Unos ojos hastiados se clavaron en mí. ¿Quién es ese poli que está con Donna Donahue?

—Pues yo he estado saliendo con una ayudante del fiscal de distrito que se parece a ti. Hicimos el amor muy mal un par de veces y me contó sus planes: quiere casarse, mudarse a Portland y adoptar un niño refugiado de la guerra de Irak.

Donna rió. Me cogió las manos un segundo. Me arregló el nudo de la corbata.

—Ese ladrón ha robado a una manzana de mi casa. Pensé: «Mierda, será mejor que esté preparada», por lo que llamé a Tom Ludlow. Me vendió unas cuantas pipas.

Joder, Tom *el Listín*. Todavía en Homicidios de Hollywood, todavía un pirado del listín.

—¿Pipas de las que usa la pasma para incriminar? ¿De esas que no están registradas?

—Exacto.

—Estás aburrida —dije, sacudiendo la cabeza—. Estás reviviendo el año 83. Vaya mierda de mundo feliz y todas esas cosas.

—Me aburro y he pensado en ello. —Donna apuró su bebida—. La semana pasada, mi agente me presentó un guión. Tengo que interpretar a una policía que lleva una doble vida, es asesina en serie. Mato a todas las esposas de mis ex novios y me lo paso de miedo mutilando los cuerpos. ¿Cómo le puedes decir a alguien que no aceptas el trabajo porque en 1983 mataste a tres personas y hay ciertas cosas que te asustan y ciertas cosas que te poseen?

Mi pulso se aceleró a ciento veinte. La presión sanguínea aumentó. Deletérea Donna, retorno radical.

—¿Y qué has hecho de las pistolas?

—He sembrado la casa con ellas.

—¿Me lo enseñas?

—Claro.

Chez Donna: un *château charmant* junto al club de campo de L.A., acurrucado junto al campo de golf norte. Una típica choza de Holmby Hills.

Altas almenas, grandes ventanas panorámicas. Del

tamaño de un campo de fútbol. Una casa enorme para una mujer y un rhodesian ridgeback rijoso.

Fuimos hasta allí cada uno en su coche. Aparcamos en la cochera. Donna me hizo pasar. El can calenturiento me saltó encima y quiso follarme.

Se agarró a mi pierna. Me palpó el pubis con las pezuñas. Me mordió el cinturón. Me hizo la prueba del sida. El maricón de perro me sacó sangre.

Donna le tiró una chuchería. *Reggie* el ridgeback se calmó. Recorrimos la casa en busca de las pipas de incriminar.

Una Magnum mayúscula, colocada entre los cojines de un sofá. Una gruesa pistola del calibre 45, apalancada bajo una alfombra. Un revólver camuflado en la cama canina de *Reggie*.

La planta baja: de diseño y donnaesca. Buenas tapicerías realzadas con cuadros al óleo. Un Renoir arrebatado. Un magnífico Monet. Un Klee audaz. Armas de fuego furtivas en medio de todo ello.

Deletérea Donna, *mon Dieu*.

Subimos a la primera planta. *Reggie* se apuntó y me husmeó la entrepierna. Quédate con el dormitorio principal: una Browning. Quédate con la habitación de los invitados: una Ruger. Fíjate en la Derringer colgada en la ducha, como una pastilla de jabón.

Decoración rústica francesa: madera vista y vigas en el techo. Arte pop de los modernos maestros pederastas. Munición de punta hueca de efectos devastadores y cartuchos doble cero de caza mayor.

Donna con cuernos de demonio. ¡El súcubo del *neonoir*!

Salimos al balcón. *Reggie* se encajó entre los dos. El aire nocturno me hizo chasquear, crujir, crepitar.

La panorámica del campo de golf. Una vista vibrante, una caída a plomo al sudeste. Sentí que Stephanie despertaba.

Pusimos unas tumbonas una al lado de la otra. Nos acomodamos. Entrelazamos las manos. *Reggie* comprendió su papel y se largó de repente.

—Estás pensando en esa chica —dijo Donna.

Miré hacia la casa de Stephanie. Oí coches que circulaban por Wilshire. Me puse en la órbita de Stephanie.

—Es mayor que nosotros pero siempre será más joven. Y estaba pensando en las dos.

Donna me estrechó la mano.

—Contigo todo es juego erótico previo y anhelos. Tú deseas lo que no puedes tener.

Cayó una bruma. El campo de golf se metamorfoseó en un páramo.

—Se me ha ocurrido algo respecto a nosotros. Incluye lo del 83 y lo redondea todo.

—Cuéntame —dijo Donna.

—Hemos reducido nuestras expectativas a las cosas por las que vive la mayoría de la gente, de forma que podemos vivir en un mundo de posibilidades.

Donna miró hacia el sudeste. Su mirada quedó enredada en la bruma.

—Hay veces en que deseo que las cosas vayan mal, para poder volver a entonces.

—¿Por ejemplo?

—Mi página web está recibiendo muchas visitas. La gente ha hecho preguntas desagradables sobre mis ex novios y se insinúa que soy tortillera porque nunca me he casado.

—Podrías casarte conmigo. —Sonreí.

—Eso acabaría por completo con toda sensación de posibilidad. —Sonrió.

La bruma del páramo se levantó. La luna se coló en su interior.

—Hay más. He recibido correos electrónicos de gente que me pide las bragas, lo cual no es inaudito, pero...

—¿Por qué no? —la interrumpí—. Y si empiezas a venderlas, házmelo saber.

Donna rió.

—Una vez hice una peli de polis con una actriz llamada Megan More —dijo—. Es una estrella de porno blando y me hizo proposiciones. Ha vendido sus bragas por Internet y dice que es muy rentable.

¡Fíjate! ¡Quédate con esa pasmosa posibilidad!

Invado Internet. Comercio con mis calzones. Los relleno para que abulten y los ofrezco al por menor. Rino Rick Jenson, comando del cuerno de rino.

Donna me distrajo:

—Y ahora viene lo inquietante. Los e-mails y las peticiones de bragas proceden de ordenadores de bibliotecas públicas, por lo que no hay manera de decirle a ese patético gilipollas que se vaya a tomar por culo.

Reggie se incorporó. Le rasqué el lomo. Lo hice maullar *molto bene*.

—Sólo un gilipollas, en veinte años de carrera, no está tan mal.

—Dos, en realidad. Estoy recibiendo otras notas de amor-odio por correo, intermitentemente, desde hace un montón de años. Le gusto cuando enseño piel, me odia cuando enseño piel. Es un psicópata de la piel.

—Si tienes miedo, puedo dormir en el sofá... —Rasqué el rabo a *Reggie*.

—¿Durante los próximos treinta años?

—¿Y por qué no?

—Di algo, *Reggie* —dijo Donna.

Reggie enseñó los colmillos y soltó un gruñido irritado y ronco.

Entendí a qué se refería. Posibilidad significaba abstinencia. Yo tenía una picha tiesa y ella un can asesino, muchas armas y muchas agallas.

La bruma del páramo se disolvió. *Reggie* maulló a la luna.

3

Disneylandia distópica. El funeral del fantasma de Danny Getchell.

Un alud de apesadumbrados allegados y una miríada de morbosos mirones. Pelotones de perdedores de L.A. festoneando Forest Lawn.

Drogotas y hermafroditas. Estrellas del porno y actores de la generación X haciendo genuflexiones. Universitarios nihilistas mirando a Danny muerto. Una anárquica asamblea de pervertidos, pasotas y bohemios.

Piquetes anti-Danny: mariconas quijotescas embriagadas de hegemonía homo. Polis de Narcóticos situados en la periferia: Bill Berchem, el malo, y Bob Mosher, el musculoso.

Forest Lawn: lleno hasta los topes. Hierba verde agostada. Setecientas almas pecadoras atrapadas en una alerta de contaminación elevada.

Me aposté junto a Tim Marti. Aportamos nuestra fútil flotilla floral. Tim señaló personas precisas congregadas en torno al féretro.

—Ese tipo con los rizos sobre las orejas es un rabino con un historial de violador infantil. Obligó a una niñita a que le comiera su salami *kosher* en una evocación del Holocausto. Esa rubia tan maqueada es Megan More. Sale en esas películas de tetas y culo que ponen en la tele de madrugada. Mi hijo Brandon las ve a hurtadillas y se la casca todo el tiempo. Ese tipo flaco es Gary Getchell, alias Irv Moskowitz, el casposo. Se las da de editor jefe de *Hush-*

Hush, pero trabaja a jornada completa como *caddie* en el club de campo. Es un exhibicionista. Le gusta enseñársela a las monjas. Cuando yo trabajaba en Antivicio de L. A. Oeste, lo detuve una vez.

Reí rijosamente. Presté atención a los perdedores. El rabino me dio mala espina. Parecía un yonqui. Tenía marcas de agujas en el cuello. Volví al falso Getchell. Iba vestido de *caddie*, de punta en blanco. Llevaba zapatillas de golf de piel de cocodrilo y unos shorts de algodón rayados en relieve. La camisa tenía pingüinos estampados. Quédate con su *kippa* de color canario, ¡joder con el toque final!

Reí por lo bajo. Miré a Megan More con morbo. Era una diosa del porno de tamaño monumental. Medía más de metro ochenta. Era de tez blanca pero estaba tentadoramente tostada; una brava Brunilda de lujo.

—He visto a Bershem y a Mosher tomando fotos —me dijo Tim—. ¿Crees que...?

—Creo que quieren apretarle las tuercas a Gary Getchell sin motivo, joder. Tal vez tenga un *dossier* sobre Narcóticos, tal vez no. Tal vez Danny G. guardaba basura sobre Linus Lauter, tal vez no. Pero, en cualquier caso, el *Hush-Hush 2000* es una mierda. No llega a diez mil ejemplares de tirada y es un trabajo de mimeografía. Sólo lo leen los modernos del negocio del cine y de la música, y la única razón de que sobreviva es que la Unión Americana de las Libertades Civiles lo protege de pleitos por libelo por el bien público y sin compensaciones a cambio.

El rabino se acercó al micrófono. La chiflada concurrencia se concentró. Vi ojos legañosos y ojos inyectados en sangre. Olí a porro potente. Un mar de almas enfermas nos rodeó. Arrojé al agujero la flotilla floral. Se derramó sobre el féretro de Danny G.

Berchem y Mosher se acercaron. Se mezclaron con la multitud y maniobraron junto a Megan More. A Tim y a mí no nos vieron. Se aproximaron al ataúd. Llevaban cámaras. Dichas cámaras hicieron clic.

Fotografiaron a Megan More. Fotografiaron a Megan More hablando con otros asistentes. Clic / clic / clic. Megan More y fotos de minicámara Minox.

Me encogí de hombros. Tim se encogió de hombros. Olía a algo sospechoso.

El rabino agarró el micrófono y se lamió los labios. El rabino largó liturgias y pronunció plegarias.

Danny G. era un personaje prodigioso y una pluma perspicaz. No era un patán, ni un perezoso, ni un perdedor. Era un menda magnífico.

El rabino subió de tono. Le corearon unos cánticos cómicos. Gemidos de jazz judaico. Tim y yo nos largamos.

El funeral me comió el coco. El humo residual del porro me colocó. Fue un cebollón de contacto agradable. Volví a casa a donnificarlo y conservarlo.

El colocón disminuyó y desapareció. Me puse nervioso y redonnifiqué. Sentí deseo de fusión. Redonníficate en la vida real antes de que tu impulso sexual se apague.

La llamé. Mi voz sonó jadeante e inflamada. Esos mensajes de las bragas me perturban. Déjame verlos, por favor.

Donna tragó. Voy a salir de casa. Los dejaré en el umbral de la puerta. Gracias, Rick, eres genial.

Llegué a Holmby Hills. Recogí los mensajes y regresé a Chino Hills. Puse algo fetén de Rachmaninoff. Rick y Donna, sois la leche.

Los *Preludios* del Opus 32, sobrenaturalmente sublimes y preciosamente priápicos. Sexo rara vez visto / pérdida cadenciosa / dolor abrumador: Rick está loco por Donna, resumido.

Estudié los mensajes. Bim: una pura memez. Bam: una memez similar. Bip: enviados desde las bibliotecas públicas de Los Ángeles Oeste. Está muy claro: parecidas memeces estúpidas, *enviadas por el mismo remitente*.

Pidamos una segunda opinión.

Llamé a Dave Slatkin.

—Sí —dijo Dave—. Veamos esa mierda. Ahora mismo estoy ocupado, salgo hacia Bel-Air a vigilar a un merodeador.

El merodeador funciona con las fases de la luna. Lo sé. Su última víctima recibió dos dardos tranquilizantes. Casi se lo cargó. Tarde o temprano, el menda matará a alguien.

Insistí en lo de los mensajes. Donna en peligro y un posible pervertido. Un fulano flipado buscador de bragas. Un excéntrico enfermo y un masturbador morboso.

Dave se rió de mí.

—Sí, leeré los mensajes. Búscame durante esa vigilancia. Y baja al mundo real, Rino. Ahora mismo estás divagando con Donna.

Puaj. Me dispuse a colgar.

—¡Ah!, y llama a la oficina del jefe Tierney. Tiene un recado para ti.

Colgué. Reviví la llamada y volví a exclamar «puaj». Dave Slatkin me machaca. Dave me induce a inventariar: Baja al mundo real, Rick Rino. Estás damnificado de Donna. Estás dogmatizado de Donna. Divagas con ella desde 1983. Eres un determinista de Donna. Estás donnaficado y donnafectado por el instinto infernal y las monstruosas maquinaciones de aquel momento.

Sí, es terriblemente triste, pero me sienta taaan bien, joder.

Estudié los mensajes. Subrayé los fragmentos flipantes. Vaya con el bravo bragófilo:

«Querida Donna: Soy un coleccionista de prendas íntimas femeninas guapo y bien dotado. Catalogo dichas prendas y las exhibo en vitrinas en mi piso de soltero de Malibú. ¿Podrías enviarme un correo confirmándome la disponibilidad de tales objetos y cuánto me costarían?»

«Querida Donna: Me gustaría comprar tus bragas

para ampliar mi colección, pero no podré hacerlo si no contestas a mis mensajes, lo cual, hasta ahora, no has hecho. ¿Tan ocupada estás que no puedes contactar con tus admiradores, o es que eres una creída sin remedio?»

«Querida puta: Tienes una última oportunidad de redimirte vendiéndome tus bragas a precio rebajado. ¡No lo dudes! ¡Hazlo hoy mismo!»

Examiné las excitantes cibernotas. Los fragmentos más guarros destacaban.

«Me parece extraño que no te hayas casado. ¿No serás por casualidad bollera o tortillera?»

«Sé que has estado con muchos hombres. ¿Quién fue el mejor y quién la tenía más grande?»

«Quiero rociar tus bragas con Chanel N.º 5 y llevarlas a la escuela conmigo porque me recuerdan a mi mamá.»

Tal vez un único donnáfobo deletéreo. Quizás una pandilla de pirados. Quizás un polla pasiva.

Saqué el bloc de notas. Escribí:

El hombre de las bragas: frustración. Creciente violencia en el lenguaje. ¿Sabe que hay otros precedentes de venta de bragas por parte de actrices? Megan More le dijo a Donna que había vendido las suyas.

¿¿?? Pidamos una segunda opinión. Pregunta a Brandon Marti, el adolescente tumescente de Tim.

Llamé a casa de Tim. Brandon respondió al teléfono.

—¿Sí?

—Soy yo, chico.

—Ah, hola, tío Rino.

—Necesito ayuda en una cosa. —Carraspeé—. Sé que eres un chico que está al día.

—Oh, sí, seguro. ¿Qué quieres? —dijo Brandon.

—Hablaré claro, hijo. Estás en plena explosión pero no tienes una válvula de escape real, no sé si me entiendes. Seguro que sabes dónde están las chicas porno en Internet. Sus páginas web, me refiero.

—Mi padre dice que tienes un punto de mártir. —El

pequeño lascivo rió—. Dice que no has podido superar la historia de esa actriz que se te tiró hace veinte años.

Bingo. Aggg.

—Vamos, Brandon.

—Bueno, está Jenna Jamison, y Seka, y Tormenta de Verano, y la Puta del Porsche y... Mierda, no lo sé. Casi todas son sólo eso, chicas.

Información inútil. Depresiva hasta la médula. Donnafobia descendente y apatía adolescente.

—Gracias, Brand. Me has sido de mucha ayuda.

—De nada. Oh, y mi papá acaba de darme una nota. «Baja al mundo», dice.

Recorrí la red. Vi a Jenna Jamison. Busqué a Tormenta de Verano y a Seka. Abrí la página de la Puta del Porsche.

Desnudos y comentarios. Mensajes patéticos de los admiradores. No encontré venta de bragas.

Pasemos a páginas personales convencionales. Exploremos las de las estrellas de cine.

Recorrí la red. Salté de un sitio a otro. Llegué a la web de la salada Sandy Bullock y a la de la maliciosa Nicole K. Notas patéticas y noticias. Nada de bragas a la venta.

Moví el ratón. Llegué a la página «oficial» de Megan More.

Oferta de bragas: 22,95 la unidad. Notas patéticas y noticias. Oh, espera: ¿qué es esto?

Un personaje patético: Big Bob de bigbob.com. Párrafos de *pathos*. Luego, esto:

He visitado el sitio web de ese tipo, Jack Jen-kin. Ofrecía su llamada «tesis doctoral» sobre Megan por 16,95 dólares. La he leído y no es más que un montón de mentiras blasfemas. Insto a todos los admiradores de Megan a boicotear a ese payaso.

Boicoteé el boicot de Big Bob. Moví el ratón. Salté al sitio de Jack Jen-kin. Encontré esto:

La transformación de Megan More, 168 páginas, 16,95 dólares. La verdad acerca de la sensación del porno blando. Visa, MC, Amex. Introduzca el número y la fecha de expiración. Pedidos contra reembolso a Jack Jen-kin, 1248 S. Berendo, n.º 14. L. A. 90018.

Interesante. Insinuante. Una buena calle de Koreatown. Moví el ratón. Leí información. Pedí el libro. Me retrepé en la silla. Tuve pensamientos de *pathos* bragófilo... y yo.

Probabilidades de que Donna estuviera en peligro: diez a una a que no. La realidad: Rino Rick combate el aburrimiento y el tedio contumaz.

Ahí lo tienes: la estasis de Stephanie / la disyuntiva de Donna. Crímenes indescifrables / mujeres inalcanzables... y yo.

Profundicé en ello. Caí en la congoja. Instalé trampas para la verdad y me cacé a mí: no aprecias lo prosaico. La oportunidad te posee. Renuncias a la familia a cambio de una posibilidad.

Era hora de cenar. No tenía una mujer que me diera calor ni cacofonía de críos. Pensé en lo que estaba haciendo. Copias impresas de las páginas porno. Fetichismo fétido como oportunidad.

Yo deseaba más momentos profundos con Donna. Los regiría el peligro. Mi plegaria primordial era que el peligro la paralizara y me liberase. Donna por amor. Stephanie para que me marcase como padre putativo y obsesionado con la paternidad.

Eran las diez de la noche. Donna se distraía con el perro y con un amante afortunado. Stephanie seguía estando marcada como MUERTA.

Posibilidad. Intríngulis policial como comunión. La casa de Stephanie me llamó.

4

El tremendo Joe Tierney, ¡aclamad al jefe!

Me midió en silencio. Me clavó la mirada. Dicha mirada me llegó al tuétano.

Ocupábamos su oficina. Me senté erguido. Joe Tierney, insidioso irlandés de mierda.

—La parafernalia de rino servirá, casi toda —dijo—. La aguja de corbata y la hebilla del cinturón me gustan, pero la corbata estampada de rinos tiene que desaparecer.

La silla me rozaba el culo. La oficina ofendía. Las fotos me fliparon.

Joe T. con el Papa polaco, posando como colegas en Cristo. Joe T. con esa mandona de Madre Teresa. Joe T. con Hillary Clinton y su pinta de tortillera marimacho.

—Gracias, jefe. La próxima vez que vaya de compras al Costco, te llevaré conmigo.

—Éste ya no es el DPLA del hombre blanco justiciero y de derechas en el que te criaste. —Tierney rió.

—Sí, di que he tenido suerte. —Reí—. Llegué a cargarme a tres negros asquerosos y a dos espaldas mojadas antes de lo de Rodney King.

—Eres desenvuelto, Rino, eso tengo que reconocerlo. Y lo bastante listo para saber que ahora el departamento no podría afrontar más mala publicidad. Estamos de litigios civiles hasta el cuello, el Decreto de Consentimiento nos tiene paralizados y nuestros agentes temen hacer detenciones porque todos los golfos de la calle, cuando los pillan, piensan en demandarnos.

Reí y bostecé. Estaba cansado y derrotado. Me había quedado hasta muy tarde ante la casa de Stephanie.

—¿Me has llamado por una razón concreta, o sólo para criticar mi guardarropa?

Tierney enseñó los dientes. Me llegó una bocanada de aire cargado de alcohol. Un irlandés indigno que le daba al licor con el almuerzo.

—Bien, vayamos al grano. Tú conociste a Danny Getchell. Le diste droga a cambio de información, lo cual era una práctica común en aquella época. Tu error fue dar droga a un tipo que lo anotaba todo y que llevaba un archivo. Ahora, Danny ha muerto, pero Gary Getchell está vivo y nuestro capitán y colega Lauter no le cae bien. Lo ha mencionado una vez en un reportaje de *Hush-Hush* y tal vez tenga la intención de publicar en el futuro artículos sobre la brigada de Narcóticos, lo cual pondría en un auténtico brete a todo el departamento. Tu trabajo consistirá en disuadirlo.

Me consumí en silencio. Espera a ver cómo te jode. Tiembla con la amenaza.

Esperé con ansia. El jefe Joe esparció vapores de martini y me machacó.

—No quiero abrumarte con acusaciones al departamento por indiscreciones que puedan salir a la luz a través de *Hush-Hush*, así que Tom Ludlow y tú le apretáis las tuercas a Gary Getchell y le decís que se olvide del capitán Lauter y del DPLA. Decidle que somos sacrosantos, decidle que nunca utilice sus archivos contra nosotros y dejadle clara la cuestión con un poco de dolor.

¡Un trabajo de matón! ¡Joder! ¡Contundente coacción policial!

Me acerqué a la comisaría de Hollywood. Tom *el Listín* esperaba fuera. Fuimos al club de campo de Bel-Air.

Tom presagiaba problemas. Agitaba un listín de

Westside y pronunciaba obscenidades. Todavía hacía llamadas telefónicas guarras. Todavía «pillaba ninfómanas» y «follaba con putas» por ese sistema. Tenía recuerdos muy vívidos de Vietnam. Dichos recuerdos lo roían. Le gustaba la nostalgia nociva y la dramaturgia draconiana. ¡Ah, la juventud! ¡Tiernos tiempos de tortura y vivisecciones de vietcongs!

Llegamos a Bel-Air. Vi circular coches de policía sin distintivos por Udine Way. Quédate: un ensayo a la luz del día para el psicópata que actúa por la noche. Bonito Bel-Air: un terreno de primera para el merodeador malvado. Vigilancias móviles preparadas para la noche.

Ahí está el club de campo. Ahí está el aparcamiento del *caddie*. Quédate con ese Dodge Dart destrozado. Quédate con ese Cadillac calcificado y con ese Lincoln Continental de cromados centelleantes.

Hay una furgoneta hecha polvo. Lleva pintadas unas llamas y tiene las ruedas pinchadas. El parabrisas está agrietado y roto. La puerta trasera pende de la bisagra.

Dentro está Gary Getchell. Hay una máquina de mimeografiar. Está empaquetando objetos. ¿Bragas, por casualidad?

Aparcamos y nos acercamos. Getchell apilaba bragas y las metía en bolsas de plástico. Quédate con la cojonuda colección de fotos de las paredes: todas *Hush-Hush* añejo.

Marilyn Monroe: mestizaje mandinguesco. ¡Las delicias morenas de Ava Gardner! ¡La desventura de Johnnie Ray en el lavabo de hombres! ¡Rock Hudson, el galán gay!

—Pasma, ¿no? —dijo Getchell—. Me parece una complicación innecesaria.

Tom acarició el listín. Las cubiertas estaban sueltas de tanto uso. La última página estaba tiesa y marrón de sangre.

—No utilices los archivos —dije—. Esto significa que nada sobre Lauter y nada sobre el DPLA.

Getchell soltó una carcajada. Agarró un paquete de bragas. Lo hizo rodar en dirección a Tom.

—Veinte dólares un husmeo. ¿Qué os parece, cavernícolas? A Megan no le importará y a lo mejor se os pone dura.

Hice una seña a Tom. Tom alzó el listín. Un revés de campeón. La napia de Getchell crujió.

Goteó sangre y manchó las bolsas de plástico. Quédate con las manchas de sangre en los paquetes de bragas.

—No utilices los archivos —repetí—. Nada sobre Lauter, nada sobre el DPLA.

Getchell abrió un paquete de bragas. Sacó una y se sonó los mocos como si fuera un pañuelo.

—Último precio. Dos husmeos por quince dólares. Tíos, estáis muy equivocados en lo del nexo entre el sexo y la violencia. Vamos, dos husmeos por diez. Es mi última oferta.

Hice una señal a Tom. Tom alzó el listín. Un derechazo demoledor. Getchell quedó tocado.

—No utilices los archivos. Nada sobre Lauter, nada sobre el DPLA. Di que sí y nos vamos.

Getchell gimió, gangoso. Se tocó un diente suelto. Quédate con la dentadura destrozada.

—Ésta es mi oferta final. La colección de DVD de Megan More más dos husmeos cada uno por diez pavos. Vamos, no lo puedo rebajar más.

Hice una señal a Tom. Tom alzó el listín. Un golpe de arriba abajo. Getchell flaqueó y se desplomó en el suelo.

Tosió. Escupió más sangre. Se le soltaron más dientes.

—No utilices los archivos —dije—. Vamos, Gary, que no me lo estoy pasando nada bien con esto.

Getchell se puso en pie. Se quedó plantado y me miró muy serio.

—Sé cosas de ti y de ese chocho de actriz. Otoño del 83. ¿Te suena familiar? Odio a ese chocho, porque un amigo mío también lo odia, pero hay un ángel vengador ahí fuera.

Un estremecimiento me traspasó y me atenazó. Me agarró y me hirió y estalló como sangre.

Agarré el listín. Le di un rotundo revés, un derechazo demoledor y un golpe genial de arriba abajo. Getchell rebotó contra la chapa. La furgoneta saltó y se sacudió. Tom *el Listín* me sacó de allí.

Niega ese nexo. Sexo: di *oui*. Violencia: vocea un *niet*.

La misión de matón me machacó menopáusicamente. Me sentí jodido y absolutamente inútil. Me puse apocalíptico y apologético. Me atacó la depresión post bragas.

Llevé a Tom donde me indicó. Yo fui a casa de Stephanie. Calmé mi alma sucia y oí el zumbido de mi teléfono móvil.

Llamadas contradictorias. Donna en la hamburguesería Hamlet. Donna relajándose en la brasería Chia.

Me acerqué a Hamlet. Una doble de Donna bebía cerveza en un reservado de piel de imitación. Fui a Chia. Charlie Chink me dijo:

—La señorita Donahue ha venido a buscar comida para llevar.

El crepúsculo me encontró abatido por la ausencia de Donna, deprimido y deseoso de distracción. Me acerqué a la zona de vigilancia policial del merodeador.

Bel-Air otra vez. La regia Roscomere Road. Profusión de palmeras y magníficas mansiones estilo español. Dos unidades sin distintivos aparcadas en la calzada. En una, pasmas de Los Ángeles Oeste. En la otra, Dave Slatkin y un pit bull moteado.

Aparqué detrás del pitmóvil. Me uní a Dave y el perro. Dicho perro: todo amor faldero por el DPLA y músculo malévolo. Dave: cubierto de caspa y concentrado en acariciar al can.

Nos acomodamos. Bebimos un café corrosivo. Comentamos las novedades.

Estuvimos de acuerdo: la fantasía del archivo de Lauter / Narcóticos / Getchell, a tomar por culo. Linus blanqueaba el dinero procedente del tráfico de drogas de Leotis. Linus engendró a Leotis, los vínculos de sangre eran profundos. Joe Tierney, nuestro nuevo jefe, tenía miedo del FBI. Dije que aquel asunto pintaba mal, todo el rato se cruzaban cosas raras. Dave dijo que a tomar por culo. Que se fueran todos a tomar por culo, mejor olvidarlo y concentrarse en esto:

Tim ha encontrado una caja llena de material. Son detritos del caso Stephanie. Dicha caja está en Parker Center. Tim la encontró en un viejo almacén de datos. Estaba metida en un hueco estrecho de difícil acceso.

Nos revolvimos en el asiento. Los reclinamos hacia atrás. *Pancho* el pit bull vigilaba la calle. Dave esperaba que el merodeador fuese negro. *Pancho* disfrutaba con la carne oscura.

La noche era oscura como boca de lobo. A Dave le gustaba.

—Escucha, este tipo funciona con las fases de la luna.

A Dave le gustaba. Dave describió al tipo.

Es un auténtico monomaníaco. Es Donald Keith Bashor en plan milenarista. Bashor violó vilmente a una vieja. Bashor casi violó a Karil Graham después de muerta. Nuestro tipo está jodido por las mujeres. Actúa para instigar una imagen. Sus merodeos son el preludio de una violación. Está buscando a *la* mujer.

Asentí y añadí:

—Y es atrevido. No se puede circular por Bel-Air o Holmby Hills y no despertar serias sospechas.

Dave asintió. Dave añadió:

—Va a pie. Por eso funciona con las fases de la luna. Detesta la oscuridad.

Asentí y añadí:

—Aparca al sur y se mueve en silencio. Al sur de Wilshire queda Holmby Hills; al sur de Sunset queda Bel-Air.

Dave asintió y añadió:

—Puede esconderse en los campos de golf. Del club de campo de L. A. a Holmby Hills, del club de campo de Bel-Air a Bel-Air.

Nuestra cháchara se apagó. Bostezamos. *Pancho* roncaba y resoplaba en mi regazo. Me adormilé y soñé:

Stephanie. Donna. El tiempo quedó suspendido, surreal. Gary Getchell, machacado y descarado: «Odio a ese chocho porque un amigo mío también lo odia, pero hay un ángel vengador ahí fuera.» Ángeles disfrazados de ridgebacks; querubines quiméricos con abrigos ásperos y cara de can. Megan More mirando a Donna con ojos de lesbiana.

Entré y salí del sueño varias veces. *Pancho* jadeaba junto a mí. Lo convertí en mi mascota. Imaginé el asiento delantero como mi cama nupcial con Donna. Mira la metamorfosis del mastín: el pit bull *Pancho* convertido en el ridgeback *Reggie*.

La radio ronroneó. Las interferencias crujieron y crepitaron. Desperté aturdido. Dave se sobresaltó y despertó.

—¡2-A-44, encended los faros!

Dave cogió la llave. Puso en marcha el motor. Yo encendí los faros y le di a las largas. Allí mismo la medianoche se convirtió en mediodía.

A nuestra izquierda, una casa de estilo español. Una mujer inmensa gritando. Luces a su espalda. Las largas del 2-A-43.

La mujer gri-gri-gritaba. Tropezó por las escaleras. Llevaba un dardo en el cuello. Un hombre tendido en el umbral: su marido, con pijama a juego. Dos dardos lo han devastado. Un dardo en cada globo ocular. Parece muerto por dardoviolación.

Se acercan los pasmas del 2-A-43, a pie, corriendo. La mujer inmensa grita en el jardín. Todo está iluminado por esos faros delanteros y por unas luces de marcha atrás que dan brincos.

Saqué la pipa. Dave sacó la pipa. *Pancho* se asomó por

la ventanilla. Nos lanzamos hacia la luz. Un coche retrocedía delante de nosotros. Iba marcha atrás. Vi un breve atisbo: un blanco de más de sesenta años, sonriente.

Disparamos. Alcanzamos el coche. Las balas rebotaron y resonaron. Los otros pasmas dispararon. Alcanzaron el coche. Las balas rebotaron y reverberaron.

Pancho saltó y corrió. El coche siguió marcha atrás. *Pancho* se asomó por la ventanilla del conductor. El merodeador alzó la pistola tranquilizante. Pam. *Pancho* recibió un dardo.

Perseguimos el coche. Disparamos. Cuatro pasmas corriendo, un cohete espacial marcha atrás. El coche derrapó. Chocó contra las vallas de las casas y destrozó espalderas. Corrimos. Cargamos las armas. Corrimos y disparamos al cohete en marcha atrás. Corrimos y nos quedamos sin munición. El coche irrumpió en un patio trasero y desapareció en la oscuridad.

El cabrón rediseñó ocho patios traseros. El jodido cabrón escapó.

Entró en acción un equipo del cuerpo de Operaciones Especiales. Recorrieron patios traseros. Ningún merodeador presente. Los helicópteros revoloteaban en el cielo. Sus luces de panza enfocaban el terreno. Ningún merodeador escondido. Ningún psicópata sesentón.

Pancho sobrevivió. Un dardo en el duodeno. Ningún daño. Dave lo besó y lo acarició y apareció con golosinas caninas. Propuse a *Pancho* para una medalla en el DPLA. Los de Operaciones Especiales estuvieron de acuerdo.

El tipo de los dos dardos murió. Un shock tóxico le reventó el organismo. Su mujer no se derrumbó. Tartamudeante, prestó declaración.

Había oído ruidos sospechosos. Se había despertado y había encontrado al merodeador en su dormitorio. Lleva el hámster fuera y está rociando con él el cajón de la lencería.

Grita. El merodeador le dispara un dardo. El marido despierta. El merodeador le dispara dos dardos.

Un equipo del laboratorio llegó a la casa. Recogieron la lencería y localizaron algo de semen. Susceptible a la prueba del ADN, ¡sí! Introdúcelo en la base de datos de ADN y contén el aliento.

Los técnicos estudiaron los accesos. Encontraron barro reciente junto a un cerrojo forzado. Recorrieron patios traseros y caminaron hasta la puerta de Bel-Air Oeste. Barro similar en forma de pisadas en la acera.

Dave y yo hablamos. Los tipos del 2-A-43 hablaron. Todos coincidimos.

No hemos logrado identificar al merodeador. No hay manera de hacer un perfil. No podemos iniciar un retrato robot.

Fuimos todos a Parker Center. Revisamos álbumes de fotos y buscamos parecidos. Un psicópata sesentón. No encontramos ninguna coincidencia.

Amanece. Llega el jefe de la brigada de detectives y nos designa: Eh, Jenson y Slatkin, llamad a Tim Marti y trabajad juntos este caso de merodeo con homicidio.

A Dave le gustó. Dave era un empirista enfático y un dedicado Donald Keith Bashórfilo. Su opinión: nuestro tipo es más viejo. Tal vez intentaba emular a Bashor y ha matado. Se había masturbado unos momentos antes. Ha atacado a la pasma en su huida. La escalada esencial presagia acciones como las de Bashor: violación y asesinato.

Apareció Tim. Su opinión: sigamos el rastro de los tranquilizantes. A Tim le gustó la dicotomía: pociones poderosas para los humanos, benzodiazepinas benignas para los perros. Dave disintió. Es demasiado difícil. Hay tranquilizantes que se venden en las calles y tranquilizantes recetados por médicos. Nuestra mejor opción, como en el caso de Bashor: más vigilancias móviles.

Bostecé. Todo aquel alboroto con el merodeador me

aburría. Lo único que valoraba de todo ello era su proximidad a Donna.

Quería volver a acostarme en su cama, con regularidad o efímeramente. Correos electrónicos insultantes y antecedentes de bragas podían acercarla a mí. La cercanía del merodeador quizá me ayudara.

Quería esconderme en el corazón de su hogar.

5

Regresé a casa. Necesitaba descanso. Reamueblé mi cabeza y miré el correo.

Allí no había ninguna tesis doctoral de Megan More. Ningún paquete de FedEx, ni del UPS.

El caso del merodeador se preveía complicado. Regreso al trabajo en serio. La Hora de Donna me retorció aún más. El tipo de la tesis vivía en Koreatown. Podía acercarme hasta allí y regresar a Robos-Homicidios.

El día transcurrió feo. La nube de contaminación envolvió la llanura de L. A. y ocultó las colinas de Hollywood. El aire era carcinogénico, un castigo para los pulmones. El cielo era marrón tostado. Koreatown estaba envuelto en la calima y lleno de orientales. Pico Boulevard bullía. Era la frontera de los ojos rasgados y la última línea de demarcación. El Congo de L. A. empezaba al sur de aquel sector.

Recorrí Pico y doblé por Berendo. El piso del tipo de la tesis estaba allí delante. Es un edificio de diez plantas. Es de estricto estuco y huele a anguila asada y a *kimchi*.

Aparqué y crucé el vestíbulo. Unos mendas que bebían cerveza Schlitz me miraron. Exudaban la actitud del especulador. Eran orientales elegantes y Charlies Chinos melancólicos.

Miré los buzones. Jack Jen-kin, en el apartamento número catorce.

El ascensor traqueteó y resopló. Los orificios de ventilación vibraron. Por ellos penetraban unos olores atractivos: carne de mono y cerdo despellejado cocido en *kimchi*.

El ascensor se detuvo. Salí y recorrí el descansillo. Ahí está el número catorce.

¡Oh, espera! ¿Qué es eso?

Por una rendija de la puerta se colaba un hedor. Unos bichos batían contra el zócalo y repicaban en el umbral. Buz, buz, bap, bap, insectos inflamados, afligidos y angustiados.

Saqué una tarjeta de crédito. La introduje entre la puerta y el marco. El tumbador de la cerradura cedió. La puerta se abrió.

Los vapores me asaltaron y me marearon. Estuve a punto de devolver el desayuno. Me estremecí. Cerré la puerta. Luché contra batallones de bichos. Dichos bichos salieron zumbando al descansillo. Seguí la hediondez y descubrí el fiambre.

Un macho coreano comido por los gusanos. Muerto y descompuesto. Tumbado en una alfombra violeta. Una gran herida de bala en la cabeza.

Ahí está la pistola. Es una Magnum mastodóntica del calibre 44. La herida era enorme. De la raja craneal salían gusanos bailando el mambo.

Me arrodillé. Vi que tenía heridas en el cuello. Contusiones brillantes y cortes de tortura. El hedor me atacó. Me tapé la nariz y contuve mi bocadillo de jamón y huevo.

Ahí está la nota. Clavada en la pared. Bien a la vista.

«No puedo seguir viviendo. Amo a Megan More más que a la vida misma pero ella no me ama. Adiós, Megan. Te veré allí donde cantan los ángeles.»

Una caligrafía sospechosa. Montones de marcas de dudas. Vocales vibrantes. Consonantes coaccionadas. Tortura para instigar información. Un asesinato convertido en suicidio.

Eché un vistazo al piso. Me tapé la nariz y observé detalles perentorios. Miré aquella escenificación y ahuyenté el hedor.

La cocina. La vía principal de migración de los gusanos. El fregadero lleno. Platos sucios. Trozos de bistec comidos por los gusanos. Fíjate en la frialdad: el asesino pescó a Jen-kin aquí y se lo cargó.

El dormitorio. Megan More sobre las paredes blancas. Fotos porno baratas / instantáneas borrosas / sin polvo debajo. Fíjate en la frialdad: ha colgado las fotos para despistar. Decorado de primera para la sincronía del suicidio.

Volqué los cajones del escritorio. Miré debajo de las alfombras. Bombardeé las estanterías de libros. Ninguna tesis doctoral de Megan More.

Encendí el ordenador de Jen-kin. Moví el ratón y tecleé «Megan More». Tecleé palabras relacionadas. Ninguna tesis doctoral de Megan More ni otras minucias.

Volví al vestíbulo. Los gusanos trituraban a Jack Jenkin y desfilaban por su boca. La puerta se abrió de repente. Un ojos oblicuos se coló y pasó por la abertura. La puerta se cerró con un clic. Yo rinocorrí.

Salí echando leches al descansillo. Vi a Chuck el Chino alcanzar una salida de incendios y detenerse. Le salté encima. Me prodigué en el daño. Le aplasté la cara. La puerta se melló. Le pateé las pelotas. Se retorció y gimió. Lo agarré por el cabello grasiento y lo llevé a rastras al piso.

Cerré la puerta. Vio al oriental muerto y descompuesto y a los gusanos desfilando sobre él. El tipo gritó. Me fijé en la reacción. Temor no fingido / probablemente no sea el asesino / no lo detengas todavía por homicidio en primer grado.

El hedor lo atacó. La piel amarilla se le puso verde. Vomitó a propulsión. Esquivé partículas de comida. Expelió anguila asada guisada en *kimchi*.

Lo llevé a rastras a la cocina. Lo puse en pie junto al fregadero. Abrí el grifo del agua fría. Lo remojé y lo salpiqué y vi que el color de su piel se normalizaba y dejaba de ser verde grisáceo.

Tartamudeó. Sacudió la cabeza y tembló. Le cacheé

los bolsillos. Saqué unas pastillas. Percodan sin receta. Supe que sabía algo. Supe que cantaría.

Saqué mi porra de cola de castor. Me golpeé las palmas. Le dejé oír el peso.

—Sabes algo. Sabes que aquí ocurrió algo y por eso viniste a ver cómo estaba todo. Habla y te dejaré marchar. Si me tomas el pelo, te empapelaré por posesión de pastillas.

Se estremeció. Me golpeé las palmas. Me golpeé los costados de las piernas.

Sacudió la cabeza. Se apartó del montón de gusanos. Su voz vibró. Sonó a soprano. Sonó a mariquita y a puta promiscua.

—Hace unos cuatro días. Vi a los de Narcóticos que me detuvieron. Siguieron a Jack. Lo pillaron en el vestíbulo y lo trajeron aquí arriba. Entonces oí gritos.

Lo presioné con fuerza. Hice rebotar la porra en mis rodillas. Él se estremeció. Rick el Extorsionador lo asustaba.

—¿Quiénes eran los de Narcóticos? Sabes sus nombres porque te habían arrestado.

El oriental tragó saliva.

—Berchem y Mosher —respondió—. Son malos. Me empapelaron por una droga que ellos mismos me metieron en el bolsillo.

Me asaltaron recuerdos. Lauter. Su sospechoso interés por *Hush-Hush*. Megan More con Gary Getchell. El funeral. Berchem y Mosher. Vigilancia encubierta. Dos matones haciendo fotos a Megan More.

Me acerqué a un teléfono de pared. Llamé a Casos sin Resolver. Se puso Dave.

—Aquí Slatkin.

—Soy yo —dije—. Necesito que hagas algo, sin preguntar nada.

—Vaya... De acuerdo.

Los gusanos escalaban por mi pierna. Los sacudí con la porra y descendieron.

—Ha habido un homicidio. Está relacionado con los de Narcóticos y Lauter. Cal Eggers probablemente sea el único tipo abierto y sincero de la brigada. Necesito que llames a Tierney y que consigas su aprobación para retenerlo.

—De acuerdo, pero todo esto suena... —empezó a decir Dave.

Colgué. Devolví sus pastillas al pasota, que se largó corriendo. Cultivé conexiones.

Matones de Narcóticos. Linus y Leotis Lauter. Gary Getchell. Megan More. Jack Jen-kin, el meganófilo devorado por los gusanos.

Niet, ninguna conexión concluyente.

Me dirigí a la puerta. Vi una pila de paquetes de bragas encima de un televisor. Yo rumiaba en el nexo sexo-violencia. Me detuve y les pegué tres buenas husmeadas.

Cal Eggers acurrucado en un cubículo: una sala de interrogatorios de dos metros y medio por cuatro.

Observamos por un falso espejo. El espejo hacía retorcerse de risa a Cal. Estaba seco de sudores y frío como el freón. Emitía una vibración de no culpabilidad.

Eso pensé yo. Lo mismo que Dave y Tim. Miramos. Esperamos. Quitamos el aire acondicionado y pusimos la calefacción. El frío Cal no se quitó el abrigo. No puedes torturarme.

Dave habló con Tierney. El irlandés majara mandó un equipo de técnicos. Reconocieron y analizaron el apartamento número catorce. El apartamento, profesionalmente limpio de huellas. La nota de suicidio: una felona falsificación. La multitud de gusanos indicaba que el cuerpo llevaba cuatro días muerto. La maricona lo había dicho bien. Bill Berchem y Bob Mosher no estaban en la brigada de Narcóticos; habían salido a «un trabajo de campo».

Cal rió y se retorció. Cal hizo una mueca al espejo. Intercambiamos una mirada y entramos.

Elegimos las sillas. Las volvimos hacia el escritorio. Cal acercó más la suya.

—Esto va de los de Narcóticos y tal vez del capitán Lauter.

—Me vas a hacer dormir —dijo Cal.

—Nadie piensa que estés pringado —dijo Tim.

—Despertadme cuando terminéis.

—Tú no estabas en la brigada cuando Lauter montó esa movida con su hijo.

—Sorprendedme con alguna noticia nueva que no haya leído en *Hush-Hush* —dijo Cal.

—Bill Berchem y Bob Mosher —dijo Tim golpeando la mesa—. Una actriz llamada Megan More y un oriental muerto llamado Jack Jen-kin.

Cal estiró el cuello. Cal hizo chasquear los nudillos.

—Oh, mierda —dijo.

—Tú tienes inmunidad interdepartamental. —Dave hizo tamborilear los dedos sobre la mesa—. Esto viene directo de Tierney. Más allá de él, está congelado. Vamos a decir a los medios que lo de Jen-kin ha sido un suicidio. Ésa será la versión oficial.

Cal se puso insolente.

—Decidle a Tierney que me ascienda a capitán y entregaré a Berchem y a Mosher. Decidle que quiero un trato legal.

Saqué el móvil. Tim marcó el número de Tierney. Tierney contestó al segundo timbrazo. Dave le tosió la insolencia de Cal *sotto voce*. Tierney gritó:

—¡De acuerdo, joder!

Guardé el teléfono. Cal me dirigió una mirada de comemierdas.

—Bien, Linus Lauter desea damas blancas y chochos blancos. Se coloca de coca cada noche, ve a Megan More en televisión y se pone cachondo. Contacta con ella a través de su página web y se monta una relación enfermiza. Cree que la está seduciendo, pero es ella quien lo seduce a él. Megan

More conocía al difunto Danny Getchell, sabía que Linus era un pasma para el que Danny hacía de chivato, lo presionó para sacarle información y se enteró de sus movidas de blanqueo de dinero antes que los del FBI y el maldito *L. A. Times*. Linus se enteró de que ella era amiga de Gary y que iba a contarle a éste los negocios de Linus y su especial relación con él, y que Gary lo publicaría en *Hush-Hush*.

Megan More, una mama mulata. Malhechores multiculturales, muy confidencial.

Y ahora, corte a Koreatown y salto a Jack Jen-kin.

—El homicidio, Cal —dije—. Ese apartamento de la Doce con Berendo.

Cal carraspeó.

—Esto me contó Linus: está colocado de coca y rebosa toda esa paranoia. Parece que Megan se folló a Berchem, a Mosher y a él, por lo que ahora tenemos a tres folladores motivados que van a por ella. Oyeron hablar de la «tesis doctoral» del oriental, supieron que prácticamente no había vendido ningún ejemplar, pero que estaba lleno de trapos sucios. Entonces, Linus me cuenta que Berchem y Mosher fueron a interrogar al oriental, y supongo que las cosas se les escaparon de las manos.

Me asaltó un recuerdo. Gary Getchell, refiriéndose a Donna D.

«Odio a ese chocho, porque un amigo mío también lo odia, pero hay un ángel vengador ahí fuera.»

«Un ángel vengador», Megan More, tal vez. Lésbicamente enamorada de Donna. Su móvil, tal vez.

El capitán Cal se puso en pie. Tim dijo:

—Tenemos que pescar a Berchem y a Mosher.

—Le diré a Tierney lo que tenemos —replicó Dave—, pero ahora mismo estamos ocupados en el caso del merodeador.

Las conexiones coincidieron y se congelaron. La diáspora de Donna, la matanza del merodeador. La mierda se me reveló.

—Rino parece distraído —comentó Cal—. Apuesto a que está pensando en cierta actriz.

—Sí —dijo Dave—. Conozco esa expresión.

—Mi hijo es un fan de Megan More —dijo Tim—. Toda esta basura acabará con él, joder.

El merodeador me mosqueaba. Aquellas conexiones coincidían demasiado cerca de Donna. Fui a Holmby Hills. Donna estaba en casa. Rinoimprovisé una coincidencia casual. A Donna le gustó mi morboso relato de Megan More. Propuse que fuéramos a buscarla. Ella dijo que se apuntaba.

Llamé a la Central. Comprobaron los antecedentes de Megan More. Cuatro arrestos en Beverly Hills por delitos menores, por ejercer la prostitución en hoteles de lujo.

Llamé al Departamento de Vehículos a Motor. Les pedí que me facilitasen la dirección de Megan. Me la facilitaron: 8542 Charleville, Beverly Hills.

Nos pusimos en marcha. La falta de sueño me abofeteó. Me recorrió por dentro una ansiosa corriente subterránea. Mi mono de Donna disminuyó. El nexo sexo-violencia se inclinó hacia el sexo.

Encontramos el edificio: una construcción provinciana de cuatro pisos. Aparcamos y nos dirigimos a la puerta. Cuatro timbrazos, dos llamadas con los nudillos. Nada. Donna jugueteó con la perilla de la puerta. La puerta se abrió.

La sala: oscura, paredes blancas, sin muebles. La cocina: completamente limpia. El baño y el dormitorio; desinfectados con antiparásitos, sin muebles.

Donna volcó un cesto de ropa. Unas bragas sucias se desparramaron en el suelo. Llevaban etiquetas con el precio en la entrepierna.

—Puaj —dijo Donna.

Yo todavía pensaba en ese nexo. Me detuve y les di tres buenos husmeos.

El Departamento de Policía de Beverly Hills estaba cargado de presagios. Me sentí rinorrevitalizado y dispuesto a arrasar. Aquellos husmeos me habían enganchado. Esencias sexuales como anfetamina en vena.

Llegamos al garito de la pasma. Los polis reconocieron a Donna. Soltaron silbidos lobunos y lanzaron miradas maliciosas. El recepcionista nos guió: el jefe de Antivicio es Vic Vartanian. Lo encontraréis en la sala de archivos. No se os puede pasar por alto.

Cruzamos la recepción. Los polis miraron a Donna y gritaron títulos de series de televisión. Donna reaccionó y los saludó haciéndose la simpática. Ahí está Vic, jefe de Antivicio. Está manoseando un montón de expedientes. Tiene la tez aceitunada, sudorosa y cubierta de marcas de acné. Tiene un pico prominente punteado de espinillas.

Nos vio. Observó la hebilla de mi cinturón. Donna lo saludó. Él le devolvió el saludo con la cabeza, metió el estómago y se sacudió la chaqueta para quitarse la caspa.

—¿Y bien? —preguntó.

—Megan More —dije—. ¿Le suena de algo? He pensado que tal vez tenga su expediente.

—Lo tengo. Relación de delitos, disposiciones judiciales, lugares que frecuenta, lo que quieras. Dicho esto, añado que tengo algo mejor.

Sintonicé su longitud de onda. Llámalo esquivo. Alábalo y háblale amablemente.

—¿Podríamos ver los papeles, por favor, detective? —dijo Donna telepática, leyéndome el pensamiento—. Nos sería de gran ayuda.

Vic V. se volvió hacia un archivador. Abrió el cajón y sacó papeles. Regresó con unos pliegos encuadernados en cartón.

—Un majara escribió una birria de libro sobre Megan. Compré un ejemplar para poder presionarla si alguna vez intentaba de nuevo ejercer la prostitución en mi jurisdicción.

Me recorrieron unos escalofríos. Era el aviso de un nexo disparatado. Donna tendió la mano y Vic le dio el texto.

—Pueden sentarse a mi escritorio a leerlo. A usted, señora Donahue, le va a gustar especialmente.

Un texto tórrido. La película mefistofélica de Megan More. Megan colocada de crack y cocaína y lanzada a revelaciones repugnantes. El mea culpa de Megan y su *Mein Kampf*, Jack Jen-kin, su bardo del bar y su Boswell fastidioso. Todo nuestro amor asimétrico meganizado y plasmado en la página.

Quédate:

¡MEGAN MORE ERA UN MACHO! Descendiente de campesinos húngaros, nació con una gran picha en Billings, Montana. Su nombre era Mijail Metrovich. Llegó a L. A. con dieciocho años. Su polla alcanzaba los cuarenta centímetros. Mijail se dedicó a la prostitución masculina. Se hacía llamar el Patriarca Potente, el Macho Mikey, el Maromo Magnum. Prestaba sus servicios a los sementales de los estudios y los domaba con su apéndice largo como una tenia solitaria. Les metía la tenia hasta las amígdalas. Botaban debajo de él mientras se los follaba. Cubría hombres en la MGM, partía culos en la Paramount y se cepillaba tipos en la Columbia. Las locas se liberaban y salían del armario para enclaustrarse con él. Destapó números extravagantes. Sus clientes se compincharon e intercambiaron notas. Se desató una paranoia pandémica. Aquellos bribones de Hollywood se odiaban entre sí. Mijail convirtió a los sementales de los estudios de cine en mariquitas temblorosas y locas ridículas. El odio hacia sí mismos chisporroteó y juraron venganza.

Los sementalitos consiguieron dinero y contrataron a un asesino árabe. Era un follador de camellos con mucha sangre fría. Tenía vínculos terroristas. Era un majara musulmán chalado por el cine. Les dijo: «Dadme un papel de héroe de acción y le cortaré la polla. Mejor mutilar que matar.»

Los no sementales hipócritas de los estudios suscribieron el plan. Jalid Jarim acorraló a Mijail y le cortó la polla. Los estúpidos de los estudios encargaron un guión. Quédate con esto: Jalid Jarim como el agente israelí Israel Bouds. Pronto protagonizará sendos papeles en *Yihad en Jerusalén* y *Terror en Tel Aviv*.

Y ENTONCES, ¡¡¡EL 11 DE SEPTIEMBRE!!!

Una redada cazó a Jalid Jarim. Los federales lo encontraron y lo filetearon por fundamentalista. Sentado en su celda con la polla apuntando al paraíso en alabanza a Alá. Se cortó las muñecas con los muelles del colchón. Salió despedido hacia el paraíso o el infierno.

Mijail juró venganza perversa. Largó velas hacia el nexo sexo-violencia. Decidió disfrazarse de dama. Escapó a Estocolmo. Se hincó hormonas. Unos cirujanos le alteraron la nuez de Adán y le esculpieron sus huesos hombrunos. Recurrió a la tecnología punta. Unos médicos le pusieron las mejores tuberías y se convirtió en una mujer, intratablemente indistinguible.

La mujer regresó a Hollywood. Buscó trabajos en el porno blando y los consiguió. Conoció a Danny Getchell. Conoció a Gary G. Ambos apreciaron a aquella asombrosa amazona. Ella los urgió a hurgar en la basura de los estúpidos de los estudios. Ellos quedaron encantados con la seductora suprema y asintieron. Ella continuó siendo su consorte. Ocultó su pasado pestilente de polla potente y se convirtió en una lesbiana lasciva de lápiz de labios. Asedió tugurios de tortilleras. Comió chochos en Malibú y bollos en Bel-Air. Actuó en series de televisión. Conoció a Donna Donahue en *Asesina suavemente*. Le tiró los tejos a Donna locamente. «Atrás, marimacho —dijo Donna—. No me va ese rollo.» Megan More se desanimó y se despidió de Donna con desdén. Adiós.

Pero:

El rechazo y el resentimiento la reanimaron. Reinventó y refinó su represalia. Los truhanes de los estudios de cine la cubrieron de oro. Ella los hizo gemir como si fueran mujeres. Los tipos le pedían su enorme cuerpo. Sufrían remordimientos poscoitales y arrepentimientos masivos. La convirtieron en una mujer real. Ella los fustigaba como una mujer y los castraba fríamente y preparaba su venganza.

Fin del manuscrito. El climático melodrama: hasta aquí los detalles diabólicos de la venganza.

Sentí un cosquilleo. Miré a Donna. Sus ojos pardos me golpearon como un huracán.

—Vaya mierda de mundo feliz —dijo.

—Sí, vuelven a ser tiempos como aquéllos.

Nos guardamos la lista de locales que frecuentaba. Sabíamos que Megan More causaba impresión allí donde iba. Trazamos en un mapa el recorrido de nuestra misión. Cruzamos L. A. de un lado a otro alocadamente.

Fuimos a antros de tortilleras. Visitamos La Vulva de Vera, La Almeja de Alice, El Felpudo de Felicia y El Armario de Anne. Joder. Ningún asesino hombre-mujer Megan More, dispuesto a la venganza.

Fuimos a El Higo de Helen, a La Breva de Brenda y a Sáfica Sally. Ningún súcubo de metro ochenta en el interior, ninguna rubia con el rabo rebanado.

Fuimos a La Jungla de Julie. Mujeres militares y mamás del cuerpo de Marines abordando a *femmes* con aire de cervatillos. Fuimos al Shangri-La de Shondrika. Música mau-mau metamorfoseada. Hermanas mulatas morreando y bailando música lenta. Allí no había ninguna blanca prostituta llamada Megan More.

Nos piramos a Pacific Palisades. Nos enteramos de algo que parecía incongruente. Megan había vivido en el Ashram Ashanti del gurú Gura-ji.

¡Vaya! Una vieja casa de ladrillos encalada. Dos plantas dispuestas alrededor de un patio tranquilo. Fuentes y flamencos flotantes. Papagayos posados en las palmeras. Una escena tropical artificial.

Un aparcamiento asfaltado. Incongruencia número dos: muchas furgonetas del mundo del cine. ¿Qué es esto? Sonido Sam. Iluminación Isaac. Cámaras Ken.

Aparqué junto a un Pontiac color púrpura. Las placas de matrícula rezaban «PRN STR». Donna dijo:

—Tengo un presentimiento.

Fuimos caminando al edificio. Pateamos el perímetro. Terminamos nuestro reconocimiento en la parte de atrás. Vimos luces y sombras en las ventanas. Oímos sonidos libidinosos y sexuales. Eran nihilistas y nauseabundos y estaban apocalípticamente amplificados.

Entramos por una puerta trasera. Seguimos un pasillo. Abrimos un ápice una puerta y espiamos. Vimos una iluminación tenue, grandes micrófonos y cámaras tomando primeros planos. Vimos polvos potentes y felaciones feroces y magreos multitudinarios. Vimos a los acólitos del Ashram con turbantes turquesa. Fijaban los focos y movían los micros y cargaban las cámaras Handycam.

Abrimos otras puertas. Vimos pichas de treinta centímetros y pechos operados y aumentados hasta aquí. Vimos parafernalia de sadomaso y perros dálmatas follándose mujeres. Seguimos hasta la última puerta del lado izquierdo. Donna se quedó con la secuencia. Ahí está Megan More en un número lésbico y lascivo.

Es un cuarteto completo. Son morreos tórridos y coños comidos. Es un mestizaje monumental. Ahí están Nettie la Negra, Lola la Latina y Charlotte la China. Es una chapucera y montañosa jodienda colectiva.

Irrumpí en la sala. La escena me encendió sexual y homofóbicamente. Me sentí apopléticamente ambivalente y tensamente turgente.

Aparté los postes de los focos. Moví los micrófonos.

Tropecé con trípodes y me cargué cámaras. ¡Karrack! Los de los turbantes turquesa se los quitaron, llorosos. La jodienda colectiva culminó y las participantes bajaron del colchón. El montón multicultural salió al pasillo. Sólo se quedó Megan More.

La habitación había quedado rinodestrozada. Cámaras caídas, micrófonos maltratados, focos fundidos. Hay un pulverizador silencio postsexual. Está Megan, está Donna y estoy yo.

Donna cerró la puerta. Oí fuera un tumulto postalboroto. Los pornoparásitos corrían por el pasillo. Las furgonetas se ponían en marcha.

Megan se levantó del colchón. Megan se puso un muu-muu color malva y musitó:

—Hola, Donna querida.

Donna la miró impasible.

—DPLA —dije.

La terrible transexual apuntó atolondradamente:

—Vuestra movida a lo Rodney King no pasó inadvertida. Llevo años tratando con vosotros, fascistas de mierda.

—¿Como con el capitán Lauter? —dijo Donna—. ¿Por qué huiste?

—Hacer películas eróticas no es ilegal —me maulló Megan—. Los del Ashram podrían demandar al DPLA.

—No lo harán —rinorrepliqué—. Se cargarían esa tapadera de «estilo de vida alternativo» que tienen.

Megan se recostó en el colchón. Se contoneó, tembló y se tumbó. Hizo un mohín de mariquita. Parecía al límite del aburrimiento.

—Dime por qué tengo que hablar contigo. Dame un buen motivo.

—Porque tengo la posibilidad de trabajar en una serie la próxima temporada —declaró Donna—. Y podría encontrarte un papel.

—¡Oh, querida, eso es maravilloso! —Megan aprovechó el momento—. ¿Y podré hacer escenas de amor contigo?

Donna alzó el dedo corazón. Agáchate con el culo hacia fuera, marimacho.

—Hemos leído el manuscrito de Jack Jen-kin —intervine—. Jack ha muerto, por cierto. Se lo han cargado tus viejos amigos de Narcóticos.

Megan maulló. Megan murmuró. Megan se persignó.

—Suéltalo todo —dijo Donna—. Necesitaré una colega femenina.

El «femenina» halagó y aceleró a la explosiva transexual. Megan se repantigó y se abrió de piernas. ¡Qué cachas, carajo! ¡Un artista, el cirujano!

—Muy bien, es verdad que escapé. Vi en el funeral de Danny Getchell a esos pasmas de Narcóticos con los que había jodido. Servidora sabe cuándo ha llegado el momento de limitar las pérdidas, créeme.

La transexual se cepilló a Bill Berchem y a Bob Mosher. Los travistió totalmente. Los dejó fascinados y flipados.

—Sigue —dije.

Megan se soltó los rizos: la rubia reluciente, un cuadro colorista cautivador.

—Así que me follé a esos tipos y a Linus Lauter. Visitaban mis sitios web y, no sé cómo, se hicieron con la tesis doctoral de Jack Jen-kin. ¡Jo, ya puedes imaginar cómo se sintieron! Habían jodido con un ex hombre, no podían soportarlo, y supongo que tuvieron que presionar a Jack para que les diera los ejemplares, pero ocurrió algo y Jack acabó muerto.

—¿Y cómo se había enterado Jack de todo tu historial? —pregunté—. Ya sabes, lo que cuenta en la tesis.

Megan soltó una risa tonta. Tonos sedosos, algunos a través del arte del cirujano de su garganta.

—Era amigo de uno de los médicos de Estocolmo. El doctor le contó todo lo que sabía sobre mí, todo lo que le confié al psiquiatra antes de la operación.

Donna miró a la transexual. Ay, aquellos ojos pardos quemaban.

—Te insinuaste conmigo. Yo pasé de ti y tengo el presentimiento de que esto está relacionado con tu «venganza».

—Pues sí, querida. Decidí fastidiar a todos estos salvajes y estúpidos de los estudios ganándoles en la recaudación de taquilla. Estaba decidida a joder a todas las actrices del negocio del cine. Ya sabes que los intérpretes están completamente descentrados, y que todos joden con hombres, con mujeres y con animales. Y mira, yo soy absolutamente hetero, me gustan las mujeres y por eso me insinué. Esa polla mía de cuarenta centímetros era una carga terrible. Por eso me hice lesbiana. Quería amar a las mujeres de mujer a mujer.

Solté una exclamación. ¡De mujer a mujer! Donna fingió que se sorprendía y quedó boquiabierta.

El súcubo se enfurruñó e hizo pucheros como un mariquita.

—Así que decidí follarme a todas esas actrices —continuó—. Gary Getchell lo filmaría y yo amenazaría con enseñar las películas públicamente y chantajearía a los jefes de los estudios. «Aquí tenéis a vuestras mejores estrellas enrolladas con la reina del porno blando. ¿Cómo creéis que va a afectar eso a la recaudación de taquilla en Topeka y en Des Moines?»

—Déjame que adivine —dijo Donna—. Tienes una película en la que jodes con Linus Lauter. Es tu talismán contra esos polis.

Megan dio unas palmaditas a un bolso color púrpura.

—Aquí tengo el vídeo. No eres nada tonta, querida Donna.

Saqué mi porra de cola de castor. Me golpeé los muslos con ella. El extremo de pegar se agitó como un falo. Donna clavó en él sus ojos de antílope.

—¿Dónde guarda Gary Getchell sus sucios archivos? —pregunté.

—No lo sé —musitó Megan.

—Debes de odiarme —dijo Donna.

Megan escupió en un pañuelo de papel. El esputo envolvía un pelo de vello púbico robado.

—No, querida. Yo te aaamo.

—¿Eres ese «ángel vengador» del que Gary Getchell habló a Rick?

—No, no, no. Yo te aaamo. Pero Gary hablaba de esa «recompensa» que han puesto sobre ti. Dijo que conocía a un psicópata que tenía «un gran plan para Donna Donahue». En serio, eso fue todo lo que dijo y yo nunca te haría daño.

Ángeles aniquiladores. Películas porno y lesbianas que se lamen los labios. Donna, objetivo con recompensa. Los detalles me incitaron.

Las miradas cruzaron la habitación. Megan a Donna. Donna a...

La puerta crujió. Saltó de las bisagras y se desplomó. Bill Berchem y Bob Mosher irrumpieron en la habitación.

Las miradas rasgaron la estancia. Globos oculares saltando de sus órbitas. Bill *el Malo* y Bob *el Grande*, fijos en Donna, en Megan y en mí.

Megan echó la mano a su bolso. Lo repentino del acto sorprendió y asombró. Tres pistolas salieron de sus respectivas fundas. La de Berchem, la de Mosher y la mía.

Donna se agachó. Mi evocación de 1983: Donna se agacha y saca la pipa de mi tobillo.

Berchem disparó a Megan. Bam, un cartucho que le cortó la carótida. Disparos a quemarropa / una habitación de cuatro metros por cuatro / cuatro pistolas desenfundadas y amartilladas, joder...

Mosher me disparó. Mosher falló. Yo respondí. La bala rebotó en su chaleco antibalas. Megan manchó de sangre su muu-muu. Berchem le disparó a la frente, a la altura de la línea del cabello. La peluca rubia decolorada salió volando.

Disparé contra Berchem a cinco palmos de distancia. El puñetero fue presa del pánico y maulló como una maricona.

Mi pistola se atrancó. Un cartucho atascado saltó de la ventana de eyección. Donna rodó hacia la derecha. Donna llegó detrás de Berchem. Donna agarró un foco y lanzó un golpe de abajo arriba. A Berchem le sonaron los sesos.

Mosher disparó al suelo. Donna esquivó la bala. Yo me interpuse de un salto. Lo golpeé, le agarré la mano de la pistola y se la retorcí. Él echó la cabeza hacia atrás y abrió la boca. Mostró los dientes y se lanzó a morderme.

Donna se interpuso entre los dos. Le golpeó los dientes con un cañón de cinco centímetros y le disparó a quemarropa.

Los dientes estallaron y se convirtieron en metralla. Una prótesis dental ensangrentada rozó a Donna. Me alcanzaron detritos dentales.

Caramba con la carnicería. Tres fiambres. Megan, muerta bajo su muu-muu. Los pasmas de Narcóticos, camino de la laguna Estigia a los pies de Donna. *Finito*.

Cogí el teléfono de la pared. Hurgué en mi memoria. Encontré el número particular de Lauter. Lo marqué delirante. Oí un clic. Alguien atendía la llamada.

Oí un «hola». Era Linus L. Preparé mi saludo.

—Todo ha terminado. Tus chicos han palmado. Mataron al coreano. Tú diste por culo a una transexual. Está todo en un vívido vídeo, no esperes a que salga el DVD.

Supe que lo haría. Sexo interracial radical. Travestismo a gogó. No pudo ignorar la ignominia.

Oí el chasquido del martillo.

Oí rodar el cilindro.

Oí el estallido que significaba «has dado en el blanco».

Dejé caer el teléfono. Donna me agarró. Nos abrazamos durante medio minuto. Su corazón no cambió el ritmo.

6

Nos escondimos en su chimenea. Jugamos con el fuego. Encendimos unas buenas llamas y subimos el aire acondicionado.

De entonces a ahora. Veintiún años. Cuatro horas jodidas en Parker Center. La pataleta de Joe Tierney. Dos policías muertos. Lauter se había suicidado, un horrible haraquiri.

El nexo sexo-violencia. Ofuscación oficial. El «pacto de suicidio» de Berchem-Mosher-Megan More. Testigos intimidados y comprados en el Ashram Ashanti.

El preciso comunicado de prensa de Leotis Lauter:

El DPLA se cargó a mi padre. Con Bill Berchem y Bob Mosher ocurrió lo mismo. Intimidan a los familiares. No contradigáis el suicidio de la versión oficial, no arriesguéis la pensión.

Los medios, acallados con el «favor por favor». Intentad confiar en Tierney. Él os lo pagará.

El nexo sexo-violencia. Di *oui* al sexo; violencia, vívidamente *sí*.

El nexo nos unió de nuevo. La carnicería nos desafió. Era nuestro hecho consumado final.

Echamos leña al fuego. *Reggie* el ridgeback se recostó cerca. Nos miró con sus ojos color ámbar.

Cojines de cachemira y una colcha. Una temperatura tentadora. Troncos encendidos y una luz gloriosa.

Mi brava esposa de nuevo. Otro bautismo de fuego.

Nuestro momento para la memoria y para poner a prueba el tiempo con él.

Nos despojamos de nuestra ropa. Las ascuas se arremolinaron y proyectaron sombras en nosotros. Mi memoria me guió. Evoqué cada curva y cada superficie y la besé allí.

De entonces a ahora, desnudos. Curvas y constelaciones. El mapa de la memoria de sus luces titilantes, ahora entretejidas con sus suspiros.

Intercambiamos caricias en curvas y besos. Las sombras de las llamas se movieron y nos mostraron dónde besar esto y lo otro. Lo atemporal mezclado con la urgencia, lo imperioso con el abandono, me movieron a agitarme y suspirar, a dejarme llevar y a hacerlo.

El calor del hogar nos hizo brillar. Saboreamos sabrosos torbellinos de sudor. Nuestros besos se dirigieron directamente ahí. El sabor de Donna era su sabor, completamente nuevo e igual que veinte años atrás. Deseé quedarme allí a respirarlo y a vivirlo. Me hizo parar. Ella me besó a mí y me acogió en su interior.

Era lo atemporal mezclado con lo apremiante, totalmente imperioso y trascendental, ese nexo AHORA contenido y cálido. El calor del hogar nos contuvo. Las llamas agonizaron y dejaron de iluminar. Besé el sudor de sus ojos pardos como memoria nueva plasmada en un mapa.

Amanecer. El fuego se apagó y se convirtió en ascuas duraderas. *Reggie* se acurrucó entre nosotros.

Donna no despertó. Tenía la cabeza apoyada en el lomo de *Reggie*. Vi vibrar sus venas. Conté la cadencia de su corazón. Vi sus pechos pegados al pelaje pardo.

La observé. Me pregunté cuánto tiempo me concedería. Nos unían el calor del hogar y el homicidio. Preparémonos para más horror. Esperemos que nos mantenga juntos más calor, o roguemos por unos tiempos prosaicos que nos enseñen a vivir sin intrigas.

Donna siguió durmiendo. Yo contemplé a mi hechicera y me maravillé. Mi estupendo cerebro derecho chisporroteó. Me sentí vigorizado y creativo. Recultivé conexiones.

Megan More no era ningún «ángel vengador». Megan More en la movida de las bragas. El perseguidor de las bragas de Donna. Correos electrónicos de amor-odio desde bibliotecas. Todos anónimos. Megan More, la compinche de Gary Getchell en el negocio de las bragas. Megan, cita literal: «Gary hablaba de esa "recompensa" por ti. Dijo que conocía a un psicópata que tenía "un gran plan para Donna".»

Conexiones cultivadas. Corte a:

El merodeador malvado. Sus robos egoístamente criminales. Sus golpes durante el merodeo. Su proximidad primordial: a los clubes de campo de Bel-Air y de L. A.

Dave Slatkin dice que está a punto de pasar a la violación. La casa de Donna en Holmby Hills. Cerca del club de campo de L. A. Gary Getchell: *caddie* de Bel-Air. El homicida del merodeo: cerca del club de campo de Bel-Air. Barro en los zapatos del cabrón merodeador.

Llamé a Dave. Contemplé a Donna y hablé en susurros: El barro, Dave. ¿Ha descubierto algo el laboratorio?

Sí, quédate: procede del club de campo de Bel-Air. El merodeador escapó a pie.

Conclusión apresurada: el merodeador es un *caddie*. Considéralo una tentadora ofuscación del objetivo. Él sólo actúa para pillar a Donna D.

Es Donna quien lo impulsa, quien lo determina y quien lo encamina. Está encoñado con Donna, es un donnáfilo y está donnaficado igual que yo. Es yo vuelto malvado. Es mi *Doppelgänger* de Donna.

La desperté. Le conté mis conexiones. Ella mencionó las notas intermitentes que recibía de su admirador.

Exudaban amor-odio. «Le gustaba cuando enseñaba piel, me odiaba cuando enseñaba piel. Es un psicópata de la piel.»

Las viejas notas, los nuevos correos electrónicos. Las patéticas peticiones de bragas. ¿Un remitente o dos?

Algunos nexos entre las notas. Tal vez.

Donna sacó las notas antiguas. Me habló de las fechas. Se remontaban a la época de *Biloxi Beach*, su espectáculo de éxito de los ochenta. Luego se interrumpieron, para reaparecer cuando empezó a trabajar en el cine. En aquella época recibió varias seguidas. Después transcurrió un largo período sin que llegase nada. Y a continuación empezaron los correos electrónicos del majara de las bragas.

Donna me ofreció las notas viejas. Todavía las guardaba en un paquete. Leí textos rijosos y repetitivos. En ellos abundaban las referencias al merodeo.

«Quiero entrar en la casa de tu amor.»

«Quiero robar dentro de tus rincones secretos.»

«Puedo entrar en cualquier sitio. Ya lo he hecho. Hace mucho tiempo, una vez, maté a una chica.»

Dieciséis notas malsanas escritas en burdas letras de palo seco. Asustadizo y obsesionado con la carne. Un nexo de la nota me dejó anonadado. La dirección del remitente: prisión de Chino. El remitente utilizaba el seudónimo Paul *el Pellejero*. Sentimientos sombríos. Donna acosada por amor. Pavorosos pensamientos de piel. Está temeroso y se censura. Me apuesto el precio que te han puesto a que está detenido por robo.

«Una vez maté a una chica.» Un buen lamento. Pavorosa cháchara de piel.

Leí las notas y Donna me observó. Donna estaba anonadada por el nexo. Se restregó contra mí. Homicidio y hambre de hogar. Donna podría arreglárselas sola.

Me acerqué al coche. Llevé el equipo de buscar pruebas. Comparé los correos con las notas del psicópata de la piel. Contrasté estilos de texto. Vi similitudes simples. El mismo remitente... Tal vez sí, tal vez no.

Pasé a la ciencia forense. Tomé las huellas de Donna. Presioné las puntas de sus dedos en el papel. Esparcí un poco de reactivo de ninhidrina. Rocié las dieciséis páginas de notas patológicas. Obtuve dos huellas latentes.

Cotejé los puntos de comparación. Obtuve diez por huella. Confronté los puntos con las de Donna. Bingo; no había remolinos repetidos ni crestas coincidentes.

Las huellas de él: el psicópata de la piel y probablemente el merodeador malvado. Considéralo convincente. Considéralo la combustión de una combinación de casos. Rick está loco por Donna. Donna está loca por Rick. Es el regreso de nuestro mundo feliz.

Nos piramos a Parker Center. Informamos a Dave y a Tom. Nos comimos el coco decidiendo cómo arrestar al merodeador del mal.

Dave se hizo con las huellas. Prometió enviarlas al FBI. Oímos un alboroto en el pasillo.

Ahí está Leotis Lauter. Es un negro de mierda colocado. Está muy cabreado con Joe Tierney. El irlandés intenta tranquilizar a la señora de Linus Lauter, una negra gorda que parece la Mammy de la señorita Escarlata. También está muy cabreada.

Ahí está Cal Eggers. Acaban de ascenderlo a capitán. Le está leyendo la cartilla a Leotis. Eres un traficante de droga. Se te caerá el pelo. Estamos hasta el gorro de suicidios. Saca tu blasfemo culo negro de aquí.

Me metí en una oficina vacía. Donna me acompañó. Llamé a Daisy Delgado, ayudante del fiscal de distrito, y le hablé sobre nuestro caso combinado. Le pedí citaciones por parte del gran jurado de acusación. Detengamos a esos *caddies* degenerados. Citemos a todos los *caddies* de los clubes de campo de Bel-Air y de L. A.

Daisy aceptó. Daisy prometió tener enseguida todos los papeles, en dos horas como máximo. Tim me dijo que tenía una caja con documentos del caso Gorman y que podía matar el tiempo con ellos.

Tim trajo una gran caja. Donna la exploró. Vio retratos conmovedores: Stephanie, vívida y vibrante, vivaz y vigorosa, a los quince años. Las lágrimas la abrumaron... *Sa chère* Stephanie.

Saqué papeles viejos. Encontré informes sobre las investigaciones. Leí sobre exhibicionistas interrogados y dejados en libertad de mala gana. Vi declaraciones de psicópatas del sexo y de pasotas en libertad condicional. Vi violadores interrogados. Vi pederastas acusados de delitos tangenciales. Vi sodomitas bisexuales contusionados por las técnicas de interrogación. Vi, eh, eh, espera.

La fecha: 12/9/65. Un informe inocuo e inocente.

Investigación. Segunda entrevista con el padre de Stephanie. Su declaración:

Estamos a finales de julio del 65. Una semana antes de la muerte de mi hija. Necesitaba a alguien para trabajar en el jardín. Contraté a unos *caddies* del Hillcrest.

Hillcrest, muy cerca de Hillsboro con Sawyer. Hillcrest a tiro de piedra de los clubes de campo de L. A. y Bel-Air. Seguimiento de la entrevista. Cuatro nombres de *caddies*. Cuatro expedientes con sus antecedentes. Cuatro delincuentes de poca monta.

1. Alan Aadlan, FDN 4/3/46. Un arresto por posesión de marihuana y otro por conducción temeraria.

2. Richard Donatich, FDN 19/8/44. Detenido por *voyeur*. Pillado haciéndole un cunnilingus a su hermana.

3. Harvey Horan, alias *Huck*, FDN 16/12/40. Varios arrestos por ebriedad.

4. Sol Winberger, alias *Wino*, FDN 2/6/37. Llamadas obscenas, exhibicionismo en lavabos de señoras, bandido de los barbitúricos.

Se me puso la carne de gallina. Se me erizó el vello del cogote. Le enseñé aquella mierda a Donna. Se estremeció.

La nota del psicópata de la piel: «Hace tiempo, una vez maté a una chica.» El merodeador actual. La cacofonía de los clubes de campo. Una máquina del tiempo que regresa a esto.

Revisé informes. Nada me llamó la atención. Ningún seguimiento exitoso. Ninguna exoneración expresa.

La pasma debía de haber interrogado a los mendas y comprobado cada coartada. La pasma debía de haberles hecho pasar la prueba del polígrafo o propinado palizas. Todo apuntaba a un callejón sin salida. Y sin embargo, aquello seguía intrigándome.

Llamó Daisy Delgado. Las citaciones ya estaban listas. Estupendo, pero el asunto seguía intrigándome. Llamé al club de campo de Hillcrest. Pedí que me pusieran con la caseta de los *caddies*. El jefe de éstos llevaba mucho tiempo trabajando allí. Le di nombres. Respondió a la primera.

Aadland, muerto de sida, se había dedicado a la prostitución masculina por cuenta propia. Donatich, muerto de un combinado de barbitúricos y coca. Horan, lo había atropellado un autobús en Beverly Boulevard. Wino, seguía trabajando de *caddie*, ahora en el hermoso club de campo de Bel-Air.

Caddies.

Culminaciones / coincidencias / conexiones.

Entró Dave.

—Han llamado los federales. Las huellas pertenecen a un blanco de sesenta y siete años. Se llama Solomon Winberger.

El cielo se me vino encima. Donna me abrazó con fuerza. ¡Saluda al merodeador con hosannas de *Hush-Hush*!

Wino para Stephanie, treinta y nueve años después.

7

Bel-Air nos llamaba. Nos lanzamos a la noche de Walpurgis de *Wino* Winberger.

Tim tenía una escopeta. Yo llevaba mi Browning de nueve milímetros y una Beretta grande. Donna ponía el cerebro y unas enormes ganas de machacar a Wino. Dave hizo labores de apoyo. Llamó a la Central y le pasaron una foto de Wino. Preparó un álbum de fotos de identificación: la del sesentón Wino y las de cuatro pasmas parecidos, también sesentones. El plan: enseñarlas en las bibliotecas de Los Ángeles Oeste. Poner en marcha una campaña de alerta a través del correo electrónico. Rastrear al pirado de las bragas. Confirmar que Wino es dicho pirado y también el merodeador.

Subimos a Roscomere. Cruzamos Bellegio. Entramos en el aparcamiento del club de campo. Un atasco caleidoscópico de coches de policía.

Blanco y negro, sin distintivos, el vehículo del forense. Todos en fila, morro con morro.

Corrimos. Atajamos por la caseta de los *caddies*. Llegamos al campo, birlamos un carro de golf y nos adentramos en el recorrido. Seguimos unas siluetas que se movían con pies ligeros. Seguimos las rodadas de una furgoneta. Llegamos a un establo grande convertido en caseta de mantenimiento.

Unos currantes con monos azules bloqueaban la puerta. Les enseñé la placa y los intimidé para que entraran. Vi a Bill Dumais, de la división de detectives de

Los Ángeles Oeste. Vi un fiambre tieso: un Jesucristo de basurero.

Es Gary Getchell. Recién crucificado. Está muerto sobre un montón de sacos de abono.

Tiene el cuello cubierto de cortes. Torturado. Abandonado a su suerte, empapado en sangre y mutilado. Lleva pantalones de golf. Lo han acribillado con dos docenas de dardos tranquilizantes.

Dumais nos vio a Tim y a mí. Los golfistas, los recaderos y los tipos del forense vieron a Donna. Les gustó mucho más que el muerto. La rodearon para pedirle autógrafos.

Dumais se acercó. Toda la caseta vibraba con las voces que se superponían. Miré hacia fuera. Vi facciones díscolas del DPLA con la mirada fija en lo que ocurría dentro.

Ojos a la derecha: ahí están dos polis de Narcóticos. Ojos a la izquierda: ahí está el capitán Cal Eggers. De nuevo a la izquierda: ahí está Leotis Lauter. El negro parece preocupado y desdeñoso. Va bien escoltado. Lo acompañan cuatro comandos de negros fetén.

—Parece que tenemos dos escenarios —dijo Dumais—. La movida de la tortura sucedió hace un par de días, según el forense, pero afirma que los dardos se los lanzaron hace pocas horas. El jefe de mantenimiento dice que Getchell pasaba ratos aquí, escribiendo sus escándalos. Supongo que el asesino lo encontró solo, le clavó los dardos y se largó por el campo sin que nadie lo viera.

—¿Y crees que lo torturaron por la información que tenía en su archivo? —preguntó Tim, acercándose.

Dumais miró alrededor. Ojos a la derecha: la pasma de Narcóticos. Ojos a la izquierda: Leotis y su legión.

—Supongo que ha sido Leotis o algún pasma paria de Narcóticos, y los dos están cabreados por ese lío del Ashram y el suicidio de Linus.

—Torturaron a Getchell por su archivo antes de enterarse de que Linus se había quitado de en medio.

Asentí. Dumais asintió. Me puse de puntillas. Miré alrededor. *Caddies* / conexiones / convergencia. ¿Dónde está ese Wino?

La gente se acercó a la caseta. Los de uniforme les bloquearon el paso. Donna firmó autógrafos. Vi a un tipo con una tarjeta de identificación que rezaba «JEFE DE CADDIES». Lo acorralé.

—Menuda escena, ¿no? —dijo.

—¿Dónde está *Wino* Winberger? —pregunté—. Somos viejos amigos.

Los uniformados sacaron a empellones a los cazadores de autógrafos. Las dedicatorias de Donna decían: «Vaya mierda de mundo feliz, otra vez. Con amor, Donna D.»

Wino:

Vamos a buscarlo. Jodámoslo. Pateémoslo por lo que le hizo a Stephanie.

Vayamos a Skid Row.

El jefe de los *caddies* nos dio una dirección: hotel Viceroy, en la Quinta Este. Allí abajo todo era sucio, escuálido y escorbútico. Fuimos hacia el este y nos adentramos en el territorio de los sin techo.

Aceras de la ciudad. Drogotas de cualquier parte. Adictos al crack tumbados en cartones. Majaras enganchados al Listerine. Borrachos de cabeza caída y bebedores enloquecidos por el moscatel.

Llegamos al hotel. El suelo era de linóleo lleno de ladillas. Las grietas estaban manchadas de sangre y vino. Unos residentes con temblores espásticos bebían vino barato en botellas envueltas en bolsas de papel marrón. Les apretamos las tuercas. Tiritaron, dieron más tragos y pasearon la parálisis. Delataron a Wino: habitación 218.

Subimos. Pasillos del horror adelante. Pisamos pipas de crack y rompimos botellas de licor. Avanzamos por la ciudad de las jeringuillas y paraíso de la hipodérmica. La porquería del suelo se levantaba a nuestro paso. Nuestros zapatos pisaron agujas manchadas de sangre infectada con virus.

Ahí está la 218. El cerrojo parece suelto. Entremos.

Donna le dio a la perilla. Yo presioné la jamba. La puerta se abrió.

Wino no estaba. No había nadie. Era la ciudad del psicópata reducida a cuatro metros por cuatro.

Un lavamanos. Una cama plegable improvisada. Un suelo de linóleo lleno de piojos. Ladillas que saltaban a la altura de la cabeza y la noche de Walpurgis de Wino en las paredes.

Una pasada de fotos de crímenes. Instantáneas escamoteadas de archivos. Una locura de fotos de casos importantes, todas ellas en papel brillante.

Manson y los suyos, irresistibles. Fotos borrosas de la Dalia Negra. Instantáneas sórdidas de Stephen Nash.

Majaras plasmados en la pared. El demoníaco Donald Keith Bashor. Sirhan rodeado de los hombres del Sheriff. El fornido Fred Stroble, que había matado con un hacha a una niña, gaseado en 1953. Nuestra Stephanie, en una camilla, toda envuelta en una sábana.

Crímenes. Fotos estilo Weegee al gusto de Wino. Infernalmente intercaladas con PIEL quijotescamente cuantificada.

Actrices, todas vivas, en fotos de treinta por veinticinco. Biquinis vistosos y corpiños calientes. La pelirroja Rita Hayworth. Donna Donahue, divinamente teñida de caoba. La pecosa Nicole Kidman. Julianne Moore, salida de un cuadro de Tiziano.

Debajo, más pelirrojas: actrices secundarias que han empezado en televisión. Cabellos rojo escándalo, del caoba augusto al rojo fresa. Exclusivamente mujeres con pinta de prostitutas. Zorras cuarentonas. Moños aristocráticos.

—Mierda santa —dijo Donna. El nexo me tentó: acércate a las bragas, necesito unos husmeos.

Oímos pasos detrás de nosotros. Me volví de repente. Wino entraba en la habitación.

Nos vio. Pareció sorprenderse. Echó a correr.

Lo perseguí. Lo agarré. Lo tiré al suelo. Se cortó las canillas con cristales rotos. Dejó de resistirse.

Lo esposamos al radiador de su habitación. Mis esposas lo mantuvieron erguido. Clavó en Donna sus ojos acuosos. Su presencia lo excitó.

Jadeó. Salivó. Babeó draculino. El pitón de su entrepierna saltó dentro de sus vaqueros.

Encontré un listín telefónico. Donna sacó mi porra de cola de castor. Nos acercamos a él y lo miramos con severidad.

—Tú me mandabas notas, ¿verdad? —dijo Donna—. Intermitentemente durante muchos años.

Wino se revolvió. Las esposas le hicieron cortes en las muñecas.

—Exacto, nena. Soy el tipo de las notas y un acosador telefónico. Intenté encontrar tu número pero no tuve suerte. Habrías podido hacerte una idea de quién soy.

—¿Y los correos electrónicos? —pregunté—. Un majara manda mensajes a la señora Donahue. En ellos le pide que le envíe sus bragas.

—¡Yo no tengo nada que ver con esa mierda de las bragas! —respondió Wino, hecho una furia—. Yo mando notas y soy un acosador telefónico. No me interesan los ordenadores. Prefiero un teléfono público.

Donna dobló la porra de cola de castor. El peso de plomo de su interior se movió.

—¿Y que hay de los lavabos de mujeres? Esa clase de acción sí que te gusta, ¿no?

—Sólo huelo tazas de váter muy de vez en cuando. —Wino soltó un bufido y rió—. Eso te lo concedo, pero en realidad soy un especialista. Me dedico a mandar notas y soy un acosador telefónico. Un virtuoso, joder. Y estoy muy orgulloso de ello.

—¿Y qué pasa con las pelirrojas? —quise saber—. Donna sólo lleva un poco de tinte.

—Mira —Wino parpadeó—, mi madre era pelirroja y nunca lo he superado. Tengo un cuelgue con los chochos pelirrojos. Y no es broma, joder: Donna se parece a mi madre. No hay que ser Sigmund Freud para entender lo que me ocurre.

Hojeé el listín telefónico. Las páginas resonaron al resbalar.

—¿Has estado merodeando, últimamente? Es que ha habido unos cuantos trabajitos en Los Ángeles Oeste y...

Wino dobló las muñecas. Las esposas se le clavaron.

—No me he colado en ninguna casa desde los años setenta. Después descubrí mi verdadera vocación: enviar notas y hacer llamadas telefónicas. Y estoy orgulloso de ello, joder.

—¿Admites que has enviado esas notas a la señora Donahue?

—Sí, ya sabes que lo hice. Mando notas desde hace mucho tiempo y estoy orgulloso de...

—Pasaste un tiempo encerrado en Chino, ¿verdad? Le mandaste una nota a la señora Donahue desde allí.

—Exacto. Soy un hombre de notas, el mejor de la Costa Oeste.

—¿Te encerraron por robo?

—No, joder. Fue por vender barbitúricos a estudiantes de instituto en el Mar Vista Bowl. Dejé los robos en los años setenta.

—¿Y niegas haberme enviado correos electrónicos? —le preguntó Donna.

Wino soltó un bufido, rió y sacó la lengua. Se relamió los labios repugnantemente y miró de reojo.

—Yo soy un hombre de notas y de llamadas telefónicas. Éste ha sido mi modus operandi durante los últimos veinte años. No intentéis colgarme otros marrones porque no lo conseguiréis.

—Dejaste de enviar notas a la señora Donahue —le dije—. ¿Por qué?

—¡Porque es pan viejo, por eso! ¡Porque ya no enseña más piel y yo soy un hombre de piel! ¡Si no veo piel, me vuelvo majara!

Donna me miró. La vi derivar hacia el nexo. Sus ojos pardos me alcanzaron y me hicieron daño.

Pegó a Wino. Lo puso a caldo con la porra de cola de castor.

El peso fustigaba y el cuero chocaba contra la piel. Le hizo un nuevo perfil del cuero cabelludo. La sangre le goteaba hasta la barbilla.

—¡Me gusta, nena! —gritó Wino con frenesí—. ¡Me estás excitando porque tengo un cuelgue con la culpa! ¡Preguntad a los policías viejos! ¡Confesé mis delitos a los mejores polis de la Costa Oeste!

—Dijiste que habías matado a una chica —aproveché para decir—. Lo escribiste en una de las notas que le mandaste a la señora Donahue.

Wino inclinó la cabeza. La sangre del corte en la frente se movió hacia atrás. Wino sacó la lengua como un lagarto y se lamió la sangre de los labios.

—Yo nunca he matado a ninguna chica. Se lo dije porque quería asustarla. No me estaba enseñando nada de piel. Soy un pirado de la piel. ¡Necesito piel!

Hojeé el listín telefónico. Contuve el impulso de joderlo rápidamente.

—¿Y qué hay de esas confesiones? Háblanos de ellas.

Wino torció las muñecas. El radiador tembló.

—Se remontan al caso de la Dalia Negra. Por aquel entonces, yo tenía nueve años. Y me declaré culpable de todos los grandes crímenes. Piensa en el que quieras: me declaré culpable. Bashor, los asesinatos de Stephen Nash, el caso Manson, todos ellos. En aquella época, antes de que la piel me excitase, me dedicaba a declararme culpable de los mejores crímenes.

Lo miré. Su excitación se hinchó. Hizo una mueca y se echó los vaqueros hacia arriba.

—Puaj —dijo Donna.

Wino exhaló, extático. Aproveché para preguntarle por otro asesinato.

—¿Mataste a Stephanie Gorman?

Wino rió. Wino miró de reojo y dijo:

—¿Y qué si lo hice?

—¿Mataste a Stephanie Gorman? —repetí despacio.

Wino se retorció. Wino pestañeó y dijo:

—¿Y qué si lo hice?

Le di. Le pegué con el lomo hacia abajo. Le arreé fuerte. Le golpeé repetidas veces. Lo zurré y lo machaqué y me retiré de repente. Se meó en los pantalones y la nariz empezó a sangrarle.

—¿Mataste a...?

—¡No! Su padre me contrató para que le arreglase el jardín y yo me declaré culpable pero no conseguí que la pasma me creyera y me soltaron.

Miré a Donna.

—Basta, Rick —dijo.

Wino torció las muñecas y arrancó el radiador de la pared. Los tubos se soltaron y el vapor me alcanzó.

Registré los armarios. Encontré ropa pero no había ninguna pistola de dardos, ni tranquilizantes ni benzodiazepinas. Saqué el teléfono móvil. Llamé a Dave Slatkin.

—Aquí Slatkin —respondió.

—¿Has enseñado las fotos? ¿Qué has averiguado?

Dave tosió. Ladridos de perro como telón de fondo. Oí a *Pancho* jadeando. Oí gañidos de mastines.

—Nadie ha reconocido a Wino en ninguna de las bibliotecas. He enseñado las otras fotos y dos bibliotecarias me han dicho que Cal Eggers se parece más al tipo. ¿No te parece mucha casualidad, joder?

Reí. Miré a Donna. Wino sacudió la cabeza. La sangre salpicó a Donna y le manchó la blusa, la falda y la piel.

—Me gusta la piel. Soy un hombre de notas y llamadas telefónicas. Me gustan los chochos pelirrojos, ¿y qué?

Cogí una silla. Era de respaldo recto formado por listones. Me senté a horcajadas. Flexioné los antebrazos. Arranqué los listones.

Wino torció las muñecas y volvió a mearse encima.

—¿Mataste a Stephanie Gorman? —pregunté *sotto voce*. Wino se calmó y dijo:

—Aquel día trabajé de *caddie* en el Hillcrest. Había un torneo muy importante. Seguro que lo tienen en los anales. Yo estaba en el campo cuando se cargaron a la chica Gorman.

Donna sacó su teléfono móvil. Oí que hablaba con Información. Oí que preguntaba por el Hillcrest. Oí que le pasaban con secretaría y comprobaban las inscripciones.

—Winberger —susurró—. Cinco de agosto del sesenta y cinco.

Wino me miraba. Yo recé una caduca plegaria luterana: QUE SEA ÉL.

El tiempo transcurría despacio.

—Está consultando los archivos —dijo Donna.

Cerré los ojos y vi a Stephanie. Tic, tic, tic, pasaron más de dos minutos.

—Gracias —dijo Donna. El teléfono se desconectó con un ruido sibilante. Abrí los ojos. Seguí viendo a Stephanie.

—No es él, Rick. Estuvo en el campo de golf desde la una y diez hasta las seis y veinte.

Auf wiedersehen, adieu, adiós..., *shalom*, Stephanie.

Le quité las esposas a Wino. Donna hurgó en su bolso y sacó dos billetes de veinte. Los tiró encima de la cama. Una reparación, precio de rebajas.

Salimos. Aplastamos pipas de crack y botellas de licor.

—¡Soy un pirado de la piel y la necesito! —oímos gritar a Wino.

8

El hedor, la mancha, la pesada pestilencia. Quitémonos el olor a Wino.

En casa de Donna había una bañera enorme. Nos desprendimos de la maldad de Wino y hablamos de nuestras tácticas terroristas. Donna apeló a la rectitud y a la rabia que sentía como falsa feminista. Wino: el compendio de la delincuencia de género. Yo apelé a la violencia venal verificada por Stephanie. Eludí el asunto de la psicopatía de la piel porque me dolía en lo más hondo. Las bragas me paralizaban. Recordé a mi madre. Ella también era una pelirroja fetén.

Llamó Dave. Le dije que Wino se había marchado hacia el sur. El tipo de las notas / el merodeador de los correos electrónicos eran dos pirados distintos. Dave dijo que volvería a instaurar las vigilancias móviles. Dijo que creía que Leotis Lauter se había cargado a Gary Getchell. La muerte a base de dardos, una deliberada distracción. Ahora concentrémonos a fondo en el merodeador.

Más:

Los detectives de Los Ángeles Oeste tenían algunos testigos. Habían visto a Leotis Lauter a la puerta de la casa de Gary Getchell hacía tres días. Tres rastafaris zarrapastrosos lo habían reconocido. El piso: registrado y saqueado al azar. Allí no habían aparecido los archivos. Lo que sí se había encontrado luego eran papeles quemados en la chimenea de Leotis L.

Discutí con Dave. Leotis Lauter, traficante de drogas, no era un creador de distracciones deliberadas. El merodeador malvado, autor de lo de Gary.

Discutimos. Coincidimos. Yo tenía dos días libres. Dos días para dedicarlos a Donna.

Jugamos. Nos escondimos en la chimenea. Hicimos el amor y nos dimos un festín de comida preparada en el hogar. Cocinamos pinchos de carne y asamos hamburguesas. *Reggie* el ridgeback se zampó las sobras.

Jugamos. Nos apretujamos como una pareja de perros. Nos adormilamos. Soñamos.

El fantasma de Wino me rondó. Mi Edipo despertó. Transgresores con cabelleras a lo Tiziano caminaban penosamente de un lado a otro. Mi madre se materializó. Murmuró reproches. Me pierdo en el cajón de su ropa interior.

Oigo algo. Me suena extraño. Interrumpe mi ensoñación.

Abrí los ojos. Ahí está Cal Eggers. Cal tiene una pistola de dardos tranquilizantes. Las llamas de la chimenea lo iluminan.

Mis sinapsis chasquearon. Las bibliotecarias. Las fotos que han contemplado. La coincidencia en Cal. Es el cabrón al que identificaron.

Disparé. Rodé hacia *Reggie*. Aplasté a Donna y mi peso la despertó.

Donna rodó por el suelo. Donna corrió y metió la mano entre los cojines del sofá. *Reggie* se lanzó a la entrepierna de Cal y la desgarró con los dientes.

Cal gritó. Yo agarré un atizador y lo marqué a fuego. Se lo clavé en el cogote y le quemé la piel. Él soltó la pistola de dardos y sacó una de verdad.

Una pipa niquelada de gran calibre.

Gritó. Disparó. Me lancé hacia la izquierda y no me alcanzó. *Reggie* le mordió las pelotas y lo castró. Vi su saco desgarrado y su escroto triturado por los colmillos del can.

Cal gritó. Cal corrió hacia Donna. Donna levantó los

cojines del sofá y levantó la alfombra. Se hizo con la Magnum y empuñó la gran fusca de calibre 45.

Cal disparó. No alcanzó a Donna. Las balas rasgaron el Renoir y mordieron el Monet. Ambos cuadros cayeron de la pared. *Reggie* masticaba un montón de bolas mutiladas. Donna apuntó con las dos pistolas.

Le disparó a las piernas. Lo alcanzaron cuatro balas. Cal rebotó contra el brazo del sofá y cayó al suelo.

Se desplomó cuan largo era. Soltó la pistola. Yo rodé hacia la derecha y corrí hacia él.

Las heridas de las piernas le chorreaban copiosamente. Su herida pélvica pulsaba y sangraba. Estaba cerca de las nubes, mirando la laguna Estigia.

—Declaración de agonizante —dije—. Habla, por favor.

Cal tosió. Expulsó mucosidades sanguinolentas. Cuando habló, no se dirigió a mí sino a Donna, y lo hizo con voz firme.

—Tú... Tú eras la MUJER. Tengo este cuelgue contigo desde 1983. Por aquel entonces yo trabajaba en Rampart. Quería ligar contigo pero no sabía si sería capaz de hacerlo. Siempre he sido adicto a merodear. Intenté librarme de la obsesión... Los e-mails y las bragas... Me dejé guiar por Megan More... Oh, Donna, al menos no te violé... Oh, Donna... Oh, mierda.

El cabrón se moría deprisa.

—Hay más, Cal —dije—. Vamos, cuéntalo todo.

Donna se arrodilló a mi lado. Olía a jabón de sándalo y a residuos de pólvora. *Reggie* regurgitó y vomitó unos genitales masculinos.

—Estuve compinchado con Gary G. —Cal tosió—, independientemente de lo de Megan. Le di droga decomisada por los de Narcóticos, más de la que le daba Danny G. Quise hacerme cargo de la división cuando trasladaron a Linus Lauter... Gary sabía que tenía este cuelgue contigo... Yo era el «ángel vengador»... Leotis y sus negros de mierda torturaron a Gary... Yo tenía miedo de que me delatara si volvían a joderlo y por eso me lo cargué.

Reggie ladró. Cal tosió. Sus ojos dijeron: «Oh, nena.» Tosió sangre, palideció y murió.

—Pues la verdad es que no soy para tanto —dijo Donna pateando el cadáver.

Felices fiestas. Navidad para los cristianos, Hanuka para los judíos, Kwanzaa para negros que aspiran a la secesión. Jo, Jo, Jo, alegría festiva en Hillsboro con Sawyer.

Donna y yo. Fijémonos en nuestra muerte. Rindámonos honores. Celebremos nuestro cese.

Pasamos dos meses juntos. Fue fantástico. Nos vimos arrullados por las circunstancias. Volvimos a despertar inflexiblemente.

Los medios lo hicieron bien. La «temporada de suicidios» sobrevivió y adquirió categoría de mito. Cal el Frío marcó el límite. Joe Tierney le adjudicó un cáncer terminal. El dolor lo machacaba. Cal no podía soportarlo y optó por la autoinmolación.

Un veredicto viable. Nada de castración canina, nada de muerte a manos de Donna D.

Llámalo cosmético. Cal se mató. Con él murió su merodeador infernal. Leotis Lauter fue liquidado limpiamente. Un crimen relacionado con la música rap.

El monstruo Mack-Mack se enrollaba con la mujer de Leotis. Era un triángulo turbulento. Una historia de mal rollo. Leotis pescó a Mack-Mack en la mezquita de Mahoma número 6. Mack-Mack tenía una ametralladora. Mack-Mack se lo cargó. Leotis recibió 26 ráfagas y fue acogido por Alá. En la actualidad se acuesta con Jalid Jarim.

Daisy Delgado lo acusó del asesinato de Gary Getchell. Lo acusó de homicidio en primer grado después de muerto.

Todo está resuelto. Hay una docena de declarados difuntos en el cielo o en el infierno del merodeador.

Pasé dos meses con Donna. Unos asuntos prosaicos nos separaron. Yo tuve que dedicarme a casos antiguos sin resolver. Ella trabajó en una serie de televisión. Encarnaba a una poli de Homicidios.

Nos sentábamos en mi sedán Saturn. Intercambiábamos regalos. Contemplábamos la casa de Stephanie. Ella me dio un abrigo de cachemira. Yo le di la ametralladora del monstruo Mack-Mack, que afané de un almacén de pruebas.

La casa nos retuvo. El tiempo transitó. De entonces a ahora, pautas del pasado. Stephanie, por vengar. Una hija muerta mayor que nosotros. Nuestro futuro finito.

Hablamos. Derramamos alguna lágrima. Nos dijimos «te quiero». Me sentí solo y donnificado con Donna a mi lado. Crímenes sin resolver, mujeres inalcanzables... y yo.

YIHAD EN LA JUNGLA DEL ASFALTO

El cielo sigue siendo eterno. El tiempo todavía te atrapa y te hace viajar hacia atrás. Los intervalos se entretejen. La masacre del merodeador y, seis meses después, un acontecimiento extraordinario.

Donna. Yo. Un salto corto a marzo de 2005.

Otra investigación de asesinato. Un caso sin resolver a contratiempo. Mi anhelo. Su desgana. El deseo de fusión. Donna. Yo. El terror tóxico. El mal yuyu de la jungla. Mi retrospección se remonta hasta esto:

Los Angeles Times, 1 de marzo de 2005
LA UNIDAD DE CASOS SIN RESOLVER
INVESTIGA ROBOS CON HOMICIDIO
Por Miles Corwin

La unidad de Casos sin Resolver del DPLA está investigando activamente tres homicidios a cara descubierta que ocurrieron durante los atracos a tiendas de licor del Southside durante la primavera de 2001. El detective David Slatkin, jefe de dicha unidad, ha dicho al *Times* que un soplo reciente puede resultar «muy valioso».

En la tarde del 20 de abril de 2001, dos hombres entraron en la licorería Heaven, de Normandie Avenue con Martin Luther King Boulevard, en Los Ángeles Sur-Central. Robaron la tienda a punta de pistola y dispararon a su propietario, Dong Quan, que murió en el acto.

Un repartidor, que se escondió detrás del frigorífico, describió a los hombres como «árabes jóvenes, de esos que blanden bastones y cosas así en Irak». El repartidor proporcionó a los detectives del DPLA una descripción y ayudó a confeccionar los retratos robot.

Los ladrones homicidas actuaron de nuevo el 16 de mayo. Entraron en la licorería World, en Jefferson Boulevard con Vermont Avenue, robaron el establecimiento e hirieron mortalmente al dueño, Jim Wong Kim. Una mujer que pasaba por la calle presenció los hechos. Describió a los asaltantes como «árabes con bigote, como ese mal tipo, Saddam Hussein». Confirmó que los retratos robot eran precisos y añadió: «Tenían pinta de ser muy malos.»

Los detectives del DPLA ampliaron su investigación. Siguieron numerosas pistas y contactaron con diversas agencias federales en busca de información sobre posibles atracadores armados vinculados con el terrorismo. No encontraron ningún dato concluyente, y los atracadores actuaron de nuevo el 9 de junio.

Su objetivo fue la licorería King de Imperial Highway. Obligaron al propietario, Kwan Paul Park, a abrir una caja de seguridad y se hicieron con la recaudación de una semana. Después, le dispararon catorce veces y huyeron por la puerta trasera. Un testigo que los vio en el aparcamiento dijo que los dos chillaban: «¡Alá es el más grande!», y «¡Palestina libre!» Matizó las anteriores descripciones de los sospechosos declarando: «Pero ambos se veían demacrados, como si estuvieran drogados o cocidos de alcohol. Y, aparte, tenían una pinta terrible de locos y malvados.»

El DPLA profundizó en la investigación, espoleado sobre todo por los grupos pro derechos civiles de los asiático-americanos. Se procedió a localizar «células durmientes» de terrorismo árabe. Los grupos defensores de las libertades civiles de los árabeamericanos denunciaron la «mano dura» y los «métodos fascistas» del DPLA al interrogar a ciudadanos americanos de ascendencia árabe. El portavoz de la Liga Árabe, Gazi Alí, tachó la investigación de «pogromo» y de «conspiración sionista».

La investigación prosiguió infructuosamente. Los atentados terroristas del 11 de Septiembre desviaron su curso, ya que las agencias federales comenzaron sus respectivas investigaciones, cuyo objetivo era desarticular células terroristas en el condado de Los Ángeles. Los detectives del DPLA estaban al corriente de los progresos de los agentes del FBI, pero no descubrieron pistas de importancia que apuntaran a los atracadores. La investigación se estancó y adquirió el estatus de «caso abierto».

El detective Slatkin ha declarado al *Times*: «Nuestros investigadores han trabajado en cuatrocientos soplos y ahora el jefe Tierney ha asignado el asunto a Casos sin Resolver y nosotros lo convertiremos en la principal prioridad. Estamos a punto de contactar con un confidente que puede darnos información valiosa. Parece conocer bien las redes árabes del crimen organizado, por lo que sentimos un cauto optimismo.»

¿Ofrecerá el confidente datos sobre actividades terroristas? El detective Slatkin piensa que no. «Creemos que son delincuentes comunes, pura y simplemente —ha dicho—. Los eslóganes que gritaban sólo pretendían despistar. Para nosotros, se trata de una serie de crímenes horrendos sin implicaciones políticas.»

Daily Variety, 2 de marzo de 2005
FRACASO DE SERIE TELEVISIVA DE POLICÍAS:
ARDOR HOMICIDA SE CONSUME DONAHUE
SE PASA AL TEATRO
Por Bruce Balaban

La ABC ha dejado de emitir *Ardor homicida*, la serie interpretada por Donna Donahue, después de sólo seis episodios. El drama policíaco obtuvo cuotas de pantalla miserables y acabó por hundirse. La serie, en la que la Donahue interpretaba a la detective Daisy Delphine, del DPLA, ha fracasado a pesar de los altos valores que defendía la producción, con la señora Donahue en el papel de una agente diva y promiscua, y a pesar de ser el programa favorito de televisión del jefe de policía del DPLA, Joe Tierney. El *jefe* está desconsolado, pero que no busque a la divina Donna en la oficina de empleo ni en las colas de desocupados de Brentwood.

No, ella se ha aferrado a los escenarios. Quiere desbancar obras independientes, asquerosas explotaciones sexuales como *Camino del éxtasis*, y esas comedias populares de vaqueros como *San Laredo*. ¿Su plan? Encargar un guión y asaltar la cartelera interpretando a la poetisa Anne Sexton, adicta a las pastillas.

La sexy Sexton sucumbió al suicidio en 1974. Donna quiere profundizar en la vida de su hermana del alma. «En mi vida ha habido dos erupciones sísmicas —ha dicho—. Una en 1983 y otra el año pasado. Quiero transmutarlas en mi papel de Sexton.»

Donna *Ojos de Cierva* interpretando a Sexton. ¡Caray! Promete ser un alocado espectáculo monologado, ella sola en el escenario. El soporífero Shakespeare está muerto, lo mismo que el tórrido Tennessee Williams. Donna, que ahora hace anuncios de comida canina Bocaditos Barko con su rhodesian ridgeback, no ha querido revelar el nombre del guionista.

«Le he echado el ojo a un dramaturgo —ha dicho—. Se ha quedado colgado de la cultura de los años setenta, Patty Hearts, el Ejército Simbiótico de Liberación y todo eso, pero creo que conseguiré que se enganche a Sexton.»

Esto suena a sagaz y sensato sextonismo. Mientras, busca a la perrófila Donna en el puesto de Barko Bits en el Beverly Hills Kennel Club. Este mes también presentará la gala de los Oscar, y eso no es moco de pavo.

Departamento de Policía de Los Ángeles
Informe de evaluación psicológica
Destinatarios únicos: Comandante de la brigada de Robos-Homicidios y personal de dicha brigada (inclusión del expediente).
Psicólogo: Alan V. Kurland, doctor en Medicina.
Sujeto: Jenson, Rick W. / detective de tercera actualmente asignado a la unidad de Casos sin Resolver.
Fecha de entrega: 6/3/05

Señores:
Entre las fechas 21/2 y 26/2/05, he realizado tres sesiones de una hora con el detective Jenson, que ha acudido a mi consulta (obligatoriamente) por indicación del capitán Walter D. Tyndall, comandante de la brigada de Robos-Homicidios. La razón por la que el capitán Tyndall me ha remitido al detective Jenson es para que valore si sufre agotamiento nervioso y si está pasando por «algún tipo de crisis personal».

El detective Jenson me ha parecido una persona de intelecto agudo y notable perspicacia echados a perder por la presencia del trastorno obsesivo-compulsivo (TOC), el cual, por su persistencia y su efecto debilitador, lo ha llevado a un estado de excitabilidad extrema, a unos hábitos laborales patológicos y a una preocupante necesidad de estímulo mental. El carácter compulsivo del detective Jenson parece derivarse de su apego romántico a una víctima de asesinato de 1965 (Stephanie Lyn Gorman, FDF 5/8/65, DR n.º 65-538-991), un crimen no resuelto que ha investigado recientemente la unidad de Casos sin Resolver, y su ocasional relación con una conocida actriz (de la que el detective Jenson se niega a dar el nombre), una amistad íntima intermitente que se remonta a hace veinte años.

El detective Jenson declara que ha renunciado al matrimonio y a las relaciones duraderas con otras mujeres por una especie de devoción hacia esa mujer porque «con ella, todo es posible», «sea como sea, ella siempre está conmigo» y «mi actitud con el amor nunca es flexible». El detective Jenson declara, a continuación, que ha escrito dos relatos autobiográficos acerca de su «excéntrico amor» por esta mujer, y que ambos están influidos, estilísticamente, por las aliteraciones de la prosa periodística de la revista *Hush-Hush*. Al preguntarle por el contenido de los relatos, el detective Jenson ha dicho: «Son rollos privados. Y no, no puede leerlos.» Pasó a describir sus escritos llamándolos «odas» y también «himnos a las pocas veces que he amado por completo y me he sentido incandescentemente vivo». De estas afirmaciones se desprende que ambos relatos describen al detective Jenson y a la mujer de nombre desconocido en momentos de violenta intriga. Hay que señalar que la solemnidad y la reserva respecto a «mis justos secretos con esta mujer» que manifiesta el detective Jenson constituyen rasgos psicológicos definitorios del trastorno obsesivo-compulsivo.

En la fijación del detective Jenson se dan otros componentes compulsivos. Afirma que sólo le gustan «las mujeres que se parecen a ella», «cae» en relaciones con mujeres similares y las planta cuando descubre «que se quedan cortas respecto a ella». El detective Jenson también cuenta con unos «chivatos» que lo ponen al corriente del paradero de la mujer para que él pueda presentarse allí «como por casualidad». Al verse interpelado acerca de la desesperación inherente a tal conducta, el detective Jenson responde: «¿Y qué, joder? Soy policía, utilizo confidentes, y cualquier hombre que no cometa estupideces por una mujer es un maricón de mierda.»

La intransigencia del detective Jenson se extiende también al caso de Stephanie Gorman. La víctima (una joven de dieciséis años de Los Ángeles Oeste), en palabras del detective Jenson, «ha cohesionado mi necesidad de anhelo, de vivir en el pasado, de joderme a mí mismo con lo que no se puede conocer y quizá con una justa venganza». Con un extraño conocimiento de sí mismo, alude a su uso de confidentes y a las horas que pasa aparcado ante la casa donde vivió Stephanie. «Es una meditación —dice—. Hace que me sienta más tierno. Permanezco allí en silencio, muy quieto, e imagino cosas sobre mí. No tengo que joder con una mujer para amarla.»

En este momento, no es recomendable que el detective Jenson inicie una terapia o tome medicación que sirva para controlar su conducta obsesivo-compulsiva. Su estado físico es excelente —según el último chequeo realizado en el DPLA— y su rendimiento en el trabajo no se ve disminuido ni alterado por el trastorno. El detective Jenson (que en el cumplimiento de su deber ha matado a cinco sospechosos armados) no parece sufrir el estrés postraumático tan habitual en los agentes de policía. Cuando le he preguntado por su estado de agotamiento nervioso y por «la crisis personal» descrita por el capitán Tyndall, su respuesta ha sido: «Si no estás en el filo es que estás ocupando demasiado espacio.» Pese a su excitabilidad, a los hábitos laborales patológicos y a la necesidad de estímulo, el detective Jenson es plenamente consciente de las realidades de su vida. En esta ocasión, no creo que haya motivo para suspenderlo de su cargo. Recomendaría una segunda evaluación dentro de seis meses.

Atentamente.

ALAN V. KURLAND
Doctor en Medicina

1

El confidente:

Habib Rashad / árabe / 36 años / 4823 S. St. Andrews.

Tomamos la autovía Harbor hacia el sur. Los pasmas la llaman el Canal del Carbón. Es un nido de negros y un sucio sumidero. Conecta el barrio negro con el L. A. del hombre blanco.

Tim Marti conducía. Yo soñaba despierto. La Hora de Donna me espoleó. *Ardor homicida* había fracasado. No más visitas repentinas a los escenarios de rodaje. No más Donna con el atuendo fetichista: placa del DPLA, pistola y esposas.

La nostalgia me noqueó. Síndrome de abstinencia de Donna; Stephanie todavía marcada como «caso sin resolver» y muerta. Mi fuego se encendió y flameó partido en dos. Ahora, este fuego consumía también a Brandon, el hijo de Tim. Mi cuelgue había creado el suyo. Deliraba por Donna. Suspiraba por Stephanie como prístina pareja en la fiesta de promoción.

Cruzamos el barrio negro. Chabolas de mierda, tenderetes de negros, iglesias episcopales metodistas africanizadas. El Canal del Carbón discurría elevado. Vi tipos bebiendo Olde English 800 a las puertas de las licorerías. Vi proxenetas macarreando a unas putas y tipos apostados ante las casas de comida.

Los asesinatos de 2001. Tres muertos, sospechosos árabes, localizados en el Southside. Habib Rashad, un habitual del Southside.

Había llamado a la oficina del jefe. Había dicho que tenía información importante. Joe Tierney se lo había creído. Tierney tenía terror al terrorismo. Alababa al Departamento de Seguridad Nacional. Tierney había llamado a los detectives de Casos sin Resolver.

Tres asesinatos en licorerías. Brutales, salvajes, bestiales. ¿Vínculos terroristas? No estés tan seguro.

Tomamos la 10 hacia el sur. Soñé despierto con Donna. Nos apareábamos en Malibú. Hacíamos sesenta y nueves en hoteles Sofitel. *Reggie* el ridgeback retozaba ruidosamente y nos llenaba de pelos.

Tim tomó la salida de Normandie. Fuimos hacia el oeste y hacia el sur. Ahí está la dirección. Una casa de madera prefabricada y hecha polvo.

Aparcamos junto a la acera. Los negros instalados en los porches se fijaron en nuestro coche de la pasma. Nos dirigimos a la puerta principal. Tim llamó al timbre y nos abrió un negro de las dunas con indumentaria completa.

Telas de diseño. Una túnica de andar por casa estilo Hussein y una chilaba de la boutique Bin Laden.

Tim soltó una carcajada.

—Ahab el árabe —dije—. ¿Dónde has dejado el camello, hijo de puta?

El menda nos miró impasible. Entramos sin que nos invitara. La sala era una minimezquita moderna.

Alfombras de plegaria de mucha pasta. Tapices pasmosos en las paredes. Fotografías de barbudos estilo Al Qaeda en marcos delirantes. Ayatolás de altura. Saddams sagrados y Hassims ahítos. Una curiosa caravana de camellos.

—Tengo información —dijo Rashad—. Yo os la doy y vosotros me ofrecéis un buen trato.

Señaló unos almohadones. Tim y yo nos hundimos en ellos. Rashad deambuló de un lado a otro de la habitación. Su chilaba se ondulaba. Joder con aquel Al *el Alfanjes*.

La decoración me distrajo. Pipas de agua en mesillas auxiliares. Chales color chartreuse cubiertos de pelo de camello o de gato. Los beduinos de las fotos de las paredes tenían los ojos vidriosos.

—Los atracos a licorerías —dijo Tim—. Cuéntanos lo que sabes de eso y nosotros hablaremos con el fiscal de distrito.

Por las alfombras corrían bichos enormes. Arrastraban trozos de cordero y restos de quebab. Los ciempiés del Southside eran grandes, tamaño pívot de los Lakers.

—¿Se trata de terrorismo? —pregunté—. Esos tipos, ¿se mueven por motivos políticos?

—No. —Rashad sacudió la cabeza—. Querían demostrar coraje a un grupo islámico radical. ¿Conoces la expresión «célula durmiente»? Querían obtener fondos de ese grupo y formar una célula, pero no tenían ninguna intención de cometer actos terroristas, sólo querían pasárselo bien con el dinero. ¿Conoces la expresión «simpatizar con la causa»?

Lo comprendí. Musulmanes malévolos merodeando por Sunset Strip. Camellos apostados junto al Viper Room. Cordero asado junto al Roxy.

Rashad deambuló por la sala. La túnica se onduló. Sus sandalias golpearon el suelo. Mierda: el estallido de un disparo / una ventana lateral destrozada.

La bala alcanzó a Rashad y rebotó. Golpeó una pipa de agua y le machacó la cabeza por segunda vez. Le mordió las mejillas, le reventó el cráneo y los sesos saltaron.

Me tiré al suelo. Tim, también. Rodamos y comimos alfombra de plegarias. Los insectos desfilaban con restos de falafel.

Rashad tuvo un espasmo y salió despedido. Voló. Planeó y cayó, vivo o muerto.

Me puse en pie. Tim se puso en pie. Sacamos la fusca y corrimos hacia la puerta. Un coche en fuga: un Pontiac púrpura. Disparamos. Rompimos la luna trasera.

Corrimos. Montamos en nuestro coche. Tim le dio al contacto y pisó el acelerador. Los neumáticos chirriaron y salimos quemando goma.

Perseguimos el Pontiac. Acortamos distancias. Disparamos. Le rompimos la ventana trasera.

El cristal se esparció como metralla. Vimos a nuestro objetivo, iluminado desde atrás. Llevaba turbante.

Disparé. Tim disparó. El tejido del turbante prendió. La chilaba se chamuscó. El cabello se le carbonizó e inflamó el reposacabezas.

El del turbante gritó. Oí que alababa a Alá. Golpeamos contra su parachoques. Nos echamos encima. La barba del beduino chisporroteó, se le coció la cara.

El Pontiac se subió a la acera, chocó contra una boca de riego y se detuvo. Los mendas del barrio salieron de los porches. Aplaudieron y vitorearon.

El tipo saltó del coche. Su rostro era un incendio de grandes dimensiones. Un pasota salió de un porche y acercó una manguera. Soltó una carcajada y lo remojó.

El tipo se consumió entre ruidos sibilantes. El tipo farfulló y cayó muerto.

Aparecieron los de Investigaciones, los técnicos de laboratorio, el forense y seis coches de uniformados.

Cerraron la calle al tráfico. Registraron el Pontiac. Cara Calcinada en el paraíso *hafiz*. Los ayudantes del forense embalaron el fiambre.

Levantaron huellas dactilares. Encontraron restos de piel quemada. Un pasaporte estadounidense. Sellos de Arabia Saudí / el nombre de Habib Rashad / la foto de Cara Calcinada con los rasgos sin freír. Una interesante conexión secular: el confidente y él coinciden en el color.

Los imbéciles del barrio remolonearon. Fueron de casa en casa compartiendo cerveza de malta. Los del laboratorio abrieron el maletero del Pontiac. Encontraron una ametralladora Mach 10, una cacerola de cobre llena de cuscús y cuatro micrófonos para escuchas.

¿Micrófonos para escuchas? ¿Por qué?

Los de Investigaciones nos hicieron preguntas a Tim y a mí. Habéis matado a ese jodido jeque. Sí, porque se había cargado a Al el Alfanjes, pero ha sido justificado.

Nos explicamos. Los atracos a las licorerías. Rashad, un confidente fetén. Está a punto de darnos nombres. Prepara el preludio. Bam, el jeque le dispara. Al el Alfanjes come plomo.

Los de Investigaciones lo entendieron. Movidas mortíferas. Conspiraciones de camelleros. Alguna pax panárabe presa del pánico.

Registramos el piso. Recorrimos las habitaciones. Peinamos los cubículos y encontramos lo siguiente:

Papeles personales. Rashad propietario de un garito, el Fan del Falafel, de la calle Treinta y cuatro con Vermont.

Muchos colchones metidos en trasteros.

Panfletos racistas. Escritura árabe. Fotos muy gráficas de israelíes insidiosos. Quédate con sus grandes colmillos y sus narices de gancho. Quédate con los Jaguar de los jodidos judíos. Quédate con la estrella de seis puntas unida al signo del dólar.

Cinco Magnums del calibre 44. Quince Brownings del calibre 40 con su respectiva munición.

Pandemia de vídeos porno. Títulos tórridos y tópicos: *Las delicias de Damasco*, *Los caprichos de El Cairo*, *Siria 69*, *Orgía en los altos del Golán* y *Los saddamitas sexy*.

Cuatro cámaras con manchas de masilla. Unas cámaras de vigilancia extraordinarias.

Una conexión posible: los micrófonos y las cámaras.

Los técnicos en huellas empolvaron el piso, paredes y ventanas incluidas. Tim y yo lo recorrimos habitación por habitación y nos fijamos en los detalles.

Un ayudante del forense se llevó a Rashad y a Cara Calcinada. Yo pensé en mis muertos en acto de servicio.

Los hermanos García, espaldas mojadas malvados / cholos selectos. Huey Muhammad 6X, un violador violento. Shondell Dineen y Webster Washington, blasfemos supervillanos. Mi cuenta caliente de cadáveres: hasta el momento, seis en total.

Sonó el teléfono móvil. El visor se iluminó. Un chivato de Donna que me daba el soplo.

—Soy Jenson —dije tras pulsar la tecla.

—Hola, Rino. Soy Tom. Ya sabes, de los estudios Raleigh.

—¿Y bien?

—Está en el plató número seis. Rodando un anuncio de comida para perros.

Disfruta la dicotomía: de los negros de las dunas difuntos a la deletérea Donna.

Me acerqué a los estudios Raleigh. Localicé el plató seis y aparqué. Guau, guau, joder, ahí están los aullidos publicitarios de *Reggie* el ridgeback.

Los ladridos me incitaron a entrar. Recorrí pasillos y di con la filmación del comercial. Ahí está el director. Ahí está el equipo. Ahí están *Reggie* y Donna.

Una bandera ondeaba detrás de ellos. *Reggie*, de rojo, blanco y azul, ladrando ataviado con unos pantalones perrunos. Un conglomerado de empresas derechistas comercializaba la comida canina. Donna promocionaba papilla patriótica.

—Hola, soy Donna Donahue y éste es mi perro, *Reggie*. Como a todos los americanos, me preocupa el espectro de un ataque terrorista. Me mantengo sana y alerta con una dieta equilibrada y a *Reggie* le doy Bocaditos Barko, la comida para perros genuinamente americana. Necesito un perro guardián que esté alerta las veinticuatro horas del día, todos los días del año. La mezcla especial de carne, vitaminas y minerales de Bocaditos Barko dan a mi perro energía y olfato para rastrear a los posibles terroristas. ¡Habla, *Reggie*! Dinos qué te parece Bocaditos Barko, la comida para perros genuinamente americana.

Reggie ladró. *Reggie* se metió en el plato de papeo perruno e introdujo la polla entre los bocaditos.

Mordió, chupó, se lamió hasta ponerse tumescente. Donna aulló.

—¡*Reggie*, joder! —gritó el director—. ¡Saca el pito de ahí, perro perverso!

Reggie no le hizo caso y hundió el cipote más a fondo. Los técnicos del equipo hicieron muecas de asco. A la derecha del escenario había un menda muy moderno. Exudaba machismo de modelo masculino. Vestía un artístico Armani y calzaba unos Ferragamo fetén. El resentimiento me royó. Me olí que era el yogurcito de Donna.

—¡Corten! —gritó el director—. Cinco minutos de descanso.

El yogurcito se arrimó a Donna. *Reggie* le grrruñó. Yo subí al escenario. Donna me abrazó.

—¿Quién es ese sarasa? —pregunté.

—Es un guionista —me respondió Donna—, y no me acuesto con él.

Mi resentimiento remitió. Me dejé de machismos y me puse magnánimo. Me solté de Donna y encaré al tipo.

—Soy Rick Jenson. Donna y yo nos conocemos desde hace mucho. Trabajo en el DPLA y acabo de cargarme a un árabe asqueroso.

Donna soltó una carcajada y dijo:

—Rick es un racista y tiende a farolear para impresionarme. A veces le funciona.

—Yo soy Donny DeFreeze, y no me has impresionado. Apoyo al Frente de Liberación de Palestina y todas las guerras de liberación de Oriente Medio. Le he dicho a Donna que este anuncio de comida para perros la rebajaba, pero ha insistido. Tiene una relación de codependencia con su perro.

Reggie gruñó. Se le erizó el pelo del lomo y de la cola. Fue irritación instantánea y aversión perruna profunda.

—¿Donny DeFreeze? —pregunté—. ¿Como Cinque, ese capullo del Ejército Simbiótico de Liberación? No me digas que el menda te parece una figura relevante en estos tiempos de represión interna y que lamentas haber nacido blanco.

Donna me dio en las costillas. *Reggie* alzó las orejas y enseñó los colmillos. DeFreeze retrocedió y chocó contra el soporte de un micro.

Lo tiró. Yo lo recogí. Donna agarró a *Reggie* y lo retuvo.

—Donny va a escribir el guión de mi obra sobre Anne Sexton. Ha escrito algunas piezas y guiones de espectáculos que me han parecido interesantes.

Yogurcito / rompeculos / bardo bolchevique. Que te den por culo cuarenta veces.

—Cuidado con Donna —le dije—. Es mucho más peligrosa de lo que imaginas. Y cuidado con *Reggie* y conmigo, porque nos tienes justo detrás.

Reggie gruñó. La polla se le salió de la vaina. Olía a violación canina y a rapto de ridgeback.

—Eres un capullo, Rick —dijo Donna.

DeFreeze sonrió amariconadamente. Frunció los labios con lascivia. Las comisuras se le llenaron de burbujas de saliva.

—Todavía no he producido mi mejor obra —susurró—. Pero creo que cuando la leas, te producirá una conmoción.

Críptico. Cruel. Fatalistamente amariconado. El sarasa supremo sisea y me mira con severidad.

Le di en la cara con su corbata. Me bajé del escenario.

—Eres un capullo, Rick —dijo Donna.

Salí de la sala. Los currantes se habían provisto de cafés y cruasanes. Vi un Lamborghini rojo rubí aparcado en las cercanías. En la placa de la matrícula se leía «DEFRZZ».

Disfruta de la dicotomía: de la irritación perruna al jolgorio de la guarida para perros.

Fui al refugio canino de Dave Slatkin. Me acomodé y me sentí como en casa entre sus sabuesos. Una cacofonía canina me caldeó: seis pit bulls leonados cariñosos.

Compartimos burritos de oki pastrami. Formamos un grupo interespecies. Cogí una colchoneta y nos acurrucamos en comandita.

Les hablé del resentimiento de *Reggie*. Dije que Donna había vacilado hábilmente. Aquel imbécil de DeFreeze estaba escribiéndole la obra sobre Sexton. Donna no podía ofenderlo. No podía regañarlo por su cháchara comunista. Sí, yo era un capullo. Debería haberme callado.

Los sabuesos me escucharon. Les dije que me había cargado a un camellero. Mencioné el colchón. Una célula durmiente en el Southside, tal vez. Mañana volveremos a registrar el piso. Quizá descubramos más información.

Dormité. Los pedos de los perros me envolvieron. La imagen de DeFreeze me rondó. Exudaba parasitismo y servilismo con una vena malvada. Yo no quería que se relacionara con Donna.

Llamé al Departamento de Vehículos de Motor. Un empleado apuntó los datos de «DeFrzz» y escupió la respuesta. El Lambo rojo rubí: alquilado a largo plazo a Jalid Kustom Cars. Propietario: Jalid Salaam.

Encajaba en el perfil del sarasa. Aprópiate de una apariencia y ataca Hollywood. Engatusa a alguien como Donna Donahue. Atrápalos a todos y transfórmate. Sángralos como una sanguijuela. Papéatelos como una piraña.

Dormité. Soñé. El sueño se hizo más profundo. Los latidos de los corazones de los sabuesos me acogieron. Disfruté de aquella contundente caricia canina.

Soñé. Shondell Dineen y Webster Washington discurrieron por mi cabeza. Los disturbios del 92. Nostalgia nihilista. El atraco al Sal's Market, en Sur-Central.

Dineen es presumido, está enganchado al caballo y

tiene muchas marcas de agujas. Lo pillan con una caja de Cutty. Webster lleva una camiseta de Shaquille O'Neal. Tiene diez cartones de Kool y mogollón de cerveza de malta Schlitz.

Van armados. Acaban de salir del talego. Llevan zapatos de presidiarios. Sandalias de San Quintín.

Ahí está Sal's Market. Salen con un botín.

Yo intervengo.

¡¡¡SORPRESA!!!

Tengo una fusca Remington. Los trituro a tiros. El Cutty cae en cascada. La cerveza de malta se desparrama. Sus últimas palabras al unísono: «Hijo de puta.»

Desperté. Me espoleó la imagen de Donna. Comuniquemos con un hermano del alma. Llamemos a Brandon Marti.

Me arrastré entre los perros y agarré el teléfono. Llamé al piso de Marti.

—¿Sí? ¿Quién es? —dijo Brandon.

—Soy yo, chico.

—Ah, hola, tío Rino.

Las pulgas saltaban en la colchoneta. Los pit bulls ronzaban y se rascaban.

—¿Te ha contado tu padre lo de los árabes? —le pregunté.

—Oh, sí. Me dijo que disparaste balas Glaser y le freíste la cara a un tipo. Me ha parecido genial.

—El comité de investigación de uso de armas de fuego dará el visto bueno. El tío acababa de cargarse a nuestro testigo.

—Sí. Mi padre dijo que estuvo bien que os lo cargarais pero que los grupos que defienden los derechos civiles de los árabes tal vez protesten.

—Pues que protesten. La ley está de nuestro lado y...

—Quieres hablarme de Donna. Siempre lo sé por tu tono de voz.

—Me conoces bien, muchacho —musité.

—Mi padre afirma que en el amor eres un perdedor. —Brandon carraspeó—. Dice que le parece bien que yo esté colgado de Donna porque soy un chico, pero que tú eres mayor y deberías saber que esto no te lleva a nada.

Un pit bull me lamió la cara. El aliento le olía a burrito.

—Yo conozco lugares en los que tu padre nunca ha estado. Me parece que tiene celos.

—Tal vez. O tal vez andes metido en una historia que él no comprende en absoluto.

—Tienes razón.

—Mi profesor de inglés sí que lo entiende. Ha hecho la tesis doctoral sobre Donna. Estudia la atracción que ejerce en los hombres. Me ha dicho que me dejará leerla porque yo también estoy colgado de ella.

—¿Me harás una copia, por favor? —dije bostezando—. Cuando la tengas, tráela al refugio.

—De acuerdo. —Brandon bostezó.

—Buenas noches, chico. Que tengas dulces sueños con Donna.

—Buenas noches, tío Rino. Buena suerte con los árabes.

Colgué. Me entró la soledad del enamorado perdedor. Estaba demasiado cansado para ir a vigilar la casa de Stephanie. Quería desacelerar de Donna y dormir.

Pensé en Donny DeFreeze. Decidí desenterrar basura insultante. Desmenucemos su vida. Busquemos en robos. ¿Que no aparece nada? Ya lo detendremos y lo joderemos vivo más adelante.

Dormité. Me martillearon unos ojos pardos vertiginosos como un huracán.

2

Los medios me maltrataron. La radio rabiaba con el asunto.

Tomamos el Canal del Carbón. Dave Slatkin al volante. Tim controlaba la radio. Gazi Alí, el jodido feday, me despellejaba. Sandeces sobre los derechos civiles desprovistas de cualquier estructura o razón. Dos chiíes importantes muertos. Buah... Eran dos sufíes supremos. Resentimiento hacia Rino Rick. Está zumbado y es de gatillo fácil. Sufre una depresión desastrosa. El DPLA acaba de enviarlo a un psiquiatra.

Me revolví en el asiento trasero. Gazi estaba irritándome. Algún pelagatos le había contado mi historia. Tim hizo un gesto obsceno. Dave le dio al dial. Una zorra de locutora anunciaba la inminente entrega de los Oscar.

Gruñí. Donna pensaba asistir. Ahora no tenía novio. Tal vez llevara como acompañante al gilipollas de DeFreeze.

Dejamos el Canal del Carbón. Atajamos por las calles laterales en dirección a Saint Andrews. Ante nuestro edificio había abundancia de uniformados. Habían acordonado a una caterva de camelleros. Muchos moros mezclados. Hablaban con negros y proclamaban un pandemonium multicultural. Voceaban agravios en una especie de pacto negro-árabe.

Aparcamos fuera del cordón policial y lo cruzamos a pie. Mezcla de ramadán y *kwanzaa*. Se materializaron musulmanes negros y nos mau-mauearon con los ojos. Aparecieron activistas antisionistas que aullaban:

—¡Islam sí, Israel no! ¡Detened la yihad judía del DPLA! ¡Ge-no-cidio! ¡Ge-no-cidio! ¡EL DPLA y los judíos, responsables!

Seguimos caminando. Atravesamos pequeños ramadanes y abrimos el mar Rojo del resentimiento. Sacamos pecho. Dimos codazos. Olimos a porro y pisamos botellas de Olde English 800.

Ahí está el rancho de Rashad. Entremos.

Lo hicimos. Nos encontramos con técnicos de huellas y del laboratorio. Nos dijeron lo siguiente:

En lo que se refiere a las huellas, hemos levantado algunas latentes. Tenemos las huellas de Rashad, tenemos muchas huellas de guantes. Suma los muchos colchones con las huellas de guantes y obtendrás un piso franco. Suponemos que son delincuentes fichados y con huellas conocidas. Se pusieron guantes y ocultaron las manos. Imaginamos que son unos cabrones con intenciones criminales.

En lo que se refiere al Pontiac: lo hemos requisado y hemos desmontado los paneles interiores. Hemos encontrado catorce mil dólares en efectivo. Lo hemos empolvado por dentro y por fuera. Las huellas del pistolero han aparecido en un archivo. Marcas de piel rasguñada.

Hemos levantado las alfombrillas del suelo. Hemos encontrado muchas fundas de cerillas. Son de «clubes para caballeros»: El Striptease de Sandy, El Lapdance de Lani, El Club del Crisantemo. Hemos encontrado ropa sucia, platos y detergente en el maletero. Creemos que Cara Calcinada vivía en el coche.

Se acercó un sargento de patrullas y nos pasó el parte.

Los patrulleros habían hablado con los vecinos. Los vecinos habían descrito a Rashad. Por el piso pasaba mucha gente. Todos árabes, a todas horas. Algunos vecinos se habían olido terrorismo y habían avisado al FBI.

Dave llamó a su contacto en los federales y le comentó la jugada. Su contacto contestó con una conclusión: sí, los investigamos. No, no detuvimos a ningún sospecho-so. Habib Rashad... Olvidadlo, tiene un garito de falafel.

Dave, Tim y yo platicamos. Conectamos los micró-fonos de escuchas ilegales del Pontiac con las cámaras manchadas de masilla del piso. Hablamos. Hilamos teo-rías. No llegamos a ninguna conclusión.

Llamé a la Oficina de Pasaportes. Pedí favores y me enteré de lo siguiente:

El pasaporte del Pontiac tiene la foto de Cara Calci-nada y el nombre de Habib Rashad. La dirección que cons-ta: el garito de falafel de Rashad.

Un técnico del laboratorio nos enseñó una foto to-mada en la morgue. Ahí está Cara Calcinada, con la piel quemada retocada. Su cara aparece ahora con los rasgos firmes y es válida para mostrarla a los testigos.

Tim llamó a Pacific Bell y pidió los registros telefó-nicos de Rashad. Obtuvo una mierda de información. Rashad llamaba con frecuencia a su garito, el Fan del Fa-lafel. Rashad no llamaba a nadie más.

Sospechoso. Escurridiza célula durmiente, sí, proba-blemente.

Dave, Tim y yo platicamos. Rashad tenía que hacer más llamadas. Conclusión: llamaba desde teléfonos pú-blicos.

Salimos al exterior. Hicimos una genuflexión ante los manifestantes del genocidio y los enloquecimos con la se-ñal de la cruz. Pedimos prestado un coche patrulla y fui-mos hacia Western Avenue, la calle más próxima con telé-fonos públicos.

Caminamos de cabina en cabina y apuntamos los nú-meros. Encontramos quince teléfonos en una distancia de cuatro manzanas. Tim volvió a llamar a Pacific Bell.

Les dio los datos de esos teléfonos. Pidió que le leye-ran los números a los que se había llamado desde ellos. El empleado dijo que tendría los resultados al día siguiente. Lo comunicaría a Casos sin Resolver.

Sonó mi teléfono. Miré el visor. Rob el chivato / Star-bucks / Beverly Hills.

Llámalo comunión con el café de Donna. Di que estoy demasiado liado con el trabajo para ir hacia allí.

Regresamos al rancho de Rashad y dejamos a Dave. Unos negros de mierda tiraron huesos de pollo y de chuletas contra el coche. Fue un bombardeo de barbacoa. Una multitud de musulmanes malvados nos maldijo.

—¡Ge-no-cidio! ¡Ge-no-cidio! ¡El DPLA y los judíos, responsables!

El Fan del Falafel. Un antro *hajj* en la calle Treinta y cuatro con Vermont. Derviche de arriba abajo. Un mostrador y mesas en la parte delantera.

Aparcamos y nos acercamos caminando. Miramos el menú y nos partimos de risa. «Pita Palestina», «Souvlaki Supremo», «Kebab de Kabul».

En las mesas, musulmanes con corbatas de pajarita que sorben «sopa de albóndigas Mahoma». Un malévolo mastín de mezquita detrás del mostrador. Está dándole a la espátula para arrancar grasa de la plancha. Remueve trozos de carne en una salsa de lentejas.

Rodeamos el mostrador y lo acorralamos. Saltaron gotas de grasa de la plancha y me alcanzaron. El menda no se dignó mirarnos. Caray con el cachazudo camellero.

—Del DPLA —dije.

Tim sacó las fotos. La de Cara Calcinada en la morgue y los retratos robot de los homicidas de 2001.

Cal le dio a la espátula. Cortó cordero y removió el bistec. Nos miró enojado. Miró las fotos. Sus ojos delataron que conocía a los tipos.

—No, no los conozco —dijo—. Es la verdad. Ahora, marchaos.

—Habib Rashad ha muerto —dijo Tim—. ¿De quién es ahora este sitio?

Cal el Camellero se encogió de hombros.

—Este sitio es mío, ahora. Rashad era mi primo. Un buen hombre. Era *hafiz*.

Le enseñé los sobres de cerillas. El Striptease de Sandy / El Lapdance de Lani / El Club del Crisantemo. Cal el Camellero miró las fotos y se encendió. Sus ojos delataron que conocía los tugurios.

—Vosotros, tíos, vais por esos garitos, ¿no? Tú, Rashad, el muerto de la foto...

—No. —Cal sacudió la cabeza—. Esos lugares son para los infieles. Los hombres buenos nunca van.

—Y una mierda. Yo sí que voy —afirmó Tim—. No creo que sea para tanto.

—Tú eres un infiel. Os he visto a los dos en el periódico. Matasteis al hombre que mató a Rashad. Sois de gatillo fácil. Lo dice la Liga Árabe.

—Vamos, tío. —Reí—. Ese tío mató a tu primo.

—Todos los árabes son mis primos. Nos unimos contra los infieles. Os escupimos.

Tim rió. Cal escupió en la plancha. El salivazo aterrizó, chisporroteó y silbó.

—Micrófonos para escuchas clandestinas y cámaras de vigilancia —apunté—. Los hemos encontrado en la casa de Rashad y en el coche del asesino. Yo creo que esos dos tíos se conocían, y creo que tú los conocías y que también conocías a los atracadores de las licorerías y a un montón más de árabes y que os lleváis algo entre manos.

Cal escupió en la plancha. Cal clavó la espátula en la grasa de la plancha. Su rostro se encendió. Sus latidos se aceleraron y sus venas vibraron. Tim lo intimidó.

—Pues yo pienso que esto es un punto de recepción de mensajes de la delincuencia árabe. Aquí reciben su correo. Aquí dejan sus mensajes. Los hijos de puta de tus amigos vienen a comer ese cuscús de gato que les das y tú...

Cal blandió la espátula. Le dio a Tim en el cuello de

la chaqueta. La espátula se quedó pegada. Tim le pateó las pelotas.

Cal se inclinó hacia delante. Tim lo jodió con golpes de judo. Le pegó en la nuez de Adán aplicando toda la fuerza. Intervine. Agarré a Cal por el cuello y le pateé las piernas. Lo doblé hacia atrás y le chamusqué el cuero cabelludo con la plancha.

Gritó. Lo doblé todavía más. El cabello crepitó y chisporroteó. Le quemé la larga cabellera hasta dejársela al uno.

Tim registró el cubil. Tiró platos. Se subió a un armario. Buscó entre ropas de ramadán, revolvió las estanterías y encontró correo.

El pelo de Cal chisporroteó. Del uno pasó al cero tostado.

Correo:
Nos piramos a Parker Center y lo estudiamos. Información sobre infieles y hajjitas calentorros.

Publicidad de clubes para caballeros coincidente con nuestras cerillas, más El Conejo Caprichoso y La Morada de la Madrugada. Anuncios de agencias de acompañantes femeninas recortados de los periódicos. Revistas porno / muy manoseadas / anuncios muy gráficos de Viagra y un número de llamada gratuita. Inventarios de tiendas de armas, insidiosos: venta por catálogo de Mac10 y Magnums.

¡Vaya! El Lapdance de Lani, conectado con agencias de acompañantes femeninas y con venta de pistolas panpatrióticas. Fotos fetichistas: chicas descaradas con liguero. Acompañantes femeninas, Viagra vertiginoso. Seis anuncios guarros de alargamiento de pene.

Dave, Tim y yo platicamos. Dave sugirió que el SIS vigilara El Fan del Falafel. Dejamos a Cal el Camellero rapado como un Sansón calzado con sandalias. Quizás hablara o quizás enloqueciese en asociaciones libres. Quizá perdiera el aplomo y nos condujera hasta los tipos de la licorería.

Pacific Bell aún no había dicho nada. No sabíamos con quién había hablado desde los teléfonos públicos. El comité de investigación de uso de armas de fuego se reunirá el próximo martes. Di que ha sido una muerte *kosher*. Supe que saldríamos bien librados. Nuestra prioridad: patearnos los clubes para caballeros.

Consultamos la lista. Nos dividimos los destinos. A mí me tocó El Striptease de Sandy y El Conejo Caprichoso.

Conduje solo hacia la Ciudad del Comercio. Era una zona industrial con pequeños y asquerosos centros comerciales. Los antros de striptease se hallaban junto a salones de manicura y garitos de comida rápida. Era lóbrego y multicultural. Colombianos colocados, coreanos corruptos, sufíes y japos. L. A. del hombre blanco, ¿dónde estás?

Llegué a El Striptease de Sandy. Unas latinas apáticas bailaban y se desnudaban bajo luces estroboscópicas. Todo el público era cetrino: inmigrantes morenos sumidos en la desesperación, disfrutando de la oscuridad a las cuatro de la tarde.

Enseñé la placa al jefe. Me prestó una linterna. Recorrí la pasarela y mostré las fotografías. Las Lolitas y Luisas del Lapdance las miraron. No, nasti y *nyet*.

El Conejo Caprichoso estaba encajado entre una brasería birmana y una marisquería mexicana. Enseñé la placa con audacia. El portero se mostró sumiso y me dio un asiento junto al escenario. El garito estaba de lo más oscuro. La pasarela brillaba bajo los focos. Una furcia blanca y joven se contoneaba al ritmo de una música disco pasada de moda. Los ojos empezaron a escocerme, estigmatizados. Parpadeé y lo vi mejor.

Vi una cadena de bailarinas alrededor de la pasarela. Unas chicas que movían el culo sentadas a horcajadas sobre unos incautos. Pedí una linterna al portero. Me acerqué a las bailarinas y enseñé las fotos. Me abrí paso entre una hilera de perdedores salidos. Las chicas vieron las fotos, los perdedores vieron las fotos, nadie confirmó conocer a nadie.

«No los conozco.» «¿Quiénes son?» «Por aquí no vienen árabes.» «¿Quién es ese tipo de la cara achicharrada? Qué divertido...» «¡Oh, puaj, pero si parece Saddam Hussein!»

Volví a mi asiento de primera fila. Me sentí machacado y maltratado por los chochos y maltrecho por mi misión entre Saddam y Gomorra. Deseaba a Donna. Cerré los ojos durante el espectáculo. Difuminé del escenario a la yonqui Jill y la disfracé de Donna.

Se reía. Hacíamos manitas en Holmby Hills. Lanzábamos chucherías caninas a *Reggie* el ridgeback. Ella lo hacía actuar en *Ardor homicida*.

Alguien me dio unos golpecitos en el hombro. Un coreano corpulento y una deliciosa Deborah desnuda se habían apostado a mi lado. Carraspeé e invoqué a mi yo policía.

—Soy del DPLA —dije.

—¿Árabes, eh? —dijo el tipo—. He visto algunos por aquí.

—Soy de Tel Aviv —intervino la mujer—. Árabes, puaj, qué asco. Los conozco bien, créeme.

Enseñé las fotos. Los retratos robot de los atracadores de licorerías y Cara Calcinada. Me fijé en su reacción.

Callaron. Miraron las fotos y las estudiaron. Ambos las señalaron con el dedo.

—He visto a unos tipos como ésos por aquí —dijo el hombre—. Hará dos o tres meses. Gastaron mucho dinero.

—Yo hice un *lapdance* para el hombre de la piel arrancada —informó Tanya Tel Aviv—. Fue la semana pasada. Dijo que estaba deprimido, que temía morir y rollos de ésos. Oh, y se corrió una gran fiesta y gastó un montón de pasta. «Es como si mañana no existiera para ti, cariño», le dije, y ahora me enseñas esta foto y...

—Tarjetas de crédito —dije tras tragar saliva—. ¿Utilizaron...?

—Aquí sólo aceptan efectivo —me interrumpió el tipo—. Nada de tarjetas.

¿Dinero? ¿De dónde lo habrá sacado? Tres atracos en 2001, muy poca pasta. El Fan del Falafel, un negocio del tres al cuarto. Rashad: «No tenían la intención de cometer actos terroristas» / «sólo querían divertirse» / «¿conoces la expresión "simpatizar con la causa"?»

Tal vez una pelea, terroristas de verdad contra fiesteros felices. Pero... Cara Calcinada «estaba deprimido» / «temía morir» / «es como si mañana no existiera para ti».

¿Tendrá esto algo que ver con células de suicidas sanguinarios?

Sonó el móvil. El visor se iluminó. Pat en el Pacific Dining Car. Eso significa que Donna está allí.

—Me follé al árabe en su coche. Tenía una polla como el salchichón nacional hebreo —dijo Tanya.

Donna cenaba sola. Comía fideos y pollo al carbón de leña. Me vio y me hizo un gesto despectivo.

—Eres un gilipollas, Rick. Te portaste muy mal con Donny.

—¿Te lo estás cepillando? —Me senté en su reservado.

—No, pero tal vez me lo cepille para fastidiarte.

Reí. Sorbí de su sifón. Mojé una gamba en salsa Alfredo.

—¿Qué sabes de él?

—Hizo fortuna invirtiendo en las dot.com —dijo Donna con un suspiro—. Vive en una casa de Malibú que había sido de Clark Gable, la *Casa de Sueños*. Escribe guiones para espectáculos y espera triunfar en el negocio del cine.

—¿Dónde lo conociste?

—En una fiesta. Lo vi hablar con Lou Pellegrino, ya sabes, «el detective privado de las estrellas». Había oído que yo quería hacer una obra de teatro inspirada en Anne Sexton y empezamos a hablar de ella. Tiene una página web, si te interesa.

Pellegrino: un matón violento y un chantajista audaz. Un hábil divulgador de bulos. Un extorsionista de los rumores maduros. Un pit bull del tamaño de una pulga / un perro faldero de la elite de Hollywood desde hacía mucho tiempo.

—*Reggie* odia a DeFreeze —señalé—. ¿No te dice nada eso?

—*Reggie* es un perro. No le atribuyo percepción extrasensorial ni soy como esas viejas colgadas de sus mascotas.

Liberé las patatas fritas y las envolví en salsa. Riquísimas, ñam, ñam.

—Yo también odio a DeFreeze. ¿No te dice nada...?

—Me dice que eres mi mejor amigo y un amante muy ocasional. Que lo odias. Que el DPLA te ha mandado a un loquero, que has matado a un hombre en el cumplimiento del deber y que ahora mismo te estás poniendo muy grosero.

Reí. Le tomé las manos por debajo de la mesa. La pitón de mi pantalón se reanimó.

—Han pasado seis meses y no dejo de esperar que ocurra algo que vuelva a encendernos.

—Pero no puedes hacer que suceda. —Donna me apretó las manos—. Y yo no puedo seguir cargándome gente y viéndome enredada continuamente en tu disparatada vida.

La tristeza me invadió y me golpeó. Mi pitón se movió hacia el sur, desanimada.

—¿Dos veces en veintiún años? Eso no es continuamente.

—Tengo casi cincuenta —suspiró Donna—. ¿Cómo es posible que mi vida se haya vuelto tan frenética y jodida?

Llegué a una meca del moca en Mariposa con Wilshire. Bebí un poco de java. El garito era un cibercafé con autoservicio. Dos terminales, pagas según el tiempo que te conectas, ordenadores en línea.

Invadí Internet. Rastreé la red. Probé distintas combinaciones con el nombre de Donny DeFreeze. Llegué a la página del pirado. Quédate: defreezeworld.net.

Relación de guiones. Resúmenes de:

Elridge Cleaver, violador revolucionario: «Tú no lo comprendes, nena. Estamos en los años sesenta. Cuando violo a una blanca, es un golpe contra el Sistema y contra el Amo.»

Tiroteo con los Panteras Negras: la revuelta popular contra el DPLA: «Te gustará de veras, nena. Estamos en 1969. Libramos una guerra contra los cerdos de la policía.»

Insurrección del Ejército Simbiótico de Liberación: enfrentamiento armado con el DPLA en Southside: «Escúchame, nena. Este que habla es el hermano del alma Cinque DeFreeze. Ahora estamos en 1974. Hemos secuestrado a Patty Hearst; ha llegado la hora de librar una guerra de razas contra el tío Sam.»

Retribución palestina: el fin justifica los medios: «¡Escucha, hermano islámico! Estamos en 2003. Ha llegado la hora de aplastar al insecto americano. ¡Escúchame ahora, mi fedayin!»

Harvey Glatman, santo maníaco sexual: «Vosotros, los de la pasma, no lo entendéis. Estamos en 1958, ¿os fijáis? Aquellas tres gatitas a las que estrangulé presagian la década de los sesenta. Predigo un caos de tamaño mayúsculo, ¿me oís?»

Parloteo pueril. Un pasota que pontifica. Comunista y antipasma. Nostalgia de la negritud. Locura izquierdista.

Harvey Glatman: referencia inconsistente. Glatman se cargó a tres mujeres entre 1957 y 1958. Se hacía pasar por fotógrafo. Recurría a las secciones de contactos de las revistas y buscaba corazones solitarios. Violaba vilmente a sus víctimas y las fotografiaba. Era un majara de las cuerdas y un bufón del *bondage*. Dejaba a sus damiselas difuntas en el desierto. Su cuarta víctima le plantó cara. Lo frieron en agosto de 1959 en San Quintín.

¿¿¿???

El rollo de los árabes me roía. Una conexión de negros de las dunas.

DeFreeze había alquilado un Lamborghini rojo rubí. Era un contacto concreto. Contemplemos esta posibilidad:

Lo alquiló en Jalid Kustom Cars, cuyo propietario era Jalid Salaam.

¿¿¿???

Bebí más moca y me desplacé a Malibú. Conocía la *Casa de Sueños*. En 1977, había trabajado allí como guarda de seguridad privado. Era una casa estilo español de un blanco deslumbrante junto al mar.

La brisa nocturna se encrespó. El aire de la noche me animó el coco. El café corría por mi cuerpo. Tomé la autovía del Pacífico. Vi la casa, hice un cambio de sentido y aparqué.

Comportémonos con discreción. Ahí está la *casa*, colgada sobre la autovía del Pacífico, dos puertas más abajo.

Me acerqué a pie. Llevaba el equipo de pruebas. Abrí la puerta de la cochera. Ahí está el Lamborghini rojo rubí. Ahí está un sedán Bentley buenísimo. Ahí está un Beemer reluciente. En la matrícula se lee «LOU P».

Probablemente sea propiedad de Lou Pellegrino, detective privado de las estrellas.

Ahora, sé audaz. A por ello, con toda la desfachatez.

Dejé el equipo encima del Lambo. Preparé el polvo. Preparé las tiras transparentes. Empolvé la puerta del conductor y levanté dos latentes.

Guardé las tiras. Cerré el equipo. Rodeé el edificio de izquierda a derecha. Un sendero conducía al mar. Lo seguí hacia la casa y observé las luces de las ventanas. Pisé montones de polvo de masilla. Observé la luz.

Vi muebles cutres de alquiler. Vi montones de carteles izquierdistas en las paredes. Ahí está Cinque. Ahí está el violador Cleaver. Hay fotos blasfemas de los Panteras Negras.

Volví a la playa. Me agaché junto a un embarcadero. La luz del dormitorio se encendió.

Ahí está el demente Donny DeFreeze. Está follando en un futón. Jode con una mamá sexagenaria. Va muy bien peinada. Está llena de arrugas. Está chocha por la edad, pero es follable.

Tiene los ojos cerrados. Donny la perfora perversamente. Sus ojos exudan odio.

3

Volví al refugio cagando leches. Los pit bulls me saltaron encima. Se formó una guirnalda canina. Donny De-Freeze se desvaneció. Me preparé para una noche de ocho perros.

Di bocaditos de burrito a los pit bulls. Brandon Marti había cumplido en lo del manuscrito. Lo encontré en un estante.

Sus rincones solitarios: Donna Donahue deconstruida, por James Ellington.

Los pits se apilaron. Me aposenté en un territorio terrier. Sacudí la caspa canina de un cojín. Apalanquémonos y leamos.

Ellington escribía con elegancia. Su cuelgue por Donna era notable. Sus improvisaciones eran frenéticas.

«Por lo que se refiere a la fuerza física de Donna: es manifiestamente poderosa y presenta unos rasgos faciales que sugieren fuerza de carácter, bondad y decencia, a la vez que revelan una naturaleza reservada y juguetona. En esto reina la paradoja. Las sugerencias se bifurcan. "Soy un libro abierto / es un libro abierto que nunca te dejaré comprender del todo."»

Ellington elaboraba. Se explayaba sobre la «celebridad de alcance medio», sincronizada con «el grupo demográfico de espectadores de televisión», sincronizada con «una cultura de los medios en rápida fluctuación que alimenta un anhelo veleidoso de novedad y de cercanía a la juventud». Afirma: «La señora Donahue ejerce una implacable atracción en los hombres a medida que madura y su presencia sugiere, cada vez más, una sensualidad arraigada en la sabiduría.» Por el hecho de que nunca se haya casado, la califica de «oportunista del amor» que se deja llevar por «la pasión del momento», a lo que suma un severo deseo de «jamás diluir su individualismo mediante la sumisión a un hombre», una aversión en la que tal vez han influido «las astutas lecturas de infancia de la dinámica de la familia Donahue y una conciencia muy temprana de la disfunción de sus progenitores».

¡Joder! ¡Pero si este tipo es un donnáfilo perdido!

«Los Ángeles es un centro mediático y una fábrica de rumores. Hay dos chismes que se han contado a menudo relacionados con la participación de Donna Donahue en dos cadenas de acontecimientos violentos, en 1983 y en otoño de 2004. Los detalles que recoge el rumor —muy variados y considerablemente disparatados— se refieren a su esporádica participación en investigaciones encubiertas iniciadas por el Departamento de Policía de Los Ángeles.»

¡Ring! ¡Échale la culpa a Rino Rick! ¡Cárgaselo todo al DPLA!

Ellington se extendía en aquel rumor. Donna tenía secretos titilantes. Había expresado una reivindicación clandestina en su propio corazón y mantenía a distancia a los anhelantes. Pulsaba posibilidad. Había disminuido y encogido sus expectativas románticas. Vivía como un relámpago. Visitaba webs velozmente y bailaba de una a otra deseando más. Temía que su espíritu provocara un cataclismo. Apreciaba lo prosaico como contrapunto calamitoso.

Ellington la clavaba respecto a Donna. La clavaba respecto a la distancia que nos separaba. La clavaba respecto a mí.

Avancé por el manuscrito. Manoseé las páginas que ahondaban en Donna. Los pit bulls se echaron a dormir a mi lado. Me adormilé.

Unos árabes me acosaban. Tipos con mierda por cerebro. Unos chiíes se choteaban con fetuas a lo Salman Rushdie. Donny DeFreeze daba por culo a un camello. Saddam Hussein regalaba a Harvey Glatman un harén y cuerdas de ahorcar. Células durmientes de poca monta. Rino devora mollejas en pitas palestinas y sorbe sopa de albóndigas Mahoma. El psicólogo amariconado dice: «Rick, estás enfermo.»

Los demonios descienden sobre Donna. Algún capullo de ayatolá proclama un decreto para condenarla a muerte. Unos murciélagos de colmillos largos se abaten sobre ella. Unas serpientes sinuosas le suben por las piernas.

Me moví. Me puse en pie. La pila de perros se desmontó. Vi *Sus rincones solitarios*. Me golpeó con fuerza. Ese texto dice por qué nunca me amará eternamente.

Perdí los estribos. Tiré cajas de comida canina contra la pared oeste. Pateé platos preparados para perro. Pisé paquetes de papeo. Bombardeé la pared trasera con bolsas de Bocaditos Barko, comida canina genuinamente americana.

A los pit bulls les encantó. Saltaron, aullaron y se me montaron a la espalda. Me lamieron y me expresaron su amor.

La andanada me puso las pilas. Me sacudí la caspa canina y fui al centro de la ciudad.

Llegué a Parker Center. Di las huellas del Lambo a un técnico del laboratorio. Me prometió resultados rápidos. Hablé con Tim y con Dave. Discutimos gráficamente nuestras visitas a los clubes de caballeros.

Les conté el cuento de Tanya. Tim y Dave asintieron. En sus visitas habían recogido la misma información.

Joder: árabes con «simpatía por la causa» / alusiones a la muerte / depresión profunda. ¿Qué decís, chicos? ¿Es ésta la célula durmiente?

Y... ¿de dónde sacaron el *dinero*?

Dave nos dio una pista caliente. Danielle, de La Morada de la Madrugada, ayer no fue a trabajar. Un camarero negro ha dicho que tiene información de primera clase sobre árabes. Rino, encárgate tú de eso. La chica empieza el turno a las seis de la tarde.

Sonó el teléfono. Tim lo cogió. Ping... Informes de Pacific Bell.

Comprobaron las llamadas de los teléfonos públicos. Apareció una incongruencia instantánea. Cuatro días, cuarenta y nueve llamadas al 432 Este de la calle Cuarenta y nueve / Hassan Sufir, el suscriptor sufí.

Otra vez en el barrio negro. Kinshasa. El África de L. A.

Tomamos el Canal del Carbón. Pasamos cerca del piso donde se produjo el tiroteo del Ejército Simbiótico de Liberación. Las meditaciones de Donny DeFreeze me machacaban. Aquel menda me provocaba desconfianza.

Llegamos a la casa. Estaba estucada de color melocotón brillante y se apoyaba en pilares de ladrillo a punto de ceder. Llamamos al timbre. No respondió nadie. Le dimos con el hombro a la puerta y entramos.

Quédate con esto; el antro está abandonado.

Nada de valiosas alfombras de plegaria. Nada de muebles de pelo de camello. Nada de cacerolas de cuscús o kebabs en la cocina. Nada de colchones, nada de minaretes, nada de atavíos de minimezquita.

Revolvimos el piso. Nos subimos a los armarios. Registramos habitación por habitación. Exploramos todos los rincones y rendijas. Encontramos lo siguiente:

Restos de comida para llevar. Alimentos rancios metidos en envases de plástico. Pita putrefacta, pizza mordisqueada, albóndigas en adobo comidas por las cucarachas.

Folletos de agencias de acompañantes femeninas. Fotos brillantes. Putas pintorescas con látigos, todas blancas. Rubias teñidas en saltos de cama rosados. Caucasoides bien parecidas dispuestas a follar con hordas de bribones de piel oscura.

Una hebra de cuerda enrollada, destacando en un tablón del suelo. Manchada de sangre.

Aterrorizante. Un hallazgo horrible. Piel chamuscada que se desprende al tacto.

Pusimos patas arriba de nuevo las habitaciones. No encontramos nada más. Dave llamó a los federales. Dijo que estábamos en un piso franco. Comprended que la alerta es grave.

Salimos. Los pasotas de los porches nos estudiaron. Fuimos casa por casa. Peinamos manzana por manzana. Enseñamos nuestras fotos y obtuvimos la siguiente información:

La casa: un antro de *hajj* y una cueva de camelleros de arriba abajo. Dos árabes como residentes fijos: los tipos de los retratos robot. Unas blancas despampanantes visitaban la casa por la noche, a todas horas. Los árabes: se mudaron ayer. Ya no viven ahí.

Llámalo casualidad.

Dos mozos de mezquita, muertos. Rashad y Cara Calcinada. Los islamistas insidiosos se enteran de lo ocurrido y se largan.

Sonó mi móvil. Respondí a la llamada. El técnico del laboratorio de huellas me informaba sobre Donny DeFreeze. Coincidencias y un largo historial delictivo.

Volvimos a Parker Center. El técnico me puso al día. Índice de información criminal sobre Donny DeFreeze. Nombre auténtico: Jomo Kenyatta Perry.

Nacido en Berkeley, 8/12/72. Padre desconocido. Madre: Nancy Ling Perry, el súcubo resentido del Ejército Simbiótico de Liberación.

Le pusieron el nombre del monstruoso mau-mau Jomo Kenyatta. Un historial infernal antes del secuestro de Patty Hearst. Dos detenciones por extorsión, condado de Alameda.

Queda absuelto de los dos cargos. Eran chantajes a maricones. Hacía de señuelo. Encula a los sarasas mientras sus colegas lo captan con una cámara.

Jode a los maricones. Son payasos que no han salido del armario. La pasma ata cabos. Los sarasas flipan y se niegan a cooperar.

El expediente estaba plagado de rumores: «Se dice que el individuo se ha mudado a la zona de Los Ángeles.» «Se dice que el sujeto alberga unos profundos sentimientos izquierdistas y antiamericanos.» «Se dice que el sujeto se identifica con grupos radicales de los años setenta, sobre todo los de cariz nacionalista negro.»

Despreciable Donny. Negrófilo nauseabundo. Legado de izquierdistas perdedores. Rompeculos. Pro Sambo, anti Tío Sam. Este insignificante y malogrado negro de la jungla, Jomo Kenyatta.

Mis pensamientos saltaron y se embarullaron. Donny. Donna. Lou Pellegrino, el chantajista de Hollywood.

La Morada de la Madrugada: un tugurio mohoso en el húmedo valle de San Gabriel. Un rancho destartalado junto a Rosemead Boulevard.

Caminé hacia allí con ambivalencia. El tema de los terroristas me aturdía y el diabólico Donny DeFreeze me desorientaba. Quería resolver mi caso de asesinato múltiple. Quería librar a Donna del demoníaco Donny y volver contento a su cama.

La Morada definía la palabra antro. Unas divas guarronas danzaban con desespero al ritmo de la música disco en un escenario semicircular. Unos pajilleros viejos se arracimaban en las mesas cercanas al escenario. Dichas mesas se movían e inclinaban. Los viejos se la cascaban debajo del mantel. El pájaro les saltaba de la mano.

Enseñé la placa a un portero. Me llevó al vestuario. Allí estaba Danielle en un diván divino. Lucía un biquini blanco. Leía los chismes de la revista *National Tattler*. Era toda silicona y tatuajes titilantes.

—Soy del DPLA —dije.

—Sea lo que sea, yo no he sido —dijo.

El portero se marchó. Me senté a horcajadas en una silla y la miré. Tenía la cara cubierta de espinillas, el cuerpo con llagas de herpes y quemaduras de cigarrillos como si fuera una alfombra vieja. Tenía veintidós años, directa a la muerte.

Se reventó un grano de la rodilla. El pus salió putrescente. Vi marcas de agujas en sus brazos.

—He dicho que sea lo que sea, yo no he sido. Las últimas tres veces que me han hecho análisis he salido limpia. Puedes preguntarle a mi agente de la libertad condicional.

—No, no guarda relación contigo —dije sacudiendo la cabeza.

—Entonces, ¿con quién guarda relación?

—Un camarero que trabaja aquí me ha dicho que has tenido tratos recientes con unos árabes. —Saqué las fotos.

Danielle dejó la revista. Miró las imágenes. Puso los ojos en blanco y se frotó las quemaduras.

—Esos dos tipos venían por aquí y se gastaban una pasta gansa. Se dejaban una fortuna. Yo les hice el *lapdance* como unas quince veces, pero no jodí con ellos porque no me gustaba su vibración.

Le mostré la foto de Cara Calcinada. Danielle negó con la cabeza. Le mostré los retratos robot. Danielle asintió con la cabeza y dijo que sí.

—¿Son éstos los tipos?

—Como si yo fuera a follar con árabes después de la que se armó el once de septiembre. —Alzó el dedo corazón.

—¿Hablaste con ellos?

—Sí, sobre esas «películas para adultos» que estaban haciendo. Les dije que no actuaba en pelis porno porque mi papá podía verme. Alquila películas de ésas y mierda sexual en Internet. Es una especie de pervertido, pero es mi padre y le quiero.

—¿Y de qué más hablaste con ellos? —pregunté.

—De nada más. Querían que jodiera con ellos y dije que no. Querían que actuara en esas pelis porno, me vibraron mal y dije que no. Capto las vibraciones y las auras, y esos tipos me dieron muy mal rollo. Todo esto ocurrió la semana pasada, y desde entonces no han vuelto por aquí.

—Danielle, sales dentro de dos minutos —zumbó un intercomunicador.

Me puse en pie. Danielle se puso en pie. Serpenteó y salió de su biquini. La silicona silbó y rebotó en el pellejo.

Volvimos a la sala. Más pajilleros que se la meneaban, más mesas que se movían. La puerta se abrió. Entró un hombre. Era moreno, estaba sudoroso y tenía una napia beduinesca.

—Joder, pero si es... —dijo Danielle.

Él. El monstruo de la mezquita, el camellero asesino, el menda del retrato robot.

Me vio. Sacó una pistola. Nos separaban tres metros. Brillaron dos Glock.

Disparó. El humo me cegó. Volaron partículas de pólvora. Los disparos se cargaron cristales de los candelabros. Danielle se agachó. Los pajilleros aullaron horrorizados.

Saqué la pipa. Disparé deprisa y las balas barrieron un amplio radio. Estrié una columna y alcancé un altavoz. Un amplificador estalló. La música murió.

Disparé. Disparó. La luz de la deflagración nos cegó.

Las balas astillaron el piso del escenario y se desviaron en la oscuridad.

Las balas rebotadas golpearon la barra y rompieron botellas. Las bailarinas de *lapdance* se soltaron de sus clientes y se tiraron al suelo. Las nudistas salieron por piernas.

Disparé. Disparó. Disparos deslumbrantes, ruido rotundo, metralla de candelabro. Chasquidos del percutor, cargador vacío. Su percutor chasquea.

Corrí hacia él. Me froté los ojos. Tumbé mesas y agarré a mujeres desnudas en la oscuridad.

Recobré la vista. El árabe había escapado. Apareció la pasma.

Vocearon. Gritaron: «¿Otra vez tú?» Era jurisdicción del Sheriff. Entraron doce agentes: una pueril patrulla de párvulos.

Se entrometieron e interrogaron a las bailarinas, tomándoles declaración. Los del laboratorio del Sheriff recogieron casquillos del suelo.

Me largué. Volví al barrio negro. La noche caía sobre la calle Cuarenta y nueve. Los pirados de los porches estaban dentro de las casas.

Me acerqué a la casa del sufí Sufir. Forcé la cerradura y entré. Volví a registrar las habitaciones *rápidamente*.

Revolví lo que ya habíamos revuelto y no encontré nada nuevo. Exploré las paredes y el friso de madera en busca de falsos paneles. Di golpecitos. Agucé el oído por si sonaba a hueco. Fui de habitación en habitación. Golpeé madera maciza. Golpeé madera sólida. ¡Vaya! ¿Qué es esto?

El salón. Golpes a conciencia / sonido hueco / un panel que vibra.

Sondeé y alcé un trozo de madera suelta. La astilla me hizo un corte en los dedos. Tiré y arranqué con fuerza. El panel se soltó.

Dentro: un hueco como escondite. Un botín oculto.

Más cuerda. Manchada de sangre otra vez. Más piel cha-
muscada que se desprendía al tacto.

Fotos de polaroid. Mierda fetichista. Mujeres atadas y amordazadas. Desnudas y nerviosas. Asustadas y con la piel abrasada envuelta en burdas cuerdas.

Marcas de cirugía estética. Aumentos de senos pasmosos. Espinillas. Marcas de aguja, quemaduras de cigarrillo, chicas como las Lolas del Lapdance.

Corrí a un teléfono público. Marqué el número de casa de Dave. Ya sabía lo ocurrido en La Morada de la Madrugada. Le conté lo que Danielle me había explicado de las películas porno. Dijo que el comité de investigación de uso de armas había programado una segunda sesión para estudiar mi caso.

Disparas demasiado. El doctor Kurland ha dicho que no estás pirado, pero tu última actuación lo contradice.

Dave divagó. El FBI le había dicho que no tenía fichado a ningún Hassan Sufir. No tenía órdenes de búsqueda y captura ni se le conocían vínculos con grupos terroristas. Un equipo del laboratorio forense de los federales iría a la casa al día siguiente. Le dije que había vuelto a registrarla y que había encontrado más cuerda ensangrentada. Había encontrado fotos fetichistas. Tenía que estar relacionado con los clubes de caballeros.

Dave repuso que llamaría a los clubes y trataría de descartar pistas. Insistiría en las películas porno, en las fotos fetichistas y en las prácticas misóginas.

Deja las fotos en mi despacho. Peinaremos todos los clubes y las enseñaremos.

Colgué y fui a Parker Center. Me sentía deseoso de Donna, deprimido por Donna, dinamizado por Donna. Puse la radio. Encontré una emisora de noticias. Un agente del Sheriff hablaba del «desastre en La Morada de la Madrugada».

«Yo estaba hablando con un tipo del DPLA —decía Danielle al micrófono—. Hablamos de unos árabes y de repente, ¡uno de ellos entra por la puerta! Me gustaría saludar a mi papá y tranquilizarlo. Nunca he jodido con un árabe porque me acuerdo del once de septiembre. ¿Te parece bien, papá?»

Apagué la radio. Una idea me acosó. Me machacó, me martilleó y maduró.

Las fotos de las atadas y amordazadas: muy familiar, joder. Que la memoria de Rino se ponga las pilas.

La memoria se movió de lado. Derivó hacia Dave Slatkin. Dave, cronista de crímenes, sabio pseudovidente.

Su colección de fotos. Sensaciones de crímenes sexuales. Basura de psicópatas de expedientes viejos de los cincuenta.

Lo supe pero no pude expresarlo.

Llegué a Parker Center. Me pasé por el despacho de Dave. Abrí los cajones del escritorio y lo encontré:

Fotos escamoteadas de archivos viejos. Mujeres atadas y amordazadas. 1/8/57, 8/3/58, 20/7/58. Judy Ann Dull, Shirley Ann Bridgeford, Ruth Rita Mercado.

Poses idénticas. Los cincuenta confluyen con el milenio. Las tres víctimas de Harvey Glatman.

El cerebro me zumbó. Fotos. Pelis porno. Micrófonos en el Pontiac púrpura de Cara Calcinada. El piso de Habib Rashad: cámaras de vigilancia, manchadas de masilla. Un montón de masilla junto a la casa de Donny DeFreeze.

Donny DeFreeze, chantajista, extorsiona maricones en San Francisco. Donny jode con esa mama-san en Malibú. Donny, alias Jomo Kenyatta.

Es un izquierdista. Venera vanidosamente a los árabes. Alquiló el Lambo rojo rubí en Jalid Kustom Cars. Escribió un guión sobre Harvey Glatman.

Donna, ¿dónde se habrá...?

Llamé a su casa. Contestador automático. Llamé al móvil. Contestador automático. Salí enloquecido y cagando leches hacia Malibú.

Casa de Sueños. Llámala la Casa del Infierno o la Chabola del Chantaje.

Aparqué en la autopista del Pacífico. Vi el Lambo rojo rubí. Vi el Beemer buenísimo de Lou Pellegrino. Vi un Rolls Corniche en la cochera.

El donnamóvil Mercedes no estaba. Sonidos de las olas y aire salobre.

Rodeé la casa. Caminé hacia la izquierda y me dirigí a la parte trasera. Subí a la terraza. Ahí está el dormitorio. Espié por la ventana.

Ahí está Jomo-Donny. Ahí está el espejo falso que utiliza para los chantajes. Ahí está una matriarca del mundo del cine a la que conocí en Ma Maison. Yo formaba parte de la escolta de Bill Clinton, subordinado al Servicio Secreto. Allí estaba Lorna Lowenstein, liberal de limusina.

Donna me había contado basura de ella. Organizaba fiestas políticas y se pirraba por los penes en la senilidad de sus setenta y tantos años. Su marido descubría talentos adolescentes en una agencia. El matrimonio era una tapadera. Él se movía con yogurcitos por los bares de chicos del Strip.

Vi a Jomo-Donny sacudir aquellos huesos de geriátrico. Vi la boca de la vieja devorando el músculo del amor de Jomo-Donny y los vi ponerse de lado y hacer un sesenta y nueve.

Resultaba licenciosamente izquierdista y corrosivamente comunista. Lorna enloquecía. Jomo ardía de aversión y comía coño con odio homoizado.

Fui andando despacio hacia la puerta trasera. Forcé el candado y entré.

Recorrí un pasillo. Vayamos a buscar el cubículo de las cámaras. Desenmascaremos a Lou Pellegrino.

Mi espalda. Algo punzante, como un cuchillo. Un estremecimiento y ese silencio de aguja nuclear.

Es África o Arabia. Me transportan las aerolíneas Trans-Zulú. La bodega es cacofónica, carnívora y canibalista. Yo soy este rino reposado entre camellos de cuatro jorobas y pigmeos de cuatro patas.

Volvemos a Bocaditos Barko, comida canina. Un espectáculo de magia mau mau se materializa y nos hace maullar mansamente. Stephanie Gorman es negra y se decolora. Donny DeFreeze se hace una transfusión de color y se convierte en un auténtico Jomo.

Unas turbulencias y tomamos tierra. Mis muertos en acto de servicio desembarcan en un canto fúnebre. Ahí están los hermanos García. Ahí está Huey Muhammad 6X. Ahí están Webster Washington y Shondell Dineen.

Me tiran del cuerno de rino y me torturan. Yo me suelto y me largo a L. A. Viajo cientos de kilómetros. Un paisaje sinuoso me libera.

Es una distopía idiota. Las dunas de arena confluyen en el monte Kilimanjaro. Unos negros que blanden lanzas derraman cacerolas de comida de una iglesia cristiana. Yo pazco agradecidamente. El sacrilegio me satisface. Cultivo la comunión. Devoro hostias blancas con voracidad. Los negros derraman otra ración. Refunfuño, rezongo y me doy un atracón.

Suspiro y psicodelizo. Veo a Russ Kuster y a Osama Bin Laden. Donna echa pimienta a una pita palestina. El monte Kilimanjaro se metamorfosea en el barrio negro de L. A.

Ahí están Cara Calcinada y Habib Rashad. Hay confusión de culturas cruzadas. Osama inaugura el Mercado del Muecín para negros de mierda y hace grandes descuentos el día de la paga de la Seguridad Social. Vende cerveza de malta y cigarrillos Kool. Las ofertas alternativas de Osama: caballo, crack, cocaína, alitas de pollo selectas. *Reggie* el ridgeback desgarra chuletas y vomita berzas. Danielle danza en La Morada de la Madrugada y alaba a su papá.

Me sacudí. Mis rodillas golpearon un volante y un salpicadero. Abrí los ojos. Mi periferia pulsó. Estaba en el asiento de mi coche. Parpadeé y bizqueé. Miré por el parabrisas. Vi la playa al amanecer.

Los hijos de puta me habían drogado. Me habían vuelto loooco.

4

La cabeza me dolía. Los huesos me ardían. Me sentía desmadejado y frito a base de psicodelia. Mi mal humor se magnificó.

Todavía no podía detener a Jomo-Donny. Había entrado en su piso de la playa forzando la cerradura. Esto me dejaba a merced de cuestionamientos legales. Debía decirle a Donna la verdad pura y dura sobre su procaz plumilla. Tenía que exprimir la conexión negra Jomo / árabe.

El amanecer se desperezó y se convirtió en día. Llegué a Holmby Hills y dejé el coche en la calzada de Donna. Su Mercedes no estaba. Probablemente había salido a tomarse su moca matutino.

Esperé en el patio trasero. Subí al porche y me senté. *Reggie* se acercó. Le rasqué el lomo y rumié, romántico. ¡Rino Rick y Donna, delirante!

Los posos de los barbitúricos se arrastraban por mi organismo y me provocaron una vena poética. Recité fragmentos de *Sus rincones solitarios*. Mandemos una selección de amor encendido y encumbrado a través del teléfono móvil.

Pulsé el número de Donna. La voz de su buzón sonó meliflua. Pronuncié unas cuantas citas.

«Ejerces una implacable atracción en los hombres a medida que maduras y tu presencia sugiere cada vez más una sensualidad arraigada en la sabiduría.»

«Eres mi oportunista del amor. Tienes una profunda aversión a diluir tu individualismo mediante la sumisión a un hombre.»

El teléfono se jodió. Se quedó sin cobertura. *Reggie* se recostó a mis pies.

Hablé con él. Intenté imitar la elocuencia de Ellington y dije:

—Temo que lo nuestro nunca volverá a ocurrir. Ella sólo se me entrega de uvas a peras. Puede que las cosas se animen como lo hicieron en ese par de ocasiones, pero dos veces en veintiún años nunca me resultará reconfortante.

Reggie me husmeó las rodillas. Yo seguí con mi lamento.

—Esto me mata. Siempre tengo que depender de acontecimientos externos que nos unan. Si pudiera dar con una fórmula, con una frase o cualquier tipo de estrategia que nos mantuviera unidos en la vida cotidiana, sería el tipo más rico y agradecido de la tierra, joder.

Una brisa me acercó aromas. Ahí está el jabón de sándalo. Ahí está la leche corporal de almendras para después del baño. Ahí está el moca desvaneciendo el aliento matutino.

Me volví. Vi a Donna.

—De acuerdo, cariño —dijo—. Al menos durante un ratito.

Lo hicimos de nuevo. Nos lanzamos a *Rick-Donna 3*.

Tratamos de domar el tiempo. Nos tumbamos y duró mucho. Hasta entonces el tiempo nos había engañado y vencido. Cada caricia le dijo al tiempo que se mantuviera alejado y que nos dejase fundir aquellos momentos.

Donna me trajo un cuerpo nuevo. En los seis meses transcurridos desde nuestro último *entonces*, se había suavizado. Este *entonces* se convirtió en nuestro nuevo *ahora*. Besamos, acariciamos, saboreamos. Sus caderas se encendieron y se aplanaron y se montaron en sus costillas. Yo abarqué toda la extensión en mis manos.

Donna degustó. Yo degusté. Jabón de sándalo, bálsamo para después del baño, mi sudor de toda la noche. Me revolví. Sus paladeos hacían que me sintiese nuevo. Preciosos y privados —mi esposa briosa por tercera vez— me excitaron y me hicieron sentir nuevo tanto *entonces* como *ahora*.

Engañamos al tiempo. Rastreamos nuestros besos y caricias y llevamos nuestros paladeos a lugares nuevos y esperamos y enloquecimos con lo nuevo. Caímos en la fusión en una suave sincronía. Sus ojos pardos vertiginosos como un huracán me llevaron hasta allí.

Dormir. Cristales corredizos. Mirillas en la pared, dirigidas a *nosotros*.

Desperté. Noté pelos. *Reggie* el ridgeback rodó en la cama y me golpeó el pecho con el morro.

Donna se sentó a mi lado. Llevaba una bata de raso color salmón. Miré alrededor. Encontré el teléfono. La cabeza de *Reggie* pesaba. Donna me tomaba de las manos.

—Cuéntame. Sucede algo malo, o tú no habrías venido hasta aquí a las siete de la mañana con pinta de haber dormido en el coche.

—Se trata de DeFreeze. —Bostecé.

—Seguro que ocurre algo; se te ha puesto cara que querer hablar por teléfono con Dave Slatkin. Y ya no volveremos a estar juntos hasta que haya unos cuantos muertos de por medio.

Bostecé. *Reggie* bostezó.

—Cuéntame —dijo Donna.

Se lo conté *sotto voce*, sencillamente, estoico, impertérrito y muy despaaacio.

—DeFreeze es un extorsionista. En San Francisco chantajeaba a maricones y aquí extorsiona a viejas ricas. Es muy probable que esté implicado en mi caso de los árabes.

Donna se revolvió y me retorció las manos.

—Joder —dijo con ojos de endrina y despacio.

—¿Me crees?

—Pues claro. Empezaba a pensar que el guión que me había presentado para la obra de Sexton estaba plagiado, y tú acabas de confirmármelo.

—Lo siento.

—Pues yo, no. ¡Dios, pero si hasta iba a llevarlo la semana que viene a la entrega de los premios de la Academia...!

Bostecé. *Reggie* bostezó. Le rasqué el lomo.

—Joder —dijo Donna.

Cogí el teléfono. Donna salió de la habitación. Marqué el número de Dave.

—Casos sin Resolver, habla el detective Slatkin.

—Soy yo.

—¡Coño! ¿Dónde te habías...?

—No hagas preguntas. ¿Has...?

—Peinado los clubes de caballeros, sí, enseñando esas fotos fetichistas. No ha desaparecido ninguna bailarina, pero he encontrado gente que ha identificado a tus tipos del retrato robot y más confirmaciones de que querían contratar a las chicas para que aparecieran en películas de las llamadas «para adultos».

Insidioso. La mierda da vueltas y siempre aflora a la superficie.

—Rick, ¿estás ahí?

—Sí, Dave. ¿Conoces a Lou Pellegrino?

—Seguro, es ese cabrón de detective privado.

Bostecé. Joder. Eso significaba barbitúricos.

—Me ha drogado. Haz que Tim ponga vigilancia permanente en su oficina.

—De acuerdo, pero ¿quieres expli...?

—Sí, te lo explicaré cuando nos veamos.

Dave suspiró. Dave leyó la señal. Rino en plena faena. Colgué. Rodé para quitarme de encima a *Reggie*. Entré en el estudio.

Donna miraba la tele. Daban el noticiario. En la pantalla, el valle de San Gabriel envuelto en la bruma tóxica. Reconocí el perfil de una loma. Un equipo del laboratorio recogía pruebas. Un agente del Sheriff decía:

«... Los cuerpos están algo descompuestos y hemos identificado provisionalmente a las tres mujeres como unas prostitutas que trabajaban en agencias de acompañantes femeninas. Los exámenes posteriores de los cadáveres han revelado que...»

Las palabras del pasma se convirtieron en jerga técnica. Un sudor frío me empapó. Las fotos fetichistas. El piso franco. El Fan del Falafel. Los folletos de acompañantes femeninas.

Donna me miró telepática. Sus duros ojos pardos se arremolinaron.

—Somos nosotros, ¿no?

—Sí.

—¿Estamos en *Un mundo feliz 3*?

—Sí.

—Pues intentemos no matar a nadie, por favor.

Las nubes de contaminación cubrían las colinas. Atajamos por Monrovia en dirección a la escena del crimen.

Al llegar al cordón enseñé la placa. Nos acercamos a la furgoneta de la morgue. Asomé la cabeza y vi los cadáveres del interior.

Tres mujeres. Las que aparecían atadas y amordazadas en las fotos. Desnudas. Abrasiones en el cuello. Auténticas abrasiones causadas por las cuerdas.

Fue una visión violenta de glatmanismo. Era depravación de DeFreeze. Me abatió el alma.

Donna miró. Donna evocó su viejo catolicismo y se persignó.

El piso franco. La cuerda manchada de sangre. *Piel chamuscada que se desprende al tacto.*

Estudié los cuerpos. Vi quemaduras solares ligeras.

Seguro que eran las luces de las cámaras. Probablemente, exceso de iluminación. Jodidos directores de cine. Atroces árabes amateurs. Los islamistas de los retratos robot. Los clubes para caballeros. «Ven a hacer una película con nosotros, nena.»

Me asaltó una idea. Películas *snuff*. Algún vínculo terrorista. Connivencia de camelleros. Palestinos parranderos contra yihadistas verdaderos.

Donna derramó unas lágrimas. Miré los cadáveres y me acordé de Stephanie. Los agentes iban de un lado a otro. Los detectives cavaban la tierra junto al lugar donde habían encontrado abandonados los cuerpos. Un forense abordó a un pasma importante. Miró a Donna de soslayo. La reconoció al instante. Sus ojos decían: «¿Cómo dice?»

Unas voces vívidas se superpusieron. La palabrería policial no paraba: «Hora de la muerte», «temperatura rectal», «vista con vida por última vez», «cadáver abandonado después del anochecer».

Dos detectives nos vieron y se acercaron. Yo no quería contarles lo que sabía. Tomé a Donna y me la llevé.

—¿Cuánto de esto es obra de DeFreeze? —preguntó.

—No lo sé.

—Vayamos por él.

—Todavía no —dije.

Donna tuvo que escuchar todo el horror. Le conté la mierda de Donny e insinué sus vínculos con el terrorismo. Donna me contó su mierda. Había tomado al cabrón por un sarasa. Poco a poco descubrió que al tipo no le interesaba en absoluto la sexy Sexton. Le pidió que le mostrara algunas páginas del guión. Él se escaqueó hábilmente. Ella descubrió algo grave. Tal vez estuviera trabajándosela para algo. Es feo, es usurero. Hay motivos ocultos en lo que hace.

Me desplacé hacia el oeste. Llamé a Dave Slatkin por

el móvil y le hice un rápido resumen del caso. Dave dijo que se pondría en contacto con el Servicio de Inteligencia para que siguieran a JomoDonny. Le sugerí que estaría bien grabarlo. Poner micros en su casa y pincharle el teléfono. Dave repuso que se lo diría a Daisy Delgado, ayudante del fiscal de distrito.

Colgué. Donna dijo que Lou Pellegrino era el peón indispensable. Yo dije que sí, que era el no va más en extorsiones. Llamé a Tim. Me había dejado un mensaje en el buzón de voz.

«Estoy en el garaje del edificio de Pellegrino. Es el 9166 de Sunset.»

Navegamos hacia el norte. Salimos a Sunset. Fuimos hasta el edificio y nos metimos en el garaje subterráneo.

Ahí están las plazas de aparcamiento y unos grandes contenedores de basura. Ahí está Tim junto a un teléfono público.

Vio nuestro coche y se acercó. Vio a Donna y le hizo una cortés reverencia.

—Dios, ¿habéis vuelto a liaros? —preguntó, apoyándose en la ventanilla de ella.

—Durante un tiempo, como mínimo. —Donna rió.

—Vamos a casarnos —dije.

—Vete a tomar por culo —dijo Donna.

Tim rió.

—Pellegrino ha bajado y ha tirado papel desmenuzado en los contenedores. Hasta ahora ha hecho tres viajes.

—Es un pervertido. Se corrió encima de una amiga mía. Mi amiga dijo que la tiene como un cacahuete.

Rato de risas. Tim y yo aullamos con fuerza. Oí pasos. Miré alrededor. Ahí está el patán de Pellegrino, junto a los contenedores.

Me puse loquíiisimo. Me apeé del coche y corrí hacia él. Metía papel en un contenedor. Me vio. Se sorprendió unos instantes y salió por piernas.

El recinto del ascensor. Cada vez está más cerca.

Corrí. Tim corrió. Donna voló con sus zapatos planos. Lou se acoquinó y perdió terreno. Yo salté sobre él, lo agarré por la parte trasera del cinturón y lo derribé.

Cayó sobre el asfalto. Rascó el suelo y se rindió sumiso. Genuflexiones, gesticulaciones, «por favor, no me pegues».

No le pegué. Le aticé con la puntera del zapato. Fuerte. Le casqué las costillas. Le pateé las piernas. Le estrujé la espalda. Se revolvió y sollozó y me soltó más súplicas de por favor no me pegues.

Tim se acercó y me apartó de él. Donna le lanzó unas prodigiosas patadas a las pelotas. Fue fenomenalmente feminista. Odiaba a los exhibicionistas y a los Mickey Mouse misóginos.

Lou P. temblaba como una hoja. Lo llevé a rastras a un rincón, entre un Mercedes marrón y una pared blanca. Era un espacio íntimo y contenido. Dejemos de lado la ley.

Lou levantó la mirada y se meó en los pantalones. Entre los dos le separamos las piernas y los brazos. Donna le pateó los cojones. El tipo hipó, sollozó y gimió.

—Te corriste encima de una amiga mía —dijo Donna—. Esto ha sido de su parte.

—Donny DeFreeze —dije—. Larga sobre ese hijo de puta antes de que me vuelva loco de verdad.

Lou levantó la mirada. Vio vigilantes viciosos y la ley convertida en papel mojado. Nada de lectura de derechos ni de entrega rápida a la autoridad judicial. Nada de aplicación de atenuantes. Nada de justicia de pacotilla tipo O. J. ni de mariconadas de derechos civiles.

Nos miró. Controló sus temblores. Se frotó las bolas doloridas.

—Donny es un psicópata —dijo—. Yo lo puse en contacto con esas viejas. Estaban muy bien relacionadas en la industria del cine, ya sabes, esposas de gente de pasta. El plan era hacer fotos para chantajes. Yo tomaba las fotos mientras Donny follaba con ellas y luego, si no pagaban, las amenazábamos con enseñarlas a los maridos.

—Sigue —dijo Tim—. ¿Por qué crees que este payaso es un psicópata?

Lou se frotó las costillas y se restregó los huevos. Gimoteó y cantó como un canario.

—Por todas esas locuras que se traía entre manos. Decía que necesitaba dinero para la «guerra santa». Lo vi hablando con esos árabes en su piso y me dio miedo. No sé, me olí que habría problemas. Entonces tú te metiste en la casa mientras yo filmaba a Donny dale que te pego con la dama y te drogué. Imaginé que eras un detective privado y entonces vi tu placa. Le dije a Donny que sería mejor eliminarte.

—Estaba escribiendo un guión para mí —intervino Donna—. ¿Nunca mencionó mi nombre?

—Insinuó cosas. —Lou la miró de soslayo—. Decía que tenía un plan para ti, pero nunca dio detalles.

—Suelta nombres —exigió Tim—. Las mujeres, de quiénes cobrasteis y cuánto.

—Una es esa puta de Jane Pearlstein. —Lou se lamió los labios repulsivamente—. Su marido es un mandamás de la Paramount y le sacamos cuarenta mil. El segundo objetivo fue Sharon Michaelman. Su marido es un famoso abogado de la industria y nos soltó sesenta mil en total. La última fue Lorna Lowenstein. A ésa todavía no le hemos tendido el cebo. Ha sido una buena jodienda. A mí me gustan los chochos viejos. Me corro con las arrugas. Incluso puede que le deje que no me pague, a cambio. Joder, pensé que esto podía ocurrir. Sabía que estaba jugándome la pasta con Donny.

Me agaché. Lo miré con ojos vidriosos. Me metí en mi personaje de pasma psicópata. Lo diré sin ambages: no me costó demasiado esfuerzo.

—Hablarás con DeFreeze. No le dirás nada de nuestro encuentro. Tenemos todos los teléfonos pinchados, así que sabremos lo que le dices. Si me menciona, le dices que estoy en una situación apurada. En el DPLA consideran que estoy majara y perderé a Donna si voy tras él.

Lou asintió aturdido. Lou gimió como un chivato. Donna le pateó las pelotas.

—En nombre de todas las mujeres oprimidas, jódete.

Lorna Lowenstein nos hizo pasar. El piso era un palacio. Su marido había salido. La criada tenía el día libre. Aquello nos iba de maravilla.

Donna la conocía. Se movían en el mismo círculo social. Fuimos sin Tim. Aquello sirvió para simplificar. La mujer se olió algo. Sus ojos delataban que pensaba que algo iba mal. Donna se había dejado caer por la casa sin que la invitaran. Yo iba sucio y sin afeitar, y era policía.

Nos sentamos. El salón era enorme. Joder con Beverly Hills y las haciendas de los jodidos judíos ricos.

La Lowenstein nos miró. Recordé el chantaje en la *Casa de Sueños*. La lasciva Lorna lamiendo esa herramienta del amor. La libidinosa Lorna lanza la lengua. Sisea como una serpiente y sorbe.

—Es acerca de Donny DeFreeze —dijo Donna.

—¿Sí? —susurró Lorna bajando la mirada.

—Es un extorsionista, señora Lowenstein —dije—. Su socio filmó películas de usted con él. Tenían la intención de amenazarla con contárselo a su marido.

Lacrimosa Lorna. Sus lagrimales se llenaron de líquido y rebosaron.

—Habría pagado —dijo.

—Pues ahora ya no tendrá que hacerlo.

—Es el sospechoso principal de otros delitos. Estoy seguro de que podremos detenerlo por ellos antes de que consiga extorsionarla.

Lorna, perdedora en amor, atraída a una trampa. Ojos acuosos con el rímel corrido por las lágrimas.

—La diferencia de edad —dijo—. Debería haber pensado en ello, pero yo también me divertía tanto...

Donna le tendió un pañuelo. Me lanzó aquella mirada de ahora cállate, ignorante, y le preguntó:

—¿Habló alguna vez de alguien que tuviera un plan para mí?

Lorna se acercó el pañuelo a la cara. Se tapó los ojos. Las lágrimas le llegaban a la barbilla.

—Dijo que un amigo suyo muy poderoso tenía algo importante contigo y que ibas a llevarlo a la gala de los Oscar. Yo estoy en el comité de premios y me hizo muchas preguntas sobre cómo sería el espectáculo.

El móvil vibró en mis pantalones. Lo saqué. Un mensaje de texto encendió diodos del visor y se formó:

«D. S. a R. J.: Ve ahora mismo al Fan del Falafel.»

—Mi marido se divierte con sus chicos —dijo la libidinosa Lorna—. ¿Por qué no puedo divertirme yo con un joven guapo y sexy?

Volamos por la autopista. Tomamos la Diez y sobrevolamos las calles en dirección sur. Código 3. Puse la luz roja y la sirena.

Recorrimos la calle Treinta y cuatro. Giramos en Vermont. Pillamos el pandemonium. Vimos lo siguiente:

Un despliegue de coches patrulla. Una esquina acordonada. Coches de la oficina del forense. Una caravana de coches. El Fan del Falafel tras la cinta amarilla de la escena del crimen. Polis, un contingente contundente. Testigos a su alrededor. Quédate. Los pasmas les hacen preguntas y les muestran fotos.

Detuve el coche. Me apeé. Olí a pincho moruno y a pitas palestinas. Me abrí paso entre la multitud. Rodeé las mesas y llegué al mostrador.

Ahí está el camellero Cal. Tim y yo lo habíamos peinado a la plancha hacía dos días. Lo habíamos chamuscado y sansonizado. Le habíamos cortado el pelo estilo marimacho.

Ahora está muerto. Tendido en el suelo. Está iluminado por Alá o chisporroteando en un cielo cristianizado. Le han destrozado la cara y lo han afeitado con una escopeta. Es un estallido de sangre. Su cabeza es un colador. Miré alrededor. Vi a Dave.

—Tenemos cuatro identificaciones de los testigos. Son los tipos de los retratos robot.

Lo comprendí. Lo comprendí otra vez. Lo comprendí bien. Es una guerra santa infernal. Son laicistas locos por el sexo contra yihadistas radicales. Es una especie de día D de los negros de las dunas. Es un Gettysburg del gueto en el barrio negro de L. A.

Vi a Donna. Estaba sentada en un coche patrulla. Firmaba autógrafos a los policías y a tipos crueles con los colores de los Crips. Me acerqué. Un tipo gordo con una camiseta de «Tupac vive» se golpeaba las piernas y reía a carcajadas.

Donna le firmó en la autorización de salida de la cárcel del condado. Escribió: «Un mundo feliz 3. Con amor, Donna D.»

5

La habitación de las escuchas. Un búnker brutal al lado de Parker Center.

Aparatos de pared a pared. Cacharros altos. Cuadros de conexiones con cables de colores enchufados. Sofás confiscados y cubiertos de pelo de gato. Cuatro pares de auriculares: para Donna, para Dave, para Tim y para mí.

Escuchamos. Oímos llamadas lascivas y llamadas apáticas. Daisy Delgado nos había conseguido la orden. Pinchamos a Jomo-Donny. Grabamos todas sus llamadas.

Inteligencia jodió a la vigilancia de El Fan del Falafel: a Cal el Camellero lo rasuraron a tiros de escopeta pese a dicha vigilancia. Los medios se materializaron y nos machacaron. El Fan del Falafel, Habib Rashad, Cara Calcinada, La Morada de la Madrugada. ¿Era esto un agravante árabe y una chaladura chií? Cadáveres de damas abandonados en San Gabriel: ¿carnicería colateral o coincidencia corrosiva?

El jefe Tierney quitó importancia a nuestro demonio derviche y vaciló disimuladamente. Ja, ja, la guerra santa, en mi ciudad, no. Vínculos terroristas, imposible. Esos cadáveres abandonados: indudablemente no relacionados.

Dave telefoneó a los federales. Se apuntaron a nuestra teoría de la yihad de la jungla negra. Dijeron que interrogarían a camelleros detenidos. Dichos camelleros tal vez cantarían alguna información. Los retendrían para que los interrogase el DPLA.

Nos sentamos los cuatro, uno al lado del otro. Nos llegaron llamadas. Nuestros auriculares ardían. Hice manitas con Donna. El jabón de sándalo y el bálsamo para después del baño me envolvieron.

Llamadas. Las luces del cuadro de conexiones iluminaban números e identificaban llamadas.

Jomo-Donny a Lorna Lowenstein. Murmullos de contestador automático. «Querida, te echo mucho de menos. Espero con unas ganas locas nuestra próxima cita.»

Jomo-Donny a Donna. Carraspeos de contestador automático. «Hola, Donna, soy Donny. Estoy pensando en los Oscar. Para mí es un honor que vayamos juntos. Voy avanzando con el guión de Sexton. Llámame. Adiós.»

Jomo-Donny y Sandra Saperstein, esposa calenturienta de Hollywood. Quédate con este excéntrico resumen:

«No puedo decirte cuánto te echo de menos, Donny.»

«Yo también te hecho de menos, muñeca.»

«Voy a hacerme un *peeling* en el salón de belleza de Georgette Klinger. Dicen que te quita un montón de años de encima.»

«¿Qué son cuarenta y nueve años, cuando dos personas se aman, muñeca? Tienes clase, y eso es lo que cuenta. Para mí no tienes edad.»

Jomo-Donny y Claire Samovitz, otra extorsión en perspectiva.

«Estuvo tan bien anoche, muñeca. Eres la mejor.»

«Oh, Donny. Fue como mi fiesta de graduación en..., en... Bueno, hace unos años.»

«El tiempo es para la burguesía, pequeña. El hermano Cinque lo dijo. Tenemos el *momento* y eso es lo que cuenta.»

«Oh, Donny. Nadie me había comido el chocho tan bien.»

Jomo-Donny a un teléfono público / un capullo con voz de árabe / rebeldía radical:

«El objetivo, Hassan. Si ahora nos concentramos en el objetivo, todo saldrá bien.»

«Lo comprendo, Jomo. Hemos de suponer que la policía sabe que nos cargamos a ese infiel en El Fan del Falafel. Tenemos que escondernos hasta que llegue el momento. El objetivo lo es todo.»

Jomo-Donny a un teléfono público / otro capullo árabe / pecados psicópatas sin atractivo:

«No puedo ir a los clubes, Jomo. Las cosas están demasiado calientes. Me he vuelto adicto al *lapdance*, hermano. Sé que mi final y mi recompensa última están cerca, pero anhelo la generosidad de la carne hasta el momento en que salude a Alá y a sus vírgenes. Necesito chochos blancos y cócteles fríos que me den sustento.»

«Pronto te encontrarás con Alá, hermano. Debes controlar tus deseos y pensar en el objetivo. En el paraíso hay chocho eterno para ti.»

Jomo-Donny a Lou Pellegrino / comentarios repugnantes sobre mí:

«Deberíamos cargarnos a ese cabrón de Jenson.»

«No hay que cargarse a un pasma, Donny. No hay que hacerlo.»

«Es un cabrón. Me ha humillado delante de Donna.»

«Es un pirado. En el DPLA dicen que está zumbado y tiene que someterse a dos exámenes del comité de investigación de uso de armas de fuego. Tiene esos dos casos pendientes y no puede actuar contra ti porque está loco por Donna Donahue y si intenta joderte se le joderá la historia que tiene con ella.»

Jomo-Donny hizo más llamadas. Jomo-Donny llamó para pedir una pizza. Jomo-Donny llamó a Jalid Kustom Cars y al servicio de Lamborghini de Larry. Jomo-Donny llamó a dos viejas calentorras de Hollywood. Hablaron de la entrega de los Oscar. Repitieron rumores recientes. Ambas tías rayaban la chochez senil.

Mierda extorsionista. La alusión al «objetivo»: totalmente terrorista. Lou Pellegrino: coaccionado y comprometido. Nuestro títere tarado.

Jomo-Donny: mastín de mezquita malogrado. Es un islamista insidioso. Ahora mismo no tenemos nada en que basar la acusación, pero... Hay que esperar y descubrir más sobre el «objetivo».

Tomé a Donna de la mano. Noté los latidos de su corazón. Se me ocurrió un plan y me quité los auriculares. Tim y Dave se quitaron los suyos.

—Conozco esa expresión —dijo Tim—. Se te ha ocurrido una idea brillante.

—Mandamos a Donna cableada —dije—. Se encuentra con el tipo para cenar y lo incita a hablar del «objetivo». El tipo es un loco de los riesgos, por lo que tal vez hable.

—Por mí, de acuerdo.

Donna hurgó en su bolso y sacó una Phyton con la empuñadura de nácar. El gran cañón relució y relumbró.

—Por mí, de acuerdo —dijo—. Esta noche, en el Pacific Dining Car. Hace tiempo que me apetece un buen bistec.

Tim le dio línea. Nos pusimos los auriculares. Donna marcó el número del desgraciado de Donny.

Tres timbres. Alguien responde.

—Hola —dijo el demoníaco Donny.

—Hola, soy Donna.

—Hola, tú. Iba a llamarte.

—¿Qué te parece si cenamos juntos esta noche? En el Dining Car, invito yo.

—No, invito yo. Quiero contarte algo muy serio sobre Sexton.

—¿A las ocho, entonces? Buen vino, buena conversación.

—Una conversación sobre una película, muñeca. Tengo unas cuantas ideas para un *thriller* erótico en el que estarías de maravilla.

¿Un *thriller*? Una amenaza. La Phyton 357 de Donna. Cuerda. El horror hebreo de Harvey Glatman. Los cadáveres abandonados. Las películas *snuff*. Cuerda manchada de sangre. *Piel chamuscada que se desprendía al tacto*.

Donna colgó. Considéralo misión cumplida. Dave y Tim aplaudieron. Los ojos pardos vertiginosos como un huracán me traspasaron.

—*Un mundo feliz 3* —dijo Donna—. Si sale mal, me lo cargaré.

Los federales interrogaron a los camelleros a los que habían detenido. Dichos camelleros confirmaron el contratiempo: hay una guerra santa dentro de la guerra santa, créeme, *hafiz*.

Donna se marchó a filmar un anuncio de comida para perros. Dave, Tim y yo nos reunimos en las oficinas del FBI. Ocupamos una oficina entera. Un agente gordo llamado Fields nos puso al día. Dijo que había interrogado a ocho islámicos. Todos contaron la misma mierda. Fields había retenido a un hajjita para que hablara con nosotros. Mientras tanto, quédate con esto:

Tenemos árabes zumbados para parar un tren. Hemos detenido a esos negros de las dunas por delitos y faltas menores. Hay un feo movimiento subterráneo ondulando por todo L. A. Esos patanes van en busca de un botín blanqueado, cortesía de Al Qaeda. Son fondos formidables para las células durmientes, las verdaderas y las falsas. Unos cuantos camelleros quieren volar edificios y destruir monumentos. Unos cuantos yihadistas juerguistas quieren hacerse con la pasta y festejar de la mañana a la noche.

Estos últimos se matan por tener líos extravagantes con putas blancas. Recurren a las empresas que proporcionan compañía femenina. Viven en los cubiles de striptease. Frecuentan las librerías porno y compran revistas de chochos. Visitan clubes de rock and roll. Meten Rohypnol en la bebida de las Ritas y las violan. Se colocan con Quaaludes, esnifan cocaína y vibran con Viagra. Su fundamentalismo falaz se ha fundido. ¿Islam? Puaj, ahora somos americanos. Que le den por culo al Corán. Somos promiscuos morenos. Somos simples semitas seculares.

Nos gustó. Cloqueamos en la silla. Fields salió y volvió con un beduino nariguido. El tipo iba esposado. Llevaba un mono blanco. Parecía cauteloso, malvado y malditamente listo. Sabía distinguir el Ramadán de una buena rumba.

—Éste es Gamal Abboud, alias Abe Goldberg —dijo Fields—. Se hace pasar por judío para ligar con titis judías. Se dedica a oler bragas. Antivicio de Hollywood lo pilló haciéndose una paja en el pasillo de una tienda de ropa interior.

—Soy americano —dijo Abboud—. Apoyo a George W. Bush y a John Kerry. Estoy a favor del derecho de las mujeres a planificar su maternidad y de los vales para los comedores escolares. Soy un apóstata. Que se joda el Islam.

—Se te han pegado unos cuantos vicios americanos —terció Tim.

—Soy americano. Respeto la diversidad. Tú tienes tus manías, yo tengo las mías. Somos libres, tú para ser tú y yo para ser yo. Me gustan las blancas y el dry martini. Tu escena es tu escena.

¡Vaya! ¡Es un wahhabí radical convertido en libertino licencioso! ¡La cultura lo ha corrompido! ¡Es un vándalo del vicio! ¡Se ha americanizado!

—Los americanos son unos chivatos extraordinarios —dije—. Buscan estar a buenas con las autoridades y delatan a sus amigos para salvar la propia piel. ¿Sabes de qué te hablo, *sahib*?

Le gustó. Hizo zalemas y saludó. Por su barba corrían bichos.

—Soy americano. Comprendo mi deber cívico como chivato. Somos libres de ser todo lo que podamos ser. Soy libre de ayudar a las autoridades a cambio de asilo político.

Dave sacó los retratos robot. Fields fue por una silla para Abboud. Nos sentamos en círculo. Nuestras rodillas se tocaban. Abboud se hurgó la nariz y sacó un buen moco. Un gran escarabajo correteó por su barba. Miró las fotos bizqueando y dijo:

—Los conozco.

—¿Sus nombres? —pregunté.

—No lo sé.

—¿Quiénes son? —preguntó Dave.

—Terroristas —respondió Abboud—. No tienen domicilio fijo, duermen en el coche. Se dice que pronto habrá un gran ataque, pero no conozco el objetivo. Es una misión suicida. Esos cerdos chiíes se han corrido una gran juerga porque saben que van a morir. Los he visto en clubes de caballeros.

—¿Cómo sabes todo esto? —terció Tim.

Abboud se lamió los labios. Un bicho saltó de su barba y bailó en su lengua. Lo golpeó y se lo comió. Salió mucho jugo.

—Internet. La sala de chat de Lou, la reina del *lapdance*. Todos los árabes expatriados se conectan ahí. Lou es en realidad Ephraim Ben-Gazi, conocido también como Dani Dayan, el violador en citas. Vende Rohypnol y Viagra. Los árabes promiscuos se dejan notas unos a otros y revelan cosas que tendrían que mantener en secreto. Son buenos americanos echados a perder por el alcohol y las drogas.

—«El objetivo» apunta a una gran operación —dije—. ¿De dónde sale el dinero?

—De dos fuentes. El gerente de El Fan del Falafel blanqueaba dinero para Al Qaeda, pero se gastaba gran parte en esos clubes y por eso la facción fundamentalista se lo cargó. Su primo Habib Rashad blanqueaba dinero y lo gastaba, y lo mataron por eso. Se habían convertido en buenos americanos calentorros y...

—La segunda fuente —lo interrumpí—. Habla.

—Es un americano blanco con sentimientos árabes. —Abboud sonrió salaz—. Extorsiona a mujeres ricas y hace películas pecaminosas para distribuirlas a mandamases musulmanes de Irak y Afganistán. He oído decir que son de lo más misógino.

Jomo-Donny. Las chicas de compañía muertas. Las películas *snuff*. La mirada ceñuda de Harvey Glatman. *Piel chamuscada que se desprendía...*

—¿Dónde se filmaban esas películas? —insistió Dave.

—Me dijeron que en un *loft*. En el distrito de los almacenes, en North Alameda, tal vez.

Tim se puso en pie. Su silla se inclinó y cayó.

—Llamaré a la patrulla y pediré que comprueben los nombres de los propietarios de los edificios. Ahí sólo quedan unas cuantas manzanas de *lofts*.

Dave asintió. Tim salió de la sala. Fields se inquietó. El DPLA le quita a su sospechoso sufí para nuestro caso colateral. Los sueños de Donna me taladraron. Me convierto en su héroe extraordinario. La tomo con los terroristas y les atizo. Rino Rick reina como el nuevo Rudy Giuliani. Los rectos republicanos levantan mi pancarta. Me presento a las elecciones de gobernador. Gano al asqueroso de Schwarzenegger porque es un sucio semental y un adicto a los esteroides. Me caso con Donna. Somos felices, comemos perdices y criamos unos ruidosos rinitos. Soy Ronald Reagan redivivo. Unos mendas con mucha pasta me descubren y me financian. Pateo los estados primarios y me hago con la nominación. Me abro paso orgullosamente hacia la presidencia.

¡Quédate con Donna como primera dama! ¡Fíjate en nuestra laaarga sesión amorosa en el Dormitorio Lincoln! ¡Fíjate en nuestros polvos en la Rosaleda!

Sigo ensoñando. Abboud el Apóstata largó a toda castaña y divagó. Es una profecía priápica. ¡Árabes al asalto de L. A.! ¡Es una masacre en una coctelería! ¡Es la diáspora de las violaciones durante una cita! ¡Dani Dayan echa Rohypnol en el suministro de agua de la ciudad! ¡Los violadores caen, comatosos, tan colocados que no pueden violar! Los Fans del Falafel se extienden: franquicias furiosas. Se llevan por delante los MacDonald's y queman los Burger King. El jefe Tierney ordena que se impartan clases de *lapdance* en el DPLA. Las polis salen a camelar árabes por toda la ciudad.

Tim entró en la habitación. Tim lo soltó.

—El edificio del 412 de North Alameda está registrado a nombre de Harvey Glatman.

Dejamos marcas de neumático. Quemamos goma hasta esa dirección. Es un *loft* de cuatro plantas, justo al norte de Japantown.

Entramos en el vestíbulo. Encontramos los buzones de correo. El nombre de Glatman destacaba. El cabrón está en el cuarto piso.

El ascensor traqueteó, tembló y me dejó el almuerzo a medio camino. Un pasillo conducía a la puerta. Llamé al timbre. No hubo respuesta. Tom sacó una ganzúa y la metió en el cerrojo. La jamba saltó y la puerta se abrió.

Entramos. Encontramos un escenario de películas *snuff*. Avanzamos pegados a las paredes estilo Weegee y cruzamos aquel espacio cruel y pavoroso.

Papel blanco en las paredes. Sucias fotos fetichistas. Chicas atadas y amordazadas. Insidiosamente intercaladas con instantáneas violentas de víctimas.

Judy Ann Dull, Shirley Ann Bridgeford, Ruth Rita Mercado... Las muñecas profanadas de Harvey G. Están atadas. Están horrorizadas. Están roncas de tanto gritar. Es la muerte copiada de revistas para detectives. Es arte pop nihilista.

Más fotos; todas realmente recientes: instantáneas de extrangulaciones. Caras familiares: las víctimas del vertedero de San Gabriel. Chicas destrozadas, tres. Quemadas con cuerdas y devastadas. Quemadas con focos al rojo en este mismo lugar.

Todavía más fotos. Sensaciones de los setenta: Donny DeFreeze y su mamá morena y malvada, Nancy Ling Perry. Aquí está su tocayo negrófilo: el propio míster Mau-Mau, Jomo Kenyatta.

Nos desplegamos. Recorrimos el local. Encontramos:

Colchones, sin sábanas y arrinconados. Cámaras de filmar, grandes micros, lentes, tapas de lentes. Rollos de cuerda en una mesa. Cartílago adherido a las hebras. Sangre seca con vello de la nuca pegado. Cerca, un canasto del que asoman sábanas blancas. Marcas de cuerdas que se han vuelto rojas y marrones de sangre seca.

—Ese *thriller* erótico... —dijo Tim—. Esta noche, después de la cena, traerá aquí a Donna para la movida.

—La seguiremos de cerca y la protegeremos —dijo Dave—, pero tiene que enterarse de cuál es el objetivo.

—Se lo sonsacará —aseguré—. Y luego dejaremos que lo mate.

6

Donna entró cableada. Nosotros nos quedamos en el aparcamiento del Pacific Dining Car.

Llegó a las ocho y dos minutos. Jomo-Donny llegó a las ocho y seis. Dejó su Lambo rojo rubí a Luis, el mozo del aparcamiento. Donna dejó su Daimler-Benz en una calle lateral.

Nos escondimos. Esperamos en el Dodge Dart de Dave. Llevábamos auriculares inalámbricos. Dave sacó la Phyton de Donna. Pensó que se pondría nostálgica y se cargaría al marica de mierda allí mismo. Le habíamos dado un sucinto guión: Donna, di esto:

Rino Rick Jenson está muy estresado. Le ha dado la vena derechista. Es un zumbado sionista xenófobo colgado con la Seguridad Interior. Se ha cargado a dos árabes inocentes. Es su pogromo palestino. Fue a trabajar tan ciego que no se tenía. Dijo que unos mamones musulmanes lo habían drogado. El comité de investigación de uso de armas de fuego lo amonestó. Lo han suspendido de empleo.

Mi auricular crujió. El chirrido del cable me taladró los oídos y desprendió cera. La estática estorbaba, las palabras se perdían, los acoplamientos arruinaban la audición.

—... Y ha pasado por una época muy mala de estrés —dijo Donna—. El jefe le ha dicho que se tome un mes libre.

—Es de ese tipo de fascistas que dan mal nombre a los fascistas —apuntó Jomo-Donny.

—No es un fascista —replicó Donna.

—No seas ingenua —dijo Jomo-Donny—. Es de esos fascistas que persiguieron hasta la tumba al Ejército Simbiótico de Liberación y a Harvey Glatman.

—¿Quién es Harvey Glatman? —quiso saber Donna.

—Yo lo llamo el «santo psicópata sexual». Se cargó a tres chavalas y presagió los años sesenta. Fue el no va más de la modernidad.

—Hablemos del guión de Sexton —pidió Donna.

—En mi *loft*, ¿de acuerdo? —dijo Jomo-Donny—. Quiero tomarte unas fotos. Estimularán mi proceso creativo para esa obra de Sexton.

—¿Y qué hay de ese *thriller* erótico del que me hablaste? —preguntó Donna.

—Está todo relacionado —contestó Jomo-Donny—. Te gustará. Es una auténtica escena de espiritualidad.

Las interferencias me irritaron. Las crepitaciones me crisparon. Me quité el auricular. Dave y Tim, también. Los crujidos de los auriculares llenaron el coche.

Esperamos diez segundos. Nos pusimos de nuevo los auriculares. ¡Joder! Nada de voces, nada de acoples, nada de interferencias. Sólo aire carente de decibelios.

Miré a Dave. Dave miró a Tim. Tim me miró. La telepatía transitó en tres direcciones. Dejamos caer los auriculares y nos movimos.

Corrimos al restaurante. Chocamos con los camareros. Los clientes que cenaban alzaron la cabeza. ¿Qué? Irrumpimos en el reservado de Donna. Vemos entrantes a medio comer: cangrejo caliente y calamares.

Ahí está el aparato de escuchas. Ahí está el micrófono. Están caídos en el suelo. La carcasa se ha roto en pedazos. Ahí está la puerta trasera.

Corrimos al exterior. Pasamos junto a contenedores y borrachos y cazadores de basuras gourmets. Llegamos a la Sexta. Ahí está la acera. El Daimler-Benz de Donna: ha desaparecido.

Reconocimos la zona. Reconsideramos. Reconstruimos la escena. Jomo-Donny ha visto el micro. No nos dejará entrar en su *loft*. Sabe que le hemos oído hablar de ello. No azotará a Donna allí.

Es malévolo. Es móvil. Tiene a Donna atada o encerrada. La ha drogado, la ha sedado y la ha sometido.

—Ella le plantará cara —dijo Tim—. Ese tipo no sabe la de recursos que tiene Donna.

—¿Y adónde coño la llevará? —pregunté.

—Actuará estilo Glatman —dijo Dave—. Lo sé. Glatman falló con su última víctima. La llevó en coche a Orange County. Ella le cogió el arma y ése fue el final de Glatman. Él intentará copiarlo y que le salga bien.

Vi a Donna devastada. Vi a Donna deshumanizada. Vi a Donna diezmada y difunta.

Enloquecíiii.

El Canal del Carbón. Código 3. Conduce Dave. Yo soy presa del pánico. Tim llama por su móvil.

Habla con Inteligencia. Da órdenes de arresto. Vigilad el *loft* de ese pirado. Id a Malibú, a la *Casa de Sueños*. No seáis tímidos. No seáis demasiado impulsivos. Estamos hablando de TERRORISMO. Procurad no cagarla. No queremos acabar con él. Sabe cuál es el OBJETIVO. Tiene a la querida Donna D. de Rino.

Surcamos hacia el sur. Tim llamó a Comunicaciones y habló con laconismo. Describió el Daimler de Donna. Tomó la ruta más probable: la 405 abajo, hacia los límites del desierto en el este. Alerta a todas las agencias, a todas las unidades. Aproximaos. No lo arrestéis. Estamos hablando de TERRORISMO. Sabe cuál es el OBJETIVO. No intervengáis si no es para salvar a la divina Donna D.

Seguimos hacia el sur. El Canal del Carbón conectaba con el barrio negro y la 405. Me deprimí en el delirio de Donna. Retrocedí décadas. Estamos otra vez en 1983. Ahí están los muertos de Donna. Ahí está el Picadero de Hollywood. Ahí está el difunto Russ Kuster, qué grande era.

Estamos de nuevo en 2004. ¡Viva el merodeador activo! Ahí están Rick y Donna, profundamente enamorados. Ahí está *Reggie*, el perro de instintos homicidas. Colmillos para los recuerdos: está desgarrando los genitales del violador.

En dirección sur: salida a Surf City, las luces de Long Beach y Westminster, ese sofocante Vietnam de imitación. Yo lo absorbía todo con la mirada. Tim, también. Vimos coches serpenteando en todas direcciones. Westminster da paso a Huntington Beach. Huntington Beach se convierte en Fountain Valley.

Coches: un dédalo demencial. Los faros nos alcanzan. Los rayos se reflejan. Los tubos de escape tosen carcinógenos. Viejos venerables en vetustos Fords. Cholos chulillos en Chevrolets. Un Pearl Harbor monumental de marcas y modelos japoneses, un gran banzai.

Los focos nos alcanzan. Los rayos se reflejan. Las placas de matrícula se iluminan. Beemers verdes, Miatas color malva. ¡Vaya! ¿Qué es...?

ESTO:

El Daimler de Donna. Iluminado por detrás. Lo veo. Dave lo ve. Tim, también. Estamos casi parachoques con parachoques. El Benz está perfectamente iluminado por detrás.

Jomo-Donny conduce. Di que Donna está comatosa. Quédate con la consola central. La cabeza se apoya en el respaldo. Donna está despatarrada en el asiento.

Nos acercamos. Nuestras luces alcanzaron de lleno al Benz. Donna no se movió. Que no esté muerta, Dios mío, por favor.

Nos acercamos más. Nos pegamos al Benz. Lo seguimos sin respiro. Jomo-Donny reaccionó y alargó la mano al retrovisor. Donna ladeó levemente la cabeza. Donna salió de su sopor.

Lo pilló por sorpresa. Le tiró del pelo. Le metió los dedos en los ojos. Lo mordió con audacia y le arrancó un pedazo de la oreja izquierda. Machacó al malévolo chico de mamá con estilo Mike Tyson.

Él abrió las manos amariconadamente. Donna arrancó el retrovisor de su soporte. Donna le pegó en la cabeza con él. Donna le cortó la cara. Donna le magulló las mejillas.

El Benz derrapó y se desvió a la derecha. Un cacharro japonés frenó frenéticamente y se libró de daños. Un Chevrolet chirrió y se echó a un lado. Donna pegó un golpe de volante a la derecha.

El coche dio un bandazo y saltó de carril. El coche chocó contra una mediana. El coche salió despedido y golpeó un gran colchón hinchable de seguridad.

Departamento de Seguridad Interior. Justificaba los amaños en la justicia. Su mandato era una monumental masacre. Nos llevaba a las técnicas de tortura.

Deshinchamos el colchón. Sacamos el Benz de Donna. Esposamos al derrotado DeFreeze diezmado por Donna y lo depositamos en el Dodge Dart de Dave. Donna dijo que en el restaurante se le había caído el micrófono. Jomo-Donny le había saltado encima y le había clavado una inyección sedante.

El tráfico se movía a trompicones. Salimos de la autopista en caravana, caóticamente arracimados, y nos enfrascamos en un plan para tomarnos la justicia por nuestra mano. Jodamos a los federales y vayamos más allá del DPLA convencional. Hagamos como el Mossad y actuemos como la Gestapo. Seamos reaccionarios y alegremente agresivos.

Llamé a Tom Ludlow, *el Listín*. Lo puse al día. Tom respondió raudo. Su recorrido por Nam le había despertado la nostalgia del napalm. La matanza de My Lai lo ponía brumoso. Dijo que se había llevado a casa aparatos de tortura como recuerdo. Sí, Rino, me apunto. Nos encontraremos. Organizaremos una sesión de confesión. Le aplicaremos electricidad a este Jomo.

Fuimos al motel Wrangler's Ranch. Alquilamos una habitación. Atamos a Jomo-Donny a la tubería de un radiador. Su rostro rezumaba sangre. Tartajeó, escupió, se revolvió en la silla. Desvarió delirios izquierdistas. Soltó papilla políticamente correcta.

Nos llamó fascistas fatuos, crueles criptonazis, insectos de Israel. Éramos unos antiabortistas agresivos. Éramos unos horribles homófobos. Odiábamos a Hillary Clinton, éramos consortes de Condoleezza Rice y pendencieros pro-Bush.

Reímos. Él se revolvió en la silla. Torció las muñecas. Las esposas le cortaron y se le clavaron hasta el hueso.

Pom, pom. ¿Quién llama? Aquí está Tom *el Listín*.

Dave abrió la puerta. Tom vestía unos pantalones de camuflaje demasiado ceñidos. Se había puesto elegante. Su atavío recordaba Khe Shan, 1968. Llevaba una caja de la que salían cables. Quédate con esas pinzas para los testículos.

—Hola, Tom —dije.

—Me gusta el disfraz —dijo Donna—. Me recuerda una película que interpreté sobre Vietnam.

—Hace salir al hijo de puta —dijo Dave.

—Necesitamos resultados —dijo Tim—. Recordad que esto es Seguridad Interior.

Jomo-Donny tartajeó y escupió. Jomo-Donny gritó con orgullo y se quejó:

—¡Lacayos de Dick Cheney!

—¡Rústicos de Rush Limbaugh!

—¡Destruid a los imperialistas!

Tom se excitó. Soltó una risita. Soltó una carcajada. Desenrrolló cables y conectó la caja.

—Empiezas a parecer un Victor Charlie, ¿comprendes, muchacho? Me refiero al maldito Vietcong.

Saltaron chispas de las pinzas. La corriente crepitó.

—Confiesa cuál es el objetivo —dije.

—¡Viva el FLP! —exclamó Jomo-Donny—. ¡Viva el matrimonio gay! ¡Viva Robert Mapplethorpe y la libertad de expresión! ¡Viva la Televisión Nacional Pública!

Asentí. Tom separó las rodillas de Jomo. Tim le enganchó las pinzas y le coció la entrepierna.

Jomo voló impulsado por un trillón de voltios. Jomo tembló y rebotó contra la silla.

Dave lo desenganchó.

—Esto ha sido de parte de Lorna Lowenstein —dijo Donna.

Jomo se retorció. Jomo se sacudió. Jomo saltó con la descarga. Los voltios lo llenaron de vudú. Se meó en los pantalones. Se le pusieron los pelos de punta a lo Don King.

—Confiesa el objetivo —dije—. El lugar, la fecha, los detalles.

Jomo chisporroteó. Jomo traqueteó. Sus pantalones mojados reaccionaron con el voltaje residual y desprendieron vapor.

—¡Viva Yaser Arafat! ¡Viva Harvey Glatman! ¡Vivan los asesinos en serie incomprendidos del mundo entero!

Tim le puso las pinzas. Tim le frió la entrepierna. Jomo saltó y gritó.

—Confiesa el objetivo —dije.

—Y esto es por haberme engañado con el guión de Sexton, mierda de tío —dijo Donna.

Dave abrió una Pepsi. La lata expulsó el gas carbónico. Dave la agitó y le mojó las bolas a Jomo. El comunista conectado a la corriente aulló.

Tom rió entre dientes. Jomo se agitó. Bailó la danza watusi electrificada, el can-can del castrado y el twist del tiritón.

—El objetivo —dije—. Confiesa, deprisa.

Jomo saltó. Jomo miró a Donna con ojos demoníacos. Jomo se puso misógino.

—Osama Bin Laden está colgado de ti, nena. Sí, exacto, el mismísimo gran jefe. Está escondido en una cueva de Afganistán y ve las reposiciones de *Corazones de hospital*. Me ha pagado doscientos de los grandes para que haga una película *snuff* contigo.

Donna se encendió. Donna se puso pálida y de un verde nauseabundo. Cogió la lata de Pepsi. Pilló las pinzas. Roció el refresco y conectó. Un hongo atómico se alzó en las pelotas pilladas del payaso.

Jomo grita. Las manos le tiemblan. Se palmea los bolsillos. Saca una píldora. Se la lleva a la boca con movimientos espásticos.

Cianuro o estricnina / una dosis letal diagnosticada / la fuga del fanático, oh, maldita sea.

Jomo saltó. Jomo arrancó el radiador. La corriente lo contorsionó y el veneno lo paralizó. Jomo se convulsionó y la palmó.

Miré a Dave.

Dave miró a Donna.

Miré a Tom.

Tom miró a Donna.

Miré a Tim.

Tim miró a Donna.

Telegramas telepáticos. Transmitidos por teletipo quintuplicado. Donna fue la primera en decirlo:

—El objetivo... Tiene que ser la gala de entrega de los Oscar.

Joder, sí. Los Oscar. Tenía que ser en un acto con judíos.

Los Oscar. La noche de las noches de Hollywood. Majaras de los medios a mogollón.

El Shangri-la de los jodidos judíos, el Matterhorn de los judíos, el Kilimanjaro judío. Más judíos que en el Antiguo Testamento.

Telefoneamos a los federales. Les contamos lo que sabíamos. Nos negamos a revelar nuestra fuente. Los federales ordenaron un importante despliegue de seguridad. Acordonaron el teatro Kodak. Lo llenaron de perros adiestrados para encontrar explosivos. Controlaron las invitaciones en busca de pases robados. Cachearon libremente a las celebridades camino de la alfombra roja. Las pasaron por detectores de metales. Se movieron entre los barandas del mundo del cine. Se colaron en los camerinos. Unos helicópteros sobrevolaban el edificio. Las luces de sus panzas iluminaban Hollywood Boulevard.

Entré como novio de Donna. El DPLA desplegó numerosos agentes en el interior. Nos vestimos con esmóquines apolillados que nos estaban pequeños. Nos pusimos los walkie-talkies en la cintura. Nos acomodamos para la enfermiza ceremonia.

Bostecé. Habíamos vivido unos días con mucho trabajo. Habíamos simulado que a Jomo-Donny se lo había cargado un marica. Habíamos dejado el cadáver en un motel cutre de la zona de bares de chicos del Strip creando una cruel escena del crimen. Consistía en pura parafernalia para sarasas. Llevamos montones de discos de Judy Garland. Llevamos cocaína y vaselina. Revolvimos la habitación como si hubiera habido una fiesta y un crimen pasional. Lo hicimos en la jurisdicción del Sheriff. Imaginamos que calificarían el caso de homos interruptus y que pronto lo olvidarían.

Nos coordinamos: el DPLA y el FBI. Consideramos planes de contingencia para detener a árabes disidentes. Los federales realizaron redadas masivas y arrestos preventivos. Peinaron todo L. A. Los grupos a favor de los derechos civiles de los árabes montaron una gran bulla. Según ellos, las detenciones eran racistas y reaccionarias. El angelino de la calle reaccionó con desdén. Le gustó que la ley y el orden flagelara a los feroces fanáticos.

Nos acomodamos en nuestros asientos. El pantalón

del esmoquin me presionaba las pelotas. La faja me apretaba. Donna llevaba dalias en su vestido azul delfín. Mis ojos se clavaron en su escote. Me prometió amor de primera más tarde. La pitón de mis pantalones se precipitó hacia arriba.

Comenzó el espectáculo. Me pareció presuntuoso y pedante. Me entró un sueño terrible. Me pulverizó hasta hacerme papilla. Era un tumulto humanista en forma de congratulación multirracial.

Mejor Docudrama. Empate: el Holocausto iguala con el sida. Gritos de «¡Nunca más!» y hosannas a las bodas entre homosexuales. Me enfureció y espoleó mi orgullo protestante. Si Dios hubiese querido que los hombres se apareasen con hombres, habría creado a Adán y a Steve.

Donna entregó el Oscar al mejor sonido. Dos técnicos altos dieron las gracias y dedicaron palabras amariconadas a sus «compañeros». Donna me dirigió una mirada devastadora. El corte lateral de su vestido me traspasó el alma. Los focos del escenario iluminaron sus ojos pardos y llenaron de calor mi corazón.

La gala siguió adelante. Donna regresó a su asiento. Yo disimulé y le miré las piernas. Premios, aplausos, discursos —vistosos, sosos—, sentimientos sentenciosos que me sacaron de mis casillas. La gala me fulminó y me flageló y se prolongó más y más. Unos liberales de limusina se burlaban de mi héroe, George W. Bush. Unos villanos antiarmas insultaron al campeón Charlton Heston. Empecé a desear que hubiera un atentado terrorista. Quédate: Donna y yo morimos y subimos al cielo. Nos desplazamos a nuestra nube. Desahuciamos a árabes asquerosos que vuelan hacia el cielo por pura chiripa. Hacemos el amor y jugamos con los *Reggies* ridgebacks 1, 2 y 3. Almorzamos con Stephanie Gorman en el restaurante celestial de Lou. Lapidamos al asesino de Stephanie y lo lanzamos a lo más hondo del infierno.

La gala siguió adelante. Los perdedores se movían

furtivamente y sonreían con insinceridad, molestos con la *noblesse oblige*. Los ganadores prodigaban prodigiosas palabras de agradecimiento, llenas de aire caliente y al por mayor. Los nominados a la mejor canción cantaron, soporíferos. Fue una retahíla de blandenguerías.

Se prolongó sin final. Se hizo eterna. Era fanfarria de maricones y chalaneo supremo de la publicidad.

Entonces se detuvo. Donna me despertó. Yo me había escorado hacia su escote. Seguí en el mundo de los sueños. Estábamos en lo alto del cielo. Habíamos recibido el Oscar a los mejores amantes asesinos. *Reggie* el ridgeback se retorcía a nuestros pies.

El despliegue de seguridad se replegó. El contingente policial decretó código 3. Las fuerzas del FBI se dispersaron. Los helicópteros se alejaron. Los perros husmeadores de explosivos regresaron a sus perreras.

Las limusinas empezaron a dar vueltas alrededor del teatro Kodak. Los ganadores y los perdedores y los orgullosos presentadores se acicalaron y se prepararon para las fiestas privadas. Donna nos metió en una limusina. Nos fuimos a Spago. Quería pasar una hora allí. Unas cuantas risas, un poco de pizza de salmón y después haremos mucho el amor, ¿de acuerdo?

El restaurante retumbaba. El equipo de sonido emitía canciones: bises de los plastas de los nominados. Los barandas del negocio deambulaban y se daban pisto. Era la distopía de los potentados. Era la jodienda de las celebridades. La convención de los judíos unidos de todas las razas.

Charlas en las mesas a mi alrededor. Risas disimuladas sobre el terrorismo. Historias horribles de jefes de los estudios con ínfulas de sementales. Libelos liberales que todo el mundo comenta. La última noticia sobre perdedores nominados y eliminados.

Contemplé cómo Donna se trabajaba la sala. Iba de mesa en mesa. Caminaba igual que una actriz de una compañía teatral. La cháchara de esta noche puede ser el pan de mañana. Paseaba y departía como una profesional.

Los camareros corrían de acá para allá. Miré con glotonería los bonitos bocados de sus bandejas. Pellizcos de pizza picante, *soufflé* de queso de cabra, carne cargada de colesterol. Las conversaciones iban y venían. Las palabras fluctuaban. Porcentajes, contratos bajo mano, dos camareros que no se han presentado.

Bostecé. Aquella frenética semana me había dejado machacado y hecho polvo. Intercambio de disparos con los chiíes, técnicas de tortura, Donna en peligro por culpa de la yihad. Hegemonía hajjita, negros de las dunas con ínfulas, mi circuito de *lapdance* en L. A. Tenía resaca de heroísmo homicida. Quería pedirle a Donna un amor duradero y que salvara mi alma perdida.

El restaurante retumbaba. Me sentí encerrado y agobiado. El afán de aire libre me arrebató. Salí a Canon Drive y caminé un rato hacia el callejón trasero.

Se levantó una brisa. Me sentó de maravilla. Me detuve entre los contenedores de basura y respiré. ¡Ah, esto es vida! ¡Masacre musulmana y locura de películas! Sólo en América, abundante en L. A.

Me aposté allí. La brisa fría me envolvió. Mi camisa almidonada se arrugó a causa del aire. Olí algo. Me llenó las fosas nasales. Un aroma sanguinario.

Me desplacé hacia la izquierda. Miré en el contenedor. Vi dos espaldas mojadas atados con cables. Están muertos. Están excéntricamente estrangulados. Los han degollado con cuerdas de piano... Cables que cortan la carne hasta la tráquea.

Chaquetillas blancas. Manchas de comida. Pulcras etiquetas de identificación. San Pedro, aquí tienes a Juan y a Luis.

Muchachos muertos. Los camareros que no se habían presentado. La ofuscación de la noche de los Oscar. Nuestro miniobjetivo en el mundo del cine, justo ahí.

Corrí al restaurante. Las charlas seguían en torno a las mesas. El local saltaba como Jerusalén y retumbaba como Tel Aviv. Miré alrededor. Vi a famosos. Me fijé en los trajes y en el color de la piel. Donna estaba firmando autógrafos junto a la cocina, rodeada de gente. Dos camareros con pinta de beduinos la acosaban. Llevan chaquetillas blancas. Llevan unas pulcras etiquetas de identificación. Tenían el trasero prominente. Considéralos hombres bomba en misión suicida.

Corrí. Choqué con nominados rechazados y maricones que mostraban su estatuilla. Donna me vio. Los hombres bomba me vieron. La telepatía se transmitió tetradireccionalmente.

Los chiíes sacaron sendas navajas. Donna abrió el bolso y sacó su Phyton. Hizo una pirueta y disparó a los cabrones a bocajarro.

Las cargas de Magnum les destrozaron la cara. Las balas de punta hueca les perforaron la cabeza. Las bestias beduinas volaron al averno con los brutales balazos.

El restaurante reverberó. Las conversaciones alrededor de las mesas se convirtieron en gritos. Miré a Donna. Donna me miró. Los diablos de las dunas se desplomaron muertos y volcaron una mesa. Sus bombas corporales hacían tic-tic-tic.

Salté. Donna saltó. Les quitamos las chaquetillas blancas y les arrancamos los cables. Las bombas no detonaron. Las bombas hicieron tic-tic-tic y los segundos siguieron sonando en su reloj incorporado.

La línea roja marcaba medianoche. Mi reloj marcaba las 11.59. La telepatía se transmitió. Cerramos el oído a los chillidos y gritos ignominiosos.

Nos miramos y sonreímos. Interpretamos una escena llena de estilo. Fue ostentosa y merecedora de un Oscar. Llevamos las bombas a la cocina. Las desactivamos y las metimos en un barril de bullabesa.

Así fue como Donna Donahue y yo salvamos Hollywood y el mundo.

Tim y yo registramos la Casa de Sueños. *Encontramos planos para destruir monumentos importantes y moradas de los medios de toda la cristiandad y más allá. Disneylandia, el Vaticano, el Teatro Chino Grauman's. El Taj Mahal, el estadio de los Dodgers, la Torre Eiffel. La Mezquita de la Roca de Jerusalén, el Flagship Sizzler Steak-house, el palacio del Dalai Lama. El mundo habría estado completamente jodido sin nosotros.*

Dimos los cuadernos del demoníaco Donny y sus discos duros al FBI. A partir de ellos se procedió a muchos arrestos. El Departamento de Seguridad Interior detuvo a 16.492 musulmanes asesinos. Fueron vapuleados en numerosos juicios de pacotilla.

L. A. estaba en deuda con Donna y conmigo. L. A. se mostró generoso. Habíamos salvado vidas en Spago. Una horda de hebreos de Hollywood nos recompensó.

El jurado de acusación del condado de L. A. dijo que nuestros homicidios estaban justificados. El comité de investigación de uso de armas de fuego me absolvió. Los medios calificaron a Jenson y a Donahue de «salvadores seculares sexy». Hollywood nos dio carta blanca corporativa y almuerzos gratis para toda la vida.

Creamos Los héroes de Seguridad Interior. *Donna actuó en la serie durante dieciséis temporadas. Yo hacía de productor en los ratos libres que me dejaba el DPLA. Donna y yo nos hicimos asquerosamente ricos. Los republicanos me eligieron para que me presentara a gobernador. Un demócrata diabólico me derrotó en 2012. Era un maricón fanático medio árabe / medio negro. Destapó mis dudosos vínculos con la Enron y me acusó de recaudar fondos ilegales para el presidente Jeb Bush.*

Donna y yo seguimos siendo amantes a tiempo parcial. Nos reencontrábamos para pegarnos unos ruidosos revolcones en la alfombra por nuestros respectivos cumpleaños y en Navidad. Yo trabajé en el DPLA hasta los setenta y cinco años. Nunca encontré al asesino de Stephanie Gorman.

Describí mi muerte en Un picadero en Hollywood. *Detallé el segundo cataclismo de Rick y Donna en* Merodeos y violaciones. *Esta historia verdadera concluye las memorias de nuestro caótico y magnífico amor.*

Estoy muerto. Donna sigue viva. Comunico telepáticamente con ella a través de Reggie ridgeback 12. *A menudo transmito resúmenes de mi vida en la tierra. Siempre le digo que mi último pensamiento antes de morir fue:* Tú eres la Mujer.

Índice

OTROS TÍTULOS DE LA COLECCIÓN

Mis rincones oscuros

JAMES ELLROY

En 1958, cuando James Ellroy tenía 10 años, el cuerpo de su madre fue hallado en la cuneta de una carretera, en un pequeño pueblo cerca de Los Ángeles. Nunca se descubrió el asesinato y el caso quedó cerrado. Ellroy se convirtió en escritor de novelas provocativas y lo acompañó el éxito, pero la memoria de la muerte de su madre no dejó de perseguirlo. Ahora, Ellroy da cuenta de la frustrada investigación policial; de la volátil trayectoria que tomó su vida a partir de aquel suceso trágico; de la carrera de un antiguo *sheriff* de Homicidios del condado de Los Ángeles; de la investigación que el autor y el propio *sheriff* emprendieron para identificar, años después, al asesino de su madre. El resultado es una historia arrebatadora sobre el viaje atrevido y revelador de James Ellroy a los rincones más oscuros de su memoria.

Ola de crímenes

JAMES ELLROY

Un periodista sin entrañas ventila los trapos sucios de los famosos, se revuelca con placer en el barro y mata si es preciso en defensa en la prensa amarilla. Un célebre acordeonista se convierte en adicto al homicidio. Un hombre investiga en los archivos policiales casos sin resolver para descubrir los posibles vínculos con el asesinato de su madre.

Tras el adolescente larguirucho y extraño, tras el ladrón, tras el actor, tras el convicto, tras el colgado que deambula por las calles de Los Ángeles, se halla James Ellroy, el hombre, su curiosidad, sus dotes de observación y, sobre todo, su experiencia vital. Ellroy al desnudo, honesto, a veces hasta niveles insoportables. James Ellroy, el escritor, con un estilo directo, en ocasiones brutal y desquiciado, arrastra al lector a través de estas crónicas a un tiempo urbanas e irremediablemente intimistas.